云中
吟唱的歌手

Selected Works of
Xu Zhimo

徐志摩 著
大雅堂 编

时代出版传媒股份有限公司
安徽文艺出版社

图书在版编目（CIP）数据

云中吟唱的歌手/徐志摩著；大雅堂编. —合肥：安徽
文艺出版社，2011.11
（理想图文藏书·大师新编）
ISBN 978-7-5396-3809-6

Ⅰ．①云… Ⅱ．①徐… ②大… Ⅲ．①诗集－中国－
现代②散文集－中国－现代 Ⅳ．①I216.2

中国版本图书馆CIP数据核字(2011)第192998号

出 版 人：朱寒冬　　　　丛书统筹：岑　杰
特约编辑：苗水芝　　　　责任编辑：欧子布　岑　杰
图片解说：大雅堂　　　　装帧设计：视觉共振工作室

出版发行：时代出版传媒股份有限公司　www.press-mart.com
　　　　　安徽文艺出版社　www.awpub.com
地　　址：合肥市翡翠路1118号　邮政编码：230071
营 销 部：(0551)3533889
印　　制：天津海德伟业印务有限公司　电话：022-29937888

开本：889×1194　1/32　印张：14.875　字数：335千字
版次：2011年12月第1版　2021年5月第2次印刷
定价：45.00元

代序

徐志摩：一只泣血歌唱的痴鸟

即便是最幸福的人，也难免不为世事人情所累。希望自己活得洒脱，本是无数人的心愿，徐志摩的《再别康桥》历来受人称道，实在不足为奇。瞧啊，看上去多么洒脱：

悄悄的我走了，

正如我悄悄的来；

我挥一挥衣袖，

不带走一片云彩。

作为诗人，能有一首诗深入人心，就不枉为诗人了，而徐志摩让人铭记的好诗，何止一首呢？自其罹难之日起，近八十年过去了，徐志摩仍然活在很多人的心中、口中，这是令人惊叹的。历史的风沙湮没无数达官显贵，有时却无力摧毁一首诗歌。

在很多人印象中，徐志摩是一个浪漫的爱情诗人，有他的众多爱情诗为证。其中人们吟诵最多的，可能就是那首写日本女郎的《沙扬娜拉》：

最是那一低头的温柔，

像一朵水莲花不胜凉风的娇羞，

道一声珍重，道一声珍重，

那一声珍重里有甜蜜的忧愁——

沙扬娜拉！

这首短诗精巧绝伦，"低头的温柔"映衬"水莲花不胜凉风的娇羞"，人与花映照，花与人呼应，人亦花，花亦人，可谓风情万种。不懂得欣赏女人的男人，不是好男人。凭这首诗，我认定徐志摩是一个好男人。

人们常吟诵的还有《这是一个懦怯的世界》，其中有这样的句子："这是一个懦怯的世界：容不得恋爱，容不得恋爱！……你跟着我走，我拉着你的手，逃出了牢笼，恢复我们的自由！"在一九二五年那个没有恋爱自由的年代，写这样的诗无异于向社会秩序宣战，弄不好会成为"人民公敌"的。而徐志摩不仅写，还付诸行动。出于对林徽因的爱，他决定解除父母包办的婚姻，和妻子张幼仪离婚，去追求自由的爱情。

胡适在《追忆志摩》中用三个字词概括徐志摩的一生：爱、自由、美。然而，爱与自由，比面包更难以获得。徐志摩对才女林徽因一往情深，然而林却嫁给了徐的老师梁启超的儿子梁思成。那种失恋的心痛，影响了徐志摩一生。唯一可慰的是，徐志摩因爱的痛苦写出了众多感人的情诗，算是收获了"美"（徐志摩的诗歌的意境美、音韵美是人们所称道的）。在林徽因之后，徐志摩又爱上交际名媛、才女陆小曼。他毅然与陆小曼结婚，结果导致了他与家族的决裂。

至今仍有人对徐志摩离婚有微词。其实他对待爱情是虔诚而执著的。为了满足陆小曼的奢华需求，他在众多大学任教，经常奔波于北京、南京、上海之间，辛苦备尝。而对林徽因及其家人，他也始终没有停止过关心与支持。一九三一年十一月十九日，为出席林徽因给外国使节做的关于中国建筑艺术的讲演会，徐志摩从南京飞往北京，不料飞机撞山坠毁。梁思成到机场接机无功而返，得知噩耗时林徽因当场昏倒。徐志摩死后，陆小曼洗尽铅华，开始整理《志摩全集》。

回顾徐志摩的情史，我不禁想起他所尊崇的尼采在《查拉图斯特拉如是说》中的话："女人比男人更理解小孩，可男人比女人有更多孩子气。真正的男人内心隐藏着一个小孩：这小孩想游戏。你们这些女人啊，请为我发现男人心中的小孩吧！" 在当时那个年代，徐志摩对爱情、自由、理想的叛逆追求，是不识时务的。而这种不识时务，恰恰让我相信，他有点像尼采所说的小孩——林徽因和陆小曼对志摩之死的反应，表明她们是爱这个小孩的——一个有美好情怀的小孩。

徐志摩的美好情怀有众多表现。比如说爱，他的爱决不局限于男女情爱，还有大悲、大爱。他的诗《先生！先生！》，表达了对女童乞丐的深切同情和对为富不仁者的痛恨；他的诗《古怪的世界》，描写背井离乡的老妇的伤悲，是对社会黑暗的鞭挞；他的《太平景象》，控诉了军阀混战导致的生灵涂炭。他的《一小幅的穷乐图》，写一帮穷人在富人家的垃圾里淘宝的情景，其中有这样的句子："妈呀，一个女孩叫道，我捡了一块鲜肉骨头，回头熬老豆腐吃，好不好？"穷女孩的话多么孩子气，乍一看，让人想笑，但是接下来，更想哭！普希金曾说果戈理的幽默是"含泪的笑"，徐志摩却让我们看到了"含笑的泪"。

在日常生活中，徐志摩也颇有点孩子气。据梁遇春记载，有一次在上海，徐志摩为抽烟向朋友借火，他说"Kissing the fire"，译成汉语是"吻火"。把点烟称为"吻火"，实在富于童趣和创意。其实，这话折射了徐志摩乐观向上的人生态度。活在一个充满丑陋的世界，除了歌颂"美"之外，他还写关于"丑"的诗歌。在这点上，他与他所推崇的《恶之花》的作者波德莱尔有几分相似，难怪他写有关于波德莱尔的随笔。

徐志摩追求理想是执著的，像个任性的孩子。他的《为要寻一个明星》是一曲追求者的颂歌："我"骑着"拐腿的瞎马"，"向着黑夜里加鞭"，"为要寻一颗明星"。"明星"一直没有出现。"我"和"瞎马"最后累死在途中，而这时"光明"却出现了。似乎是造化弄人，然而诗中那"光明"有如"水晶似的"，在它的辉光下，倒在荒野和黑夜里的"瞎马"和"我"是那么的沉静、悠远，仿佛是在达利的油画中，于是我们看到的不是死的悲哀，而是理想追求者的悲壮。

最直接反映徐志摩孩子般的执著的，是他的散文《海滩上种花》，此文是根据他给中学生做的演讲整理的。他颂扬在海滩上种花的孩子："他平常看见花草都是从地土里长出来的，他看来海砂也只是地，为什么海砂里不能长花他没有想到，也不必想到，他就知道拿花来栽，拿水去浇，只要那花在地上站直了他就欢喜，他就乐……"徐志摩所看重的，是追求的行动过程，是在荒漠上创造奇迹的奇情异想，以及为实现追求而奋不顾身的英勇精神，难怪他接着说："耶稣为什么不怕上十字架？弥尔顿何以瞎了眼还要做诗？贝多芬何以聋了还要制音乐……"在中国积贫积弱的二十世纪三十年代，他写了那么多散文推崇伟人们的巨人性格，可谓用心良苦。

在海滩上种花，是一种诗人式的奇想。以世俗的功利眼光看，它是可笑的，无意义的。然而，离开了奇情异想，人类恐怕到今天都还没有电灯，更没有飞机。果真如此，那么人类恐怕比蝙蝠也高明不了多少，因为蝙蝠在黑暗中可以自由飞翔。再说，试想人类假若只有电灯、飞机之类，却没有音乐、美术、文学、哲学等等，那么，人类活得像机器一样，恐怕也会因缺少生趣而无聊至死。

《海滩上种花》其实包含了人生的一种艺术精神，这是人类不可或缺的一种精神禀赋。而诗歌作为一种人类艺术之花，其重要性也是显而易见的，惟其如此，希腊的七个城市才会争着去作荷马的故乡。没有诗歌和诗意的人生，犹如没有花朵的荒原。只可惜这种认识有时并不为社会所认同。俄罗斯诗人布罗茨基曾经因写诗而被捕，罪名是"社会寄生虫罪"。当一个诗人被迫宣告自己是"诗人"的时候，他是何等痛苦，他所处的时代又是何等缺乏诗意啊！

对诗人的痛苦，徐志摩是有深切体会的，他曾经说："诗人也是一种痴鸟，他把他的柔软的心窝紧抵着蔷薇的花刺，口里不住地唱着星月的光辉与人类的希望，非到他的心血滴出来把白花染成大红他不住口。他的痛苦与快乐是深成的一片。"仔细读读他的诗文，我们不难发现，徐志摩的诗是用心写出来的，其中很多还泛着心血的红光。一个人能有多少血，供他去写他的诗歌呢？只凭这点，我们就有足够的理由向他表示深深的敬意。有诗人诞生是一个民族的幸运。我们应该记住，在这片叫做中国的土地上，有一只叫徐志摩的痴鸟，在歌唱星月的光辉与人类的希望。这歌声里有欢欣，也有悲哀；有迷茫，也有希望。它们让我们低头沉吟，更让我们抬头仰望，尤其在深沉的夜里。

莫雅平

目录

诗歌部分

散文部分

徐志摩

云中吟唱的歌手

（中国）徐志摩　著

《孩子与星星》 ┃ 美国 ┃ 肯特

志摩的诗 *18*首

雪花的快乐

[本诗作于一九二四年十二月三十日，发表于一九二五年一月十七日
《现代评论》第一卷第六期。]

假如我是一朵雪花，
翩翩的在半空里潇洒，
　我一定认清我的方向——
　飞飏，飞飏，飞飏，——
这地面上有我的方向。

不去那冷寞的幽谷，
不去那凄清的山麓，
　也不上荒街去惆怅——
　飞飏，飞飏，飞飏，——
你看，我有我的方向！

在半空里娟娟的飞舞，
认明了那清幽的住处，
　等着她来花园里探望——
　飞飏，飞飏，飞飏，——
啊，她身上有朱砂梅的清香！

那时我凭借我的身轻，
[亦作"凝凝的"] 　盈盈的，沾住了她的衣襟，
　贴近她柔波似的心胸——
　消溶，消溶，消溶——
溶入了她柔波似的心胸！

沪杭车中

[本诗作于一九二三年十月三十日，发表于一九二三年《小说月报》第十四卷第十一号，原名《沪杭道中》。]

匆匆匆！催催催！
一卷烟，一片山，几点云影，
一道水，一条桥，一支橹声，
一林松，一丛竹，红叶纷纷：

艳色的田野，艳色的秋景，
梦境似的分明，模糊，消隐，——
催催催！是车轮还是光阴？
催老了秋容，催老了人生！

《读信》| 日本 | 喜多川歌麿

沙扬娜拉（赠日本女郎）

[本诗作于一九二四年五月陪泰尔访日期间，
是长诗《沙扬娜拉十八首》中的最后一首。沙
扬娜拉，是日语"再见"的音译。]

最是那一低头的温柔，
 像一朵水莲花不胜凉风的娇羞，
道一声珍重，道一声珍重，
 那一声珍重里有甜蜜的忧愁——
  沙扬娜拉！

为　谁

这几天秋风来得格外的尖厉：
　　我怕看我们的庭院，
　　树叶伤鸟似的猛旋，
　　中着了无形的利箭——
没了，全没了：生命，颜色，美丽！

就剩下西墙上的几道爬山虎：
　　它那豹斑似的秋色，
　　忍熬着风拳的打击，
　　低低的喘一声呜邑——
"我为你耐着！"它仿佛对我声诉。

它为我耐着，那艳色的秋萝，
　　但秋风不容情的追，
　　追，（摧残是它的恩惠！）
　　追尽了生命的余辉——
这回墙上不见了勇敢的秋萝！

今夜那青光的三星在天上
　　倾听着秋后的空院，
　　悄悄的，更不闻呜咽：
　　落叶在泥土里安眠——
只我在这深夜，啊，为谁凄惘？

问　谁

问谁？呵，这光阴的播弄
　　问谁去声诉，
在这冻沉沉的深夜，凄风
　　吹拂她的新墓？

"看守，你须用心的看守，
　　这活泼的流溪，
莫错过，在这清波里优游，
　　青脐与红鳍！"

那无声的私语在我的耳边
　　似曾幽幽的吹嘘，——
像秋雾里的远山，半化烟，
　　在晓风前卷舒。

因此我紧揽着我生命的绳网，
　　像一个守夜的渔翁，
兢兢的，注视着那无尽流的时光——
　　私冀有彩鳞掀涌。

但如今，如今只余这破烂的渔网——
　　嘲讽我的希冀，
我喘息的怅望着不复返的时光：
　　泪依依的憔悴！

又何况在这黑夜里徘徊：
　黑夜似的痛楚：
一个星芒下的黑影凄迷——
　留恋着一个新墓！

问谁……我不敢怆呼，怕惊扰
　这墓底的清淳；
我俯身，我伸手向她搂抱——
　啊！这半潮润的新坟！

这惨人的旷野无有边沿，
　远处有村火星星，
丛林中有鸱鸮在悍辩——
　此地有伤心，只影！

这黑夜，深沉的，环包着大地：
　笼罩着你与我——
你，静凄凄的安眠在墓底；
　我，在迷醉里摩挲！

正愿天光更不从东方
　按时的泛滥：
我便永远依偎着这墓旁——
　在沉寂里消幻。

但青曦已在那天边吐露，
　苏醒的林鸟，
已在远近间相应的喧呼——
　又是一度清晓。

不久，这严冬过去，东风
　又来催促青条；
便妆缀这冷落的墓宫，
　亦不无花草飘飖。

但为你，我爱，如今永远封禁
　在这无情的地下——
我更不盼天光，更无有春信：
　我的是无边的黑夜！

这是一个懦怯的世界

[本诗作于一九二五年二月，发表报刊不详。]

这是一个懦怯的世界：
容不得恋爱，容不得恋爱！
披散你的满头发，
赤露你的一双脚；
跟着我来，我的恋爱，
抛弃这个世界，
殉我们的恋爱！

我拉着你的手，
爱，你跟着我走；
听凭荆棘把我们的脚心刺透，
听凭冰雹劈破我们的头，
你跟着我走，
我拉着你的手，
逃出了牢笼，恢复我们的自由！

跟着我来，
我的恋爱！
人间已经掉落在我们的后背，——
看呀，这不是白茫茫的大海？
白茫茫的大海，
白茫茫的大海，
无边的自由，我与你与恋爱！

顺著我的指头看，
那天边一小星的蓝——
那是一座岛，岛上有青草，
鲜花，美丽的走兽与飞鸟；
快上这轻快的小艇，
去到那理想的天庭——
恋爱，欢欣，自由——辞别了人间，永远！

为要寻一个明星

[本诗曾编入《志摩的诗》，原载于一九二四年十二月一日《晨报六周年纪念增刊》。]

我骑着一匹拐腿的瞎马，
　　向着黑夜里加鞭；——
　　向着黑夜里加鞭，
我跨着一匹拐腿的瞎马！

我冲入这黑绵绵的昏夜，
　　为要寻一颗明星；——
　　为要寻一颗明星，
我冲入这黑茫茫的荒野。

累坏了，累坏了我胯下的牲口，
　　那明星还不出现；——
　　那明星还不出现，
累坏了，累坏了马鞍上的身手。

这回天上透出了水晶似的光明，
　　荒野里倒着一只牲口，——
　　黑夜里躺着一具尸首。
这回天上透出了水晶似的光明！

先生！先生！

钢丝的车轮
在偏僻的小巷内飞奔——
"先生，我给先生请安，您哪，先生。"

迎面一蹲身，
一个单布褂的女孩颤动着呼声——
雪白的车轮在冰冷的北风里飞奔。

紧紧的跟，紧紧的跟，
破烂的孩子追赶着铄亮的车轮：
"先生，可怜我一大化吧，善心的先生！"

"可怜我的妈，
她又饿又冻又病，躺在道儿边直呻——
您修好，赏给我们一顿窝窝头，您哪，先生！"

赤脚要饭的女孩

"没有带子儿。"
坐车的先生说，车里戴大皮帽的先生——
飞奔，急转的双轮，紧追，小孩的呼声。

一路旋风似的土尘，
土尘里飞转着银晃晃的车轮——
"先生，可是您出门不能不带钱，您哪，先生。"

"先生！……先生！"
紫涨的小孩，气喘着，断续的呼声——
飞奔，飞奔，橡皮的车轮不住的飞奔。

飞奔……先生……
飞奔……先生……
先生……先生……先生……

我有一个恋爱

我有一个恋爱;——
我爱天上的明星;
我爱它们的晶莹:
　人间没有这异样的神明。

在冷峭的暮冬的黄昏,
在寂寞的灰色的清晨.
在海上,在风雨后的山顶——
　永远有一颗、万颗的明星!

山涧边小草花的知心,
高楼上小孩童的欢欣,
旅行人的灯亮与南针:——
　万万里外闪烁的精灵!

我有一个破碎的魂灵，
像一堆破碎的水晶，
散布在荒野的枯草里——
　饱啜你一瞬瞬的殷勤。

人生的冰激与柔情，
我也曾尝味，我也曾容忍；
有时阶砌下蟋蟀的秋吟，
　引起我心伤，逼迫我泪零。

我袒露我的坦白的胸襟，
献爱与一天的明星，
任凭人生是幻是真，
地球存在或是消泯——
　太空中永远有不昧的明星！

雷峰夕照

雷峰塔是西湖边的名塔，与保俶塔隔湖相对。旧时有『雷峰如老衲，保俶如美人』之说。『雷峰夕照』是西湖十景之一。本图是旧塔倩影，原塔已于一九二七年倒塌。

月下雷峰影片

[本诗写于一九二三年九月二十六日。徐志摩在《西湖记》中说:"三潭印月——
我不爱什么九曲,也不爱什么三潭,我爱在月光下看雷峰静极了的影子——我见
了那个,便不要性命。"]

我送你一个雷峰塔影,
　　满天稠密的黑云与白云;
我送你一个雷峰塔顶,
　　明月泻影在眠熟的波心。

深深的黑夜,依依的塔影,
　　团团的月彩,纤纤的波鳞——
假如你我荡一支无遮的小艇,
　　假如你我创一个完全的梦境!

Old Witch of Ghoom

要饭的老妇

古怪的世界

　　从松江的石湖塘，
　　上车来老妇一双，
颤巍巍的承住弓形的老人身，
多谢(我猜是)普渡山的盘龙藤；

　　青布棉袄，黑布棉套，
　　头毛半秃，齿牙半耗：
肩挨肩的坐落在阳光暖暖的窗前，
畏葸的，呢喃的，像一对寒天的老燕；

　　震震的干枯的手背，
　　震震的皱缩的下颏：
这二老！是妯娌，是姑嫂，是姊妹？
紧挨着，老眼中有伤悲的眼泪！

　　怜悯！贫苦不是卑贱，
　　老衰中有无限庄严；——
老年人有什么悲哀，为什么凄伤？
为什么在这快乐的新年，抛却家乡？

　　同车里杂沓的人声，
　　轨道上疾转着车轮；
我独自的，独自的沉思这世界古怪——
是谁吹弄着那不调谐的人道的音籁？

石虎胡同七号

[北京西单牌楼石虎胡同七号是北京松坡图书馆，专藏外文书籍之处。徐志摩曾在此工作过。]

我们的小园庭，有时荡漾着无限温柔：
善笑的藤娘，袒酥怀任团团的柿掌绸缪，
百尺的槐翁，在微风中俯身将棠姑抱搂，
黄狗在篱边，守候睡熟的珀儿，它的小友，
小雀儿新制求婚的艳曲，在媚唱无休——
我们的小园庭，有时荡漾着无限温柔。

我们的小园庭，有时淡描着依稀的梦景；
雨过的苍茫与满庭荫绿，织成无声幽冥，
小蛙独坐在残兰的胸前，听隔院蚓鸣，
一片化不尽的雨云，倦展在老槐树顶，
掠檐前作圆形的舞旋，是蝙蝠，还是蜻蜓？
我们的小园庭，有时淡描着依稀的梦景。

我们的小园庭，有时轻喟着一声奈何；
奈何在暴雨时，雨槌下捣烂鲜红无数，
奈何在新秋时，未凋的青叶惆怅地辞树，
奈何在深夜里，月儿乘云艇归去，西墙已度，
远巷薙露的乐音，一阵阵被冷风吹过——
我们的小园庭，有时轻喟着一声奈何。

我们的小园庭，有时沉浸在快乐之中；
雨后的黄昏，满院只美荫，清香与凉风，
大量的蹇翁，巨樽在手，蹇足直指天空，
一斤，两斤，杯底喝尽，满怀酒欢，满面酒红，
连珠的笑响中，浮沉着神仙似的酒翁——
我们的小园庭，有时沉浸在快乐之中。

太平景象

[本诗发表时题下有副题《江南即景》。]

"卖油条的，来六根——再来六根。"
"要香烟吗，老总们，大英牌，大前门？
多留几包也好，前边什么买卖都不成。"

"这枪好，德国来的，装弹时手顺；"
"我哥有信来，前天，说我妈有病；"
"哼，管得你妈，咱们去打仗要紧。"

"亏得在江南，离着家千里的路程，
要不然我的家里人……唉，管得他们，
眼红眼青，咱们吃粮的眼不见为净！"

"说是，这世界！做鬼不幸，活着也不称心；
谁没有家人老小，谁愿意来当兵拼命？"
"可是你不听长官说，打伤了有恤金？"

"我就不希罕那猫儿哭耗子的'恤金'！
脑袋就是一个，我就想不透为么要上阵，
砰，砰，打自个儿的弟兄，损己，又不利人。

"你不见李二哥回来，烂了半个脸。全青？
他说前边稻田里的尸体，简直像牛粪，
全的，残的，死透的，半死的，烂臭，难闻。"

"我说这儿江南人倒懂事，他们死不当兵；
你看这路旁的皮棺，那田里玲巧的享亭，
草也青，树也青，做鬼也落个清静：

"比不得我们——可不是火车已经开行？——
天生是稻田里的牛粪——唉，稻田里的牛粪！"
"喂，卖油条的，赶上来，快，我还要六根。"

灰色的人生

我想——我想开放我的宽阔的粗暴的嗓音，唱一支野蛮的大胆的骇人的新歌；

我想拉破我的袍服，我的整齐的袍服，露出我的胸膛、肚腹、肋骨与筋络；

我想放散我一头的长发，像一个游方僧似的散披着一头的乱发；

我也想跣我的脚，跣我的脚，在巉牙似的道上，快活地、无畏地走着。

我要调谐我的嗓音，傲慢的，粗暴的，唱一阕荒唐的、摧残的、弥漫的歌调；

我伸出我的巨大的手掌，向着天与地，海与山，无餍地求讨、寻捞；

我一把揪住了西北风，问它要落叶的颜色，

我一把揪住了东南风，问它要嫩芽的光泽；

我蹲身在大海的边旁，倾听它的伟大的酣睡的声浪；

我捉住了落日的彩霞，远山的露霭，秋月的明辉，散放在我的发上、胸前、袖里、脚底……
我只是狂喜地大踏步地向前——向前——口唱着暴烈的、粗伧的、不成章的歌调；

来，我邀你们到海边去，听风涛震撼太空的声调；
来，我邀你们到山中去，听一柄利斧斫伐老树的清音；
来，我邀你们到密室里去，听残废的、寂寞的灵魂的呻吟；
来，我邀你们到云霄外去，听古怪的大鸟孤独的悲鸣；
来，我邀你们到民间去，听衰老的、病痛的、贫苦的、残毁的、受压迫的、烦闷的、奴服的、懦怯的、丑陋的、罪恶的、自杀的，——和着深秋的风声与雨声——合唱的"灰色的人生"！

才貌双全的林徽因

才貌双全的林徽因是徐志摩的梦中情人。他因她与妻子张幼仪离婚。可最后林徽因却嫁给了梁思成。林徽因是徐志摩心中永远的痛。

恋爱到底是什么一回事

恋爱他到底是什么一回事？——
他来的时候我还不曾出世；
太阳为我照上了二十几个年头，
我只是个孩子，认不识半点愁；
忽然有一天——我又爱又恨那一天——
我心坎里痒齐齐的有些不连牵，
那是我这辈子第一次的上当，
有人说是受伤——你摸摸我的胸膛——
他来的时候我还不曾出世，
恋爱他到底是什么一回事？

这来我变了，一只没笼头的马，
跑遍了荒凉的人生的旷野，
又像那古时间献璞玉的楚人，
手指着心窝，说这里面有真有真，
你不信时一刀拉破我的心头肉，
看那血淋淋的一掬是玉不是玉；
血！那无情的宰割，我的灵魂！

是谁逼迫我发最后的疑问？
疑问！这回我自己幸喜我的梦醒，
上帝，我没有病，再不来对你呻吟！
我再不想成仙，蓬莱不是我的分；
我只要这地面，情愿安分的做人，——
从此再不问恋爱是什么一回事，
反正他来的时候我还不曾出世！

上海妓女"十美图"

毒 药

[《毒药》、《白旗》、《婴儿》原为一组诗，发表于一九二四年十月五日的《晨报·文学旬刊》。]

今天不是我歌唱的日子，我口边涎着狞恶的微笑，不是我说笑的日子，我胸怀间插着发冷光的利刃；

相信我，我的思想是恶毒的因为这世界是恶毒的，我的灵魂是黑暗的因为太阳已经灭绝了光彩，我的声调是像坟堆里的夜鸮因为人间已经杀尽了一切的和谐，我的口音像是冤鬼责问他的仇人因为一切的恩已经让路给一切的怨；

但是相信我，真理是在我的话里虽则我的话像是毒药，真理是永远不含糊的虽则我的话里仿佛有两头蛇的舌，蝎子的尾尖，蜈蚣的触须；只因为我的心里充满着比毒药更强烈，比咒诅更狠毒，比火焰更猖狂，比死更深奥的不忍心与怜悯心与爱心，所以我说的话是毒性的，咒诅的，燎灼的，虚无的；

相信我，我们一切的准绳已经埋没在珊瑚土打紧的墓宫里，最劲烈的祭肴的香味也穿不透这严封的地层；一切的准则是死了的；

我们一切的信心像是顶烂在树枝上的风筝，我们手里擎着这迸断了的鹞线：一切的信心是烂了的；

相信我，猜疑的巨大的黑影，像一块乌云似的，已经笼盖着人间一切的关系：人子不再悲哭他新死的亲娘，兄弟不再来携着他姊妹的手，朋友变成了寇仇，看家的狗回头来咬他主人的腿：是的，猜疑淹没了一切；在路旁坐着啼哭的，在街心里站着的，在你窗前探望的，都是被奸污的处女：池潭里只见些烂破的鲜艳的荷花；

在人道恶浊的涧水里流着，浮荇似的，五具残缺的尸体，它们是仁义礼智信，向着时间无尽的海澜里流去；

这海是一个不安靖的海，波涛猖撅的翻着，在每个浪头的小白帽上分明的写着人欲与兽性；

到处是奸淫的现象：贪心搂抱着正义，猜忌逼迫着同情，懦怯狎亵着勇敢，肉欲侮弄着恋爱，暴力侵凌着人道，黑暗践踏着光明；

听呀，这一片淫猥的声响，听呀，这一片残暴的声响；

虎狼在热闹的市街里，强盗在你们妻子的床上，罪恶在你们深奥的灵魂里……

白　旗

来，跟着我来，拿一面白旗在你们的手里——不是上面写着激动怨毒，鼓励残杀字样的白旗，也不是涂着不洁净血液的标记的白旗，也不是画着忏悔与咒语的白旗(把忏悔画在你们的心里)；

你们排列着，噤声的，严肃的，像送丧的行列，不容许脸上留存一丝的颜色，一毫的笑容；严肃的，噤声的，像一队决死的兵士；

现在时辰到了，一齐举起你们手里的白旗，像举起你们的心一样，仰看着你们头顶的青天，不转瞬的，恐惶的，像看着你们自己的灵魂一样；

现在时辰到了，你们让你们熬着，壅着，迸裂着，滚沸着的眼泪流，直流。狂流，自由的流，痛快的流，尽性的流，像山水出峡似的流，像暴雨倾盆似的流……

现在时辰到了，你们让你们咽着，压迫着，挣扎着，汹涌着的声音嚎，直嚎，狂嚎，放肆的嚎，凶狠的嚎，像飓风在大海波涛间的嚎，像你们丧失了最亲爱的骨肉时的嚎……

现在时辰到了，你们让你们回复了的天性忏悔，让眼泪的滚油煎净了的，让嚎恸的雷霆震醒了的天性忏悔，默默的忏悔，悠久的忏悔，沉彻的忏悔，像冷峭的星光照落在一个寂寞的山谷里，像一个黑衣的尼僧匐伏在一座金漆的神龛前；……

在眼泪的沸腾里，在嚎恸的酣彻里，在忏悔的沉寂里，你们望见了上帝永久的威严。

婴 儿

我们要盼望一个伟大的事实出现，我们要守候一个馨香的婴儿
出世：——

你看他那母亲在她生产的床上受罪！

她那少妇的安详、柔和、端丽，现在在剧烈的阵痛里变形成不
可信的丑恶：你看她那遍体的筋络都在她薄嫩的皮肤底里暴涨
着，可怕的青色与紫色，像受惊的水青蛇在田沟里急泅似的，
汗珠站在她的前额上像一颗颗的黄豆，她的四肢与身体猛烈地
抽搐着，畸屈着，奋挺着，纠旋着，仿佛她垫着的席子是用针
尖编成的，仿佛她的帐围是用火焰织成的；

一个安详的、镇定的、端庄的、美丽的少妇，现在在阵痛的
惨酷里变形成魔鬼似的可怖：她的眼，一时紧紧的阖着，一时
巨大的睁着，她那眼，原来像冬夜池潭里反映着的明星，现在
吐露着青黄色的凶焰，眼珠像是烧红的炭火，映射出她灵魂最
后的奋斗，她的原来朱红色的口唇，现在像是炉底的冷灰，她
的口颤着、撅着、扭着，死神的热烈的亲吻不容许她一息的平
安，她的发是散披着，横在口边，漫在胸前，像揪乱的麻丝，

她的手指间紧抓着几穗拧下来的乱发；

这母亲在她生产的床上受罪：

但她还不曾绝望，她的生命挣扎着血与肉与骨与肢体的纤微，在危崖的边沿上，抵抗着、搏斗着，死神的逼迫；

她还不曾放手，因为她知道(她的灵魂知道！)这苦痛不是无因的，因为她知道她的胎官里孕育着一点比她自己更伟大的生命的种子，包涵着一个比一切更永久的婴儿；

因为她知道这苦痛是婴儿要求出世的征候，是种子在泥土里爆裂成美丽的生命的消息，是她完成她自己生命的使命的时机；

因为她知道这忍耐是有结果的，在她剧痛的昏瞀中她仿佛听着上帝准许人间祈祷的声音，她仿佛听着天使们赞美未来的光明的声音；

因此她忍耐着、抵抗着、奋斗着……她抵拼绷断她统体的纤微，她要赎出在她那胎官里动荡着的生命，在她一个完全，美丽的婴儿出世的盼望中，最锐利、最沉酣的痛感逼成了最锐利、最沉酣的快感……

《给美女》 ▍ 德国蚀刻画 ▍ 麦克斯·克林格尔

翡冷翠的一夜　*10*首

偶　然

我是天空里的一片云，
偶尔投影在你的波心——
你不必讶异，
更无须欢喜——
在转瞬间消灭了踪影。

你我相逢在黑夜的海上，
你有你的，我有我的，方向；
你记得也好，
最好你忘掉，
在这交会时互放的光亮！

丁当——清新

檐前的秋雨在说什么？
它说摔了她，忧郁什么？
我手拿起案上的镜框，
在地平上摔了一个丁当。

檐前的秋雨又在说什么？
"还有你心里那个留着做什么？"
蓦地里又听见一声清新——
这回摔破的是我自己的心！

凌叔华（1900—1990）作家、画家，生于北京的一个仕宦与书画世家，是辜鸿铭的弟子，曾与徐志摩有过一段鲜为人知的恋情。陈西滢是教授、作家，以发表在《现代评论》上的「闲话」闻名，曾与鲁迅论战。

凌叔华与丈夫陈西滢

客 中

今晚天上有半轮的下弦月；
我想携着她的手，
往明月多处走——
一样是清光，我说，圆满或残缺。

园里有一树开剩的玉兰花；
她有的是爱花癖，
我爱看她的怜惜——
一样是芬芳，她说，满花与残花。

浓荫里有一只过时的夜莺，
她受了秋凉，
不如从前浏亮——
快死了，她说，但我不悔我的痴情！

但这莺，这一树花，这半轮月——
我独自沉吟，
对着我的身影——
她在哪里，啊，为什么伤悲、凋谢、残缺？

决　断

我的爱：
再不可迟疑；
误不得
这唯一的时机。

天平秤——
在你自己心里，
哪头重——
砝码都不用比！

你我的——
哪还用着我提？
下了种，
就得完功到底。

生、爱、死——
三连环的迷谜；
拉动一个，
两个就跟着挤。

老实说，
我不希罕这活，
这皮囊，——
哪处不是拘束。

要恋爱，
要自由，要解脱——
这小刀子，
许是你我的天国！

可是不死
就得跑，远远的跑；
谁耐烦
在这猪圈里牢骚？

险——
不用说，总得冒，
不拼命，
哪件事拿得着？

看那星，
多勇猛的光明！
看这夜，
多庄严，多澄清！

走吧，甜，
前途不是暗昧；
多谢天，
从此跳出了轮回！

最后的那一天

在春风不再回来的那一年，
在枯枝不再青条的那一天，
那时间天空再没有光照，
只黑蒙蒙的妖氛弥漫着，
太阳、月亮、星光死去了的空间；

在一切标准推翻的那一天，
在一切价值重估的那时间：
暴露在最后审判的威灵中
一切的虚伪与虚荣与虚空：
赤裸裸的灵魂们匍匐在主的跟前；——

我爱，那时间你我再不必张皇，
更不须声诉、辨冤，再不必隐藏，——
你我的心，像一朵雪白的并蒂莲，
在爱的青梗上秀挺、欢欣、鲜妍，——
在主的跟前，爱是唯一的荣光。

天神似的英雄

这石是一堆粗丑的顽石。
这百合是一丛明媚的秀色；
但当月光将花影描上石隙，
这粗丑的顽石也化生了媚迹。

我是一团臃肿的凡庸，
她的是人间无比的仙容；
但当恋爱将她偎入我的怀中，
就我也变成了天神似的英雄！

人变兽 (战歌之二)

朋友，这年头真不容易过，
你出城去看光景就有数：——
柳林中有乌鸦们在争吵，
分不匀死人身上的脂膏；

城门洞里一阵阵的旋风
起，跳舞着没脑袋的英雄，
那田畦里碧葱葱的豆苗，
你信不信全是用鲜血浇！

还有那井边挑水的姑娘，
你问她为甚走道像带伤——
抹下西山黄昏的一天紫，
也涂不没这人变兽的耻！

海　韵

一

"女郎，单身的女郎，
你为什么留恋
这黄昏的海边？
女郎，回家吧，女郎！"
"啊不；回家我不回，
我爱这晚风吹："——
在沙滩上，在暮霭里。
有一个散发的女郎——
徘徊，徘徊。

二

"女郎，散发的女郎，
你为什么彷徨
在这冷清的海上？
女郎，回家吧，女郎！"
"啊不；你听我唱歌，
大海，我唱，你来和："——
在星光下，在凉风里。
轻荡着少女的清音——
高吟，低哦。

三

"女郎，胆大的女郎！
那天边扯起了黑幕，
这顷刻间有恶风波，——
女郎，回家吧，女郎！"
"啊不；你看我凌空舞，
学一个海鸥没海波："——
在夜色里，在沙滩上，
急旋着一个苗条的身影——
婆娑，婆娑。

四

"听呀，那大海的震怒，
女郎回家吧，女郎！
看呀，那猛兽似的海波，
女郎，回家吧，女郎！"
"啊不；海波他不来吞我，
我爱这大海的颠簸！"
在潮声里，在波光里，
啊，一个慌张的少女在海沫里，
蹉跎，蹉跎。

五

"女郎，在哪里，女郎？
在哪里，你嘹亮的歌声？
在哪里，你窈窕的身影？
在哪里，啊，勇敢的女郎？"
黑夜吞没了星辉，
这海边再没有光芒；
海潮吞没了沙滩，
沙滩上再不见女郎，——
再不见女郎！

又一次试验

上帝捋着他的须，
说"我又有了兴趣；
上次的试验有点糟，
这回的保管是高妙。"

脱下了他的枣红袍，
戴上了他的遮阳帽，
老头他抓起一把土，
快活又有了工作做。

"这回不叫再像我，"
他弯着手指使劲塑；
"鼻孔还是给你有，
可不把灵性往里透！

"给了也还是白丢，
能有几个走回头；
灵性又不比鲜鱼子，
化生在水里就长翅！

"我老头再也不上当，
眼看圣洁的变肮脏，——
就这儿情形多可气，
哪个安琪身上不带蛆！"

运命的逻辑

一

前天她在水晶宫似照亮的大厅里跳舞——
多么亮她的袜!
多么滑她的发!
她那牙齿上的笑痕叫全堂的男子们疯魔。

二

昨天她短了资本,
变卖了她的灵魂;
那戴喇叭帽的魔鬼在她的耳边传授了秘诀,
她起了皱纹的脸又搭上不少男子们的心血。

三

今天在城隍庙前阶沿上坐着的这个老丑,
她胸前挂着一串, 不是珍珠, 是男子们的骷髅;
神道见了她摇头,
魔鬼见了她哆嗦!

剑桥大学

猛虎集 *8*首

阔的海

阔的海空的天我不需要，
我也不想放一只巨大的纸鹞
上天去捉弄四面八方的风；
　　我只要一分钟
　　我只要一点光
　　我只要一条缝，——
　像一个小孩爬伏
　在一间暗屋的窗前
　望着西天边不死的一条
缝，一点
光，一分
钟。

"他眼里有你"

[十一月二日，星家坡]

我攀登了万仞的高冈，
荆棘扎烂了我的衣裳，
我向缥缈的云天外望——
上帝，我望不见你！

我向坚厚的地壳里掏，
捣毁了蛇龙们的老巢，
在无底的深潭里我叫——
上帝，我听不到你！

我在道旁见一个小孩：
活泼，秀丽，褴褛的衣衫；
他叫声妈，眼里亮着爱——
上帝，他眼里有你！

再别康桥

[十一月六日，中国海上]

轻轻的我走了，
　　正如我轻轻的来；
我轻轻的招手，
　　作别西天的云彩。

那河畔的金柳，
　　是夕阳中的新娘；
波光里的艳影，
　　在我的心头荡漾。

软泥上的青荇，
　　油油的在水底招摇；
在康河的柔波里，
　　我甘心做一条水草！

那榆荫下的一潭，
　　不是清泉，是天上虹
揉碎在浮藻间，
　　沉淀着彩虹似的梦。

寻梦？撑一支长篙，
　　向青草更青处漫溯，
满载一船星辉，
　　在星辉斑斓里放歌。

但我不能放歌，
　　悄悄是别离的笙箫；
夏虫也为我沉默，
　　沉默是今晚的康桥！

悄悄的我走了，
　　正如我悄悄的来；
我挥一挥衣袖，
　　不带走一片云彩。

干着急

[八月二十七日，秀山公园]

朋友，这干着急有什么用，
喝酒玩吧，这槐树下凉快；
看槐花直掉在你的杯中——
别嫌它：这也是一种的爱。

胡知了到天黑还在直叫
（她为我的心跳还不一样？）
那紫金山头有夕阳返照
（我心头，不是夕阳，是惆怅！）

这天黑得草木全变了形
（天黑可盖不了我的心焦；）
又是一天，天上点满了银
（又是一天，真是，这怎么好！）

黄　鹂

一掠颜色飞上了树。
"看，一只黄鹂！"有人说。
翘着尾尖，它不作声，
艳异照亮了浓密——
像是春光、火焰，像是热情。

等候它唱，我们静着望，
怕惊了它。但它一展翅，
冲破浓密。化一朵彩云；
它飞了，不见了，没了——
像是春光、火焰，像是热情。

一块晦色的路碑

脚步轻些，过路人！
休惊动那最可爱的灵魂，
如今安眠在这地下，
有绛色的野草花掩护她的余烬。

你且站定，在这无名的土阜边，
任晚风吹弄你的衣襟；
倘如这片刻的静定感动了你的悲悯，
让你的泪珠圆圆的滴下——
为这长眠着的美丽的灵魂！

过路人，假若你也曾
在这人间不平的道上颠顿，
让你此时的感愤凝成最锋利的悲悯。
在你的激震着的心叶上，
刺出一滴、两滴的鲜血——
为这遭冤屈的最纯洁的灵魂！

卑 微

卑微，卑微，卑微；
风在吹
无抵抗的残苇：

枯槁它的形容，
心已空，
单调如何吹弄？

它在向风祈祷：
"忍心好，
将我一拳推倒；

"也是一宗解化——
本无家，
任飘泊到天涯！"

"我不知道风是在哪一个方向吹"

我不知道风
是在哪一个方向吹——
我是在梦中,
在梦的轻波里依洄。

我不知道风
是在哪一个方向吹——
我是在梦中,
她的温存,我的迷醉。

我不知道风
是在哪一个方向吹——
我是在梦中,
甜美是梦里的光辉。

我不知道风
是在哪一个方向吹——
我是在梦中，
她的负心，我的伤悲。

我不知道风
是在哪一个方向吹——
我是在梦中，
在梦的悲哀里心碎！

我不知道风
是在哪一个方向吹——
我是在梦中，
黯淡是梦里的光辉。

《撒旦诱惑荒野中的耶稣》 ┃ 法国 ┃ 古斯塔夫·多雷

云游 *2* 首

云　游

那天你翩翩的在空际云游，
自在，轻盈，你本不想停留
在天的哪方或地的哪角，
你的愉快是无拦阻的逍遥。

你更不经意在卑微的地面
有一流涧水，虽则你的明艳
在过路时点染了他的空灵，
使他惊醒，将你的倩影抱紧。

他抱紧的是绵密的忧愁，
因为美不能在风光中静止；
他要，你已飞渡万重的山头，
去更阔大的湖海投射影子！

他在为你消瘦，那一流涧水，
在无能的盼望，盼望你飞回！

爱的灵感（奉适之）

[适之（1891—1962），即胡适，原名胡洪骍，字适之，现代著名学者、诗人、历史学家、哲学家。本诗作于十二月二十五日晚六时。]

下面这些诗行好歹是他撩拨出来的，正如这十年
来大多数的诗行好歹是他撩拨出来的！

不妨事了，你先坐着吧，
这阵子可不轻，我当是
已经完了，已经整个的
脱离了这世界，缥缈的，
不知到了哪儿。仿佛有
一朵莲花似的云拥着我，
（她脸上浮着莲花似的笑）
拥着到远极了的地方去……
唉，我真不希罕再回来，
人说解脱，那许就是吧！
我就像是一朵云，一朵
纯白的，纯白的云，一点
不见分量，阳光抱着我，
我就是光，轻灵的一球，
往远处飞，往更远的飞；
什么累赘，一切的烦愁，
恩情，痛苦，怨，全都远了，

胡适，字适之（取自『物竞天择，适者生存』），是新文化运动的领袖之一。他一九二〇年出版的《尝试集》是中国新文学史上第一部白话诗集。

胡适

就是你——请你给我口水,
是橙子吧,上口甜着哪——
就是你,你是我的谁呀!
就你也不知哪里去了:
就有也不过是晓光里
一发的青山,一缕游丝,
一翳微妙的晕;说至多
也不过如此,你再要多
我那朵云也不能承载,
你,你得原谅,我的冤家!……
不碍,我不累,你让我说,
我只要你睁着眼,就这样,
叫哀怜与同情,不说爱,
在你的泪水里开着花,
我陶醉着它们的幽香,
在你我这最后,怕是吧,
一次的会面,许我放娇,
容许我完全占定了你,
就这一晌,让你的热情,
像阳光照着一流幽涧,
透澈我的凄冷的意识,
你手把住我的,正这样,
你看你的壮健,我的衰,
容许我感受你的温暖,
感受你在我血液里流,
鼓动我将次停歇的心。
留下一个不死的印痕:

这是我唯一，唯一的祈求……
好，我再喝一口，美极了，
多谢你。现在你听我说。
但我说什么呢，到今天，
一切事都已到了尽头，
我只等待死，等待黑暗，
我还能见到你，偎着你，
真像情人似的说着话，
因为我够不上说那个，
你的温柔春风似的围绕，
这于我是意外的幸福，
我只有感谢，(她合上眼。)
什么话都是多余，因为
话只能说明能说明的，
更深的意义，更大的真，
朋友，你只能在我的眼里，
在枯干的泪伤的眼里
认取。

　我是个平常的人，
我不能盼望在人海里
值得你一转眼的注意。
你是天风：每一个浪花
一定得感到你的力量，
从它的心里激出变化，
每一根小草也一定得
在你的踪迹下低头，在
绿的颤动中表示惊异；

但谁能止限风的前程。
他横掠过海，作一声吼，
狮虎似的扫荡着田野，
当前是冥茫的无穷，他
如何能想起曾经呼吸
到浪的一花，草的一瓣？
遥远是你我间的距离；
远，太远！假如一只夜蝶
有一天得能飞出天外，
在星的烈焰里去变灰
(我常自己想)那我也许
有希望接近你的时间。
唉，痴心，女子是有痴心的，
你不能不信吧？有时候
我自己也觉得真奇怪，
心窝里的牢结是谁给
打上的？为什么打不开？
那一天我初次望到你，
你闪亮得如同一颗星，
我只是人丛中的一点，
一撮沙土，但一望到你，
我就感到异样的震动，
猛袭到我生命的全部，
真像是风中的一朵花，
我内心摇晃得像昏晕，
脸上感到一阵的火烧，
我觉得幸福，一道神异的

林徽因

光亮在我的眼前扫过，
我又觉得悲哀，我想哭，
纷乱占据了我的灵府。
但我当时一点不明白，
不知这就是陷入了爱！

"陷入了爱，"真是的！前缘，
孽债，不知到底是什么？
但从此我再没有平安，
是中了毒，是受了催眠，
教运命的铁链给锁住，
我再不能踌躇：我爱你！
从此起，我的一瓣瓣的
思想都染着你，在醒时，
在梦里。想躲也躲不去，
我抬头望，蓝天里有你，
我开口唱，悠扬里有你，
我要遗忘，我向远处跑，
另走一道，又碰到了你！
枉然是理智的殷勤，因为
我不是盲目，我只是痴。
但我爱你，我不是自私。
爱你，但永不能接近你。
爱你，但从不要享受你。
即使你来到我的身边，
我许向你望，但你不能
丝毫觉察到我的秘密。

我不妒忌，不艳羡，因为
我知道你永远是我的，
它不能脱离我正如我
不能躲避你。别人的爱
我不知道，也无须知晓，
我的是我自己的造作，
正如那林叶在无形中
收取早晚的霞光，我也
在无形中收取了你的。
我可以，我是准备，到死
不露一句，因为我不必。
死，我是早已望见了的。
那天爱的结打上我的
心头，我就望见死，那个
美丽的永恒的世界，死，
我甘愿的投向，因为它
是光明与自由的诞生。
从此我轻视我的躯体，
更不计较今世的浮荣，
我只企望着更绵延的
时间来收容我的呼吸，
灿烂的星做我的眼睛，
我的发丝，那般的晶莹，
是纷披在天外的云霞，
博大的风在我的腋下
胸前眉宇间盘旋，波涛
冲洗我的胫踝，每一个

激荡涌出光艳的神明!
再有电火做我的思想,
天边掣起蛇龙的交舞,
雷震我的声音,蓦地里
叫醒了春,叫醒了生命。
无可思量,啊,无可比况,
这爱的灵感,爱的力量!
正如旭日的威棱扫荡
田野的迷雾,爱的来临
也不容平凡,卑琐以及
一切的庸俗侵占心灵,
它那原来清爽的平阳。
我不说死吗?再不畏惧,
再没有疑虑,再不吝惜
这躯体如同一个财房;
我勇猛的用我的时光。
用我的时光,我说?天哪,
这多少年是亏我过的!
没有朋友,离背了家乡,
我投到那寂寞的荒城,
在老农中间学做老农,
穿着大布,脚登着草鞋,
栽青的桑,栽白的木棉,
在天不曾放亮时起身,
手搅着泥,头戴着炎阳,
我做工,满身浸透了汗,
一颗热心抵挡着劳倦;

但渐次的我感到趣味，
收拾一把草如同珍宝，
在泥水里照见我的脸，
涂着泥，在坦白的云影
前不露一丝羞愧！自然
是我的享受；我爱秋林，
我爱晚风的吹动，我爱
枯苇在晚凉中的颤动，
半残的红叶飘摇到地，
鸦影侵入斜日的光圈；
更可爱是远寺的钟声
交挽村舍的炊烟共做
静穆的黄昏！我做完工，
我慢步的归去，冥茫中
有飞虫在交哄，在天上
有星，我心中亦有光明！
到晚上我点上一支蜡，
在红焰的摇曳中照出
板壁上唯一的画像，
独立在旷野里的耶稣，
（因为我没有你的除了
悬在我心里的那一幅），
到夜深静定时我下跪，
望着画像做我的祈祷，
有时我也唱，低声的唱，
发放我的热烈的情愫
缕缕青烟似的上通到天。

但有谁听到，有谁哀怜？
你踞坐在荣名的顶巅，
有千万人迎着你鼓掌，
我，陪伴我有冷，有黑夜，
我流着泪，独跪在床前！
一年，又一年，再过一年，
新月望到圆，圆望到残，
寒雁排成了字，又分散，
鲜艳长上我手栽的树，
又叫一阵风给刮做灰。
我认识了季候，星月与
黑夜的神秘，太阳的威，
我认识了地土，它能把
一颗子培成美的神奇，
我也认识一切的生存，
爬虫，飞鸟，河边的小草，
再有乡人们的生趣，我
也认识，他们的单纯与
真，我都认识。

                跟着认识
是愉快，是爱，再不畏虑
孤寂的侵凌。那三年间
虽则我的肌肤变成粗，
焦黑熏上脸。剥坼刻上
手脚，我心头只有感谢：
因为照亮我的途径有
爱，那盏神灵的灯，再有

穷苦给我精力，推着我
向前，使我怡然的承当
更大的穷苦，更多的险。
你奇怪吧，我有那能耐？
不可思量是爱的灵感！
我听说古时间有一个
孝女，她为救她的父亲
胆敢上犯君王的天威，
那是纯爱的驱使，我信。
我又听说法国中古时
有一个乡女子叫贞德，
她有一天忽然脱去了
她的村服，丢了她的羊，
穿了戎装拿着刀，带领
十万兵，高叫一声"杀贼"
就冲破了敌人的重围，
救了全国，那也一定是
爱！因为只有爱能给人
不可理解的英勇和胆。
只有爱能使人睁开眼，
认识真，认识价值，只有
爱能使人全神的奋发，
向前闯，为了一个目标，
忘了火是能烧，水能淹。
正如没有光热这地上
就没有生命，要不是爱，
那精神的光热的根源，

圣女贞德

贞德（1412-1431），被称为『奥尔良少女』，是法国的民族英雄、军事家。英法百年战争时，她带领法国军队对抗英军的入侵，为法国胜利做出了巨大贡献。

一切光明的惊人的事
也就不能有。
　　啊，我懂得！
我说"我懂得"我不惭愧：
因为天知道我这几年，
独自一个柔弱的女子，
投身到灾荒的地域去，
走千百里巉岈的路程，
自身挨着饿冻的惨酷
以及一切不可名状的
苦处说来够写几部书，
是为了什么？为了什么
我把每一个老年灾民
不问他是老人是老妇，
当做生身父母一样看，
每一个儿女当做自身
骨血，即使不能给他们
救度，至少也要吹几口
同情的热气到他们的
脸上，叫他们从我的手
感到一个完全在爱的
纯净中生活着的同类？
为了什么我甘愿哺啜
在平时乞丐都不屑的
饮食，吞咽腐朽与肮脏
如同可口的膏粱；甘愿
在尸体的恶臭能醉倒

人的村落里工作如同
发见了什么珍异？为了
什么？就为"我懂得"，朋友，
你信不？我不说，也不能
说，因为我心里有一个
不可能的爱所以发放
满怀的热到另一方向，
也许我即使不知爱也
能同样做，谁知道，但我
总得感谢你，因为从你
我获得生命的意识和
在我内心光亮的点上，
又从意识的沉潜引渡
到一种灵界的莹澈，又
从此产生智慧的微芒
致无穷尽的精神的勇。
啊，假如你能想象我在
灾地时一个夜的看守！
一样的天，一样的星空，
我独自在旷野里或在
桥梁边或在剩有几簇
残花的藤蔓的村篱边
仰望，那时天际每一个
光亮都为我生着意义，
我饮咽它们的美如同
音乐，奇妙的韵味通流
到内脏与百骸，坦然的

《爱之哀》 | 雕塑 | 卢浮宫藏

我承受这天赐不觉得
虚怯与羞惭。因我知道
不为己的劳作虽不免
疲乏体肤，但它能拂拭
我们的灵窍如同琉璃
利便天光无碍的通行。

我话说远了不是？但我
已然诉说到我最后的
回目，你纵使疲倦也得
听到底，因为别的机会
再不会来。你看我的脸
烧红得如同石榴的花；
这是生命最后的光焰，
多谢你不时的把甜水
浸润我的咽喉，要不然
我一定早叫喘息窒死。
你的"懂得"是我的快乐。
我的时刻是可数的了，
我不能不赶快！

        我方才
说过我怎样学农，怎样
到灾荒的魔窟中去伸
一只柔弱的奋斗的手，
我也说过我灵的安乐
对满天星斗不生内疚。

但我终究是人是软弱，
不久我的身体得了病，
风雨的毒浸入了纤微，
酿成了猖狂的热。我哥
将我从昏盲中带回家，
我奇怪那一次还不死，
也许因为还有一种罪
我必得在人间受。他们
叫我嫁人，我不能推托。
我或许要反抗假如我
对你的爱是次一等的，
但因我的既不是时空
所能衡量，我即不计较
分秒间的短长，我做了
新娘，我还做了娘，虽则
天不许我的骨血存留。
这几年来我是个木偶，
一堆任凭摆布的泥土，
虽则有时也想到你，但
这想到是正如我想到
西天的明霞或一朵花，
不更少也不更多。同时
病，一再的回复，销蚀了
我的躯壳，我早准备死，
怀抱一个美丽的秘密，
将永恒的光明交付给
无涯的幽冥。我如果有

一个母亲我也许不忍
不让她知道，但她早已
死去，我更没有沾恋；我
每次想到这一点便忍
不住微笑漾上了口角。
我想我死去再将我的
秘密化成仁慈的风雨，
化成指点希望的长虹，
化成石上的苔藓，葱翠
淹没它们的冥顽；化成
黑暗中翅膀的舞，化成
农时的鸟歌；化成水面
锦绣的文章；化成波涛，
永远宣扬宇宙的灵通；
化成月的惨绿在每个
睡孩的梦上添深颜色；
化成系星间的妙乐……
最后的转变是未料的；
天我不遂理想的心愿，
又叫在热谵中漏泄了
我的怀内的珠光！但我
再也不梦想你竟能来，
血肉的你与血肉的我
竟能在我临去的俄顷
陶然的相偎倚，我说，你
听，你听，我说。真是奇怪，
这人生的聚散！

《灵魂离开了大地》 | 法国 | 普鲁东

　　　　　现在我
真真可以死了，我要你
这样抱着我直到我去，
直到我的眼再不睁开，
直到我飞，飞，飞去太空，
散成沙，散成光，散成风，
啊苦痛，但苦痛是短的，
是暂时的；快乐是长的，
爱是不死的：
我，我要睡……

《星光》｜美国｜肯特

听瓦格纳乐剧

[瓦格纳（Richard Wagner，1813—1883），原译为槐格讷，德国作曲家、文学家。本诗作于一九二二年五月二十五日，原载于一九二三年三月十日《时事新报·学灯》第五卷三册八号。]

是神权还是魔力，
搓揉着雷霆霹雳，
暴风、广漠的怒号，
绝海里骇浪惊涛；

地心的火窖咆哮，
回游，狮虎似狂噪，
仿佛是海裂天崩，
星陨日烂的朕兆；

忽然静了；只剩有
松林附近，乌云里
漏下的微嘘，拂扭
村前的酒帘青旗；

可怖的伟大凄静
万壑层岩的雪景，
偶尔有冻鸟横空
摇曳零落的悲鸣；
悲鸣，胡笳的幽引，
雾结冰封的无垠，

《盗火者普罗米修斯》 ┃ 佛兰德斯 ┃ 科希耶

隐隐有马蹄铁甲
篷帐悉索的荒音；

荒音，洪变的先声，
鼍鼓金钲累荡怒，
霎时间万马奔腾，
酣斗里血流虎虎；

是普罗米修斯（Prometheus）
的反叛，抗天拯人
的奋斗，高加山前
挚鹰刳胸的创呻；

是恋情，悲情，惨情，
是欢心，苦心，赤心；
是弥漫，普遍，神幻，
消金灭圣的性爱；

[普罗米修斯，希腊神话中从天上盗取火种造福人类的神。因盗火犯禁，宙斯将普罗米修斯锁在高加索山的悬崖上，还派鹰去啄食他的心肝。下文的"高加山"，今译为"高加索山"。]

是艺术家的幽骚，
是天壤间的烦恼，
是人类千年万年
郁积未吐的无聊；

这沉郁酝酿的牢骚，
这猖獗圣洁的恋爱，
这悲天悯人的精神，
贯透了艺术的天才。

性灵，愤怒，慷慨，悲哀。
管弦运化，金革调合，
创制了无双的乐剧，
革音革心的瓦格纳！

情　死(Liebstch)

[本诗作于一九二二年六月，原载于一九二三年二月四日《努力周报》第四十期。]

玫瑰，压倒群芳的红玫瑰，昨夜的雷雨，原来是你发出的信号
——真娇贵的丽质！
你的颜色，是我视觉的醇醪；我想走近你，但我又不敢。
青年！几摘白露在你额上，在晨光中吐艳。
你颊上的笑容，定是天上带来的；可惜世界太庸俗。不能供给
他们常住的机会。
你的美是你的运命！我走近来了；
你迷醉的色香又征服了一个灵魂——我是你的俘虏！
你在那里微笑！我在这里发抖，
你已经登了生命的峰极。你向你足下望——一个无底的深潭！
你站在潭边，我站在你的背后，——我，你的俘虏。
我在这里微笑！你在那里发抖。丽质是运命的运命。
我已经将你擒捉在手内！我爱你，玫瑰！
色，香，肉体，灵魂，美，迷力——尽在我掌握之中。
我在这里发抖，你——笑。
玫瑰！我顾不得你玉碎香销，我爱你！
花瓣，花萼，花蕊，花刺，你，我——多么痛快啊！——尽胶
结在一起；
一片狼藉的猩红，两手模糊的鲜血。玫瑰！我爱你！

夜

[本诗作于一九二二年七月，原载于一九二三年十二月一日《晨报·文学旬刊》第十九号。]

一

夜，无所不包的夜，我颂美你！

夜，现在万象都像乳饱了的婴孩，在你大母温柔的怀抱中眠熟。

一天只是紧叠的乌云，像野外一座帐篷，静悄悄的，静悄悄的；

河面只闪着些纤微，软弱的辉芒，桥边的长梗水草，黑沉沉的像几条烂醉的鲜鱼横浮在水上，任凭惫懒的柳条，在他们的肩尾边撩拂；

对岸的牧场，屏围着墨青色的榆荫，阴森森的，像一座才空的古墓；那边树背光芒，又是什么呢？

我在这沉静的境界中徘徊，在凝神地倾听，……听不出青林的夜乐，听不出康河的梦呓，听不出鸟翅的飞声；

我却在这静谧中，听出宇宙进行的声息，黑夜的脉搏与呼吸，听出无数的梦魂的匆忙踪迹；

也听出我自己的幻想，感受了神秘的冲动，在豁动他久敛的羽翮，准备飞出他沉闷的巢居，飞出这沉寂的环境，去寻访黑夜的奇观，去寻访更玄奥的秘密——

听呀，他已经沙沙的飞出云外去了！

二

一座大海的边沿，黑夜将慈母似的胸怀，紧贴住安息的万象；
波澜也只是睡意，只是懒懒的向空疏的沙滩上洗淹，像一个小
沙弥在瞌睡地撞他的夜钟，只是一片模糊的声响。
那边岩石的面前，直竖着一个伟大的黑影——是人吗？
一头的长发，散披在肩上，在微风中颤动，
他的两肩，瘦的，长的，向着无限的天空举着，——
他似在祷告，又似在悲泣——
是呀，悲泣——
海浪还只在慢沉沉的推送——
看呀，那不是他的一滴眼泪？
一颗明星似的眼泪，掉落在空疏的海砂上，落在倦懒的浪头上，
落在睡海的心窝上，落在黑夜的脚边——一颗明星似的眼泪！
一颗神灵，有力的眼泪，仿佛是发酵的酒酿，作炸的引火，霹
雳的电子；
他唤醒了海，唤醒了天，唤醒了黑夜，唤醒了浪涛——真伟大
的革命——
霎时地扯开了满天的云幕，化散了迟重的雾气，
纯碧的天中，复现出一轮团圆的明月，
一阵威武的西风，猛扫着大宝的琴弦，开始，神伟的音乐。
海见了月光的笑容，听了大风的呼啸，也像初醒的狮虎，摇摆
咆哮起来——
霎时地浩大的声响，霎时地普遍的猖狂！
夜呀！你曾经见过几滴那明星似的眼泪？

三

到了二十世纪的不夜城。

夜呀，这是你的叛逆，这是恶俗文明的广告，无耻，淫猥，残暴，肮脏——表面却是一致的辉耀，看，这边是跳舞会的尾声，

那边是夜宴的收梢，那厢高楼上一个肥狠的犹大，正在奸污他钱撙的新娘；

那边街道的转角上，有两个强人，擒住一个过客，一手用刀割断他的喉管，一手掏他的钱包；

那边酒店的门外，麕聚着一群醉鬼，蹒跚地在秽语，狂歌，音似钝刀刮锅底——

幻想更不忍观望，赶快的掉转翅膀，向清净境界飞去。

飞过了海，飞过了山，也飞回了一百多年的光阴——

他到了"湖滨诗侣"的故乡。

多明净的夜色！只淡淡的星辉在湖胸上舞旋，三四个草虫叫夜；

四围的山峰都把宽广的身影，寄宿在葛濑士迷亚柔软的湖心，沉酣的睡熟；

那边"乳鸽山庄"放射出几缕油灯的稀光，斜楼在庄前的荆篱上；

听呀，那不是罪翁吟诗的清音——

[罪翁指骚塞(Robert Southey, 1774—1843)，英国湖畔派代表诗人。]

The poets who in earth have made us heir
Of truth a pure delight by heavenly lays！
Oh！ Might my name be numbered among their，
The gladly bowld end my untal days！

《古舟子咏》插图┃法国┃古斯塔夫·多雷

《古舟子咏》是柯勒律治的传世名作。插图画家多雷特别喜欢这首长诗·曾为它绘制了插图并于一八七五年自费出版。本图表现的是诗中的情景:「在船弦的阴影外我看到巨大的海蛇。」

诗人解释大自然的精神，
美妙与诗歌的欢乐，苏解人间爱困！
无羡富贵，但求为此高尚的诗歌者之一人，
便撒手长暝，我已不负吾生。
我便无憾地辞尘埃，返归无垠。

他音虽不亮，然韵节流畅，证见旷达的情怀。一个
个的音符，都变成了活动的火星，从窗棂里点飞出
来！飞入天空，仿佛一串鸢灯，凭彻青云，下照流
波，余音洒洒的惊起了林里的栖禽，放歌称叹。
接着清脆的嗓音，又不是他妹妹桃绿水（Dorot-
hy）的？

呀，原来新染烟癖的柯勒律治（Coleridge）也在他
家作客，三人围坐在那间湫隘的客室里，壁炉前烤
火炉里烧着他们早上在园里亲劈的栗柴，在必拍的
作响，铁架上的水壶也已经滚沸，嘶嘶有声：
To sit without emotion， hope or aim
In the loved pressure of my cottage fire，
And bisties of the flapping of the flame
Or kettle whispering its faint under song，
坐处在可爱的将息炉火之前，
无情绪的兴奋，无冀，无筹营。
听，但听火焰。飐摇的微喧，
听水壶的沸响，自然的乐音。

夜呀，像这样人间难得的纪念，你保了多少……

特洛伊王子帕里斯拐走海伦后，希腊联军围困特洛伊，却久攻不下，于是奥德修斯想了个诡计，希腊人假装撤退，弃下一匹巨大的木马。特洛伊人不知是计，把木马作为战利品拖进城中。夜深时分，躲藏在木马腹中的希腊士兵溜出木马，打开城门，结果特洛伊沦陷。

特洛伊木马

四

他又离了诗侣的山庄，飞出了湖滨，重复逆溯着汹涌的时潮，到了几百年前海德堡（Heidelberg）的一个跳舞盛会。

雄伟的赭色官堡一体沉浸在满月的银涛中。山下的尼波河（Nubes）在悄悄的进行。

堡内只是舞过闹酒的欢声，那位海量的侏儒今晚已经喝到第六十三瓶啤酒，嚷着要吃那大厨里烧烤的全牛，引得满庭假发粉面的男客、长裙如云的女宾，哄堂的大笑。

在这笑声里幻想又溜回了不知几十世纪的一个昏夜眼前只见烽烟四起，巴南苏斯的群山点成一座照彻云天大火屏，远远听得呼声，古朴壮硕的呼声，——

[海伦是《荷马史诗》中的古希腊美女，因与特洛伊王子帕里斯私奔而引发了特洛伊战争。史诗中没有直接描写海伦的美，只是通过希腊战士的口说：为这样一个女人，打十年仗是值得的。]

"阿伽门农打破了特洛伊，夺回了海伦，现在凯旋回雅典了，

希腊的人氏呀，大家快来欢呼呀！——阿伽门农，王中的王！"

这呼声又将我幻想的双翼，吹回更不知无量数的由旬，到了一个更古的黑夜，一座大山洞的跟前；

一群男女，老的、少的、腰围兽皮或树叶的原民，蹲踞在一堆柴火的跟前，在煨烤大块的兽肉。猛烈地腾窜的火光，照出他们强固的躯体，黝黑多毛的肌肤——

这是人类文明的摇荡时期。

夜呀，你是我们的老乳娘！

五

最后飞出了气围，飞出了时空的关塞。

当前是宇宙的大观！

几百万个太阳，大的小的，红的黄的，放花竹似的在无极中激
震，旋转——

但人类的地球呢？

一海的星砂，却向哪里找去，

不好，他的归路迷了！

夜呀，你在哪里？

光明，你又在哪里？

六

"不要怕，前面有我。"一个声音说。

"你是谁呀？"

"不必问，跟着我来不会错的。我是宇宙的枢纽，我是光明的
泉源，我是神圣的冲动，我是生命的生命，我是诗魂的向导；
不要多心，跟我来不会错的。"

"我不认识你。"

你已经认识我！在我的眼前，太阳，草木，星，月，介壳，鸟
兽，各类的人，虫豸，都是同胞，他们都是从我取得生命，都

受我的爱护，我是太阳的太阳，永生的火焰；

你只要听我指导，不必猜疑，我叫你上山，你不要怕险；我教你入水，你不要怕淹；我教你蹈火，你不要怕烧；我叫你跟我走，你不要问我是谁；

我不在这里，也不在那里，但只随便哪里都有我。若然万象都是空的幻的，我是终古不变的真理与实在；

你方才邀游黑夜的胜迹，你已经得见他许多珍藏的秘密，——你方才经过大海的边沿，不是看见一颗明星似的眼泪吗？——那就是我。

你要真静定，须向狂风暴雨的底里求去；你要真和谐，须向混沌的底里求去；

你要真平安，须向大变乱，大革命的底里求去；

你要真幸福，须向真痛里尝去；

你要真实在，须向真空虚里悟去；

你要真生命，须向最危险的方向访去；

你要真天堂，须向地狱里守去；

这方向就是我。

这是我的话，我的教训，我的启方；

我现在已经领你回到你好奇的出发处，引起你游兴的夜里；

你看这不是湛露的绿草，这不是温驯的康河？愿你再不要多疑，听我的话，不会错的，——我永远在你的周围。

张幼仪

笑解烦恼结(送幼仪)

[原载于一九二二年十一月八日的《新浙江·新朋友》。]

一

这烦恼结，是谁家扭得水尖儿难透？
这千缕万缕烦恼结是谁家忍心机织？
这结里多少泪痕血迹，应化沉碧！
忠孝节义——咳，忠孝节义谢你维系
四千年史骸不绝，
却不过把人道灵魂磨为粉屑，
黄海不潮，昆仑叹息，
四万万生灵，心死神灭，中原鬼泣！
咳，忠孝节义！

二

东方晓，到底明复出，
如今这盘糊涂账，
如何清结？

三

莫焦急，万事在人为，只消耐心
共解烦恼结。
虽严密，是结，总有丝缕可觅，
莫怨手指儿酸、眼珠儿倦，
可不是抬头已见，快努力！

四

如何！毕竟解散，烦恼难结，烦恼苦结。
来，如今放开容颜喜笑，握手相劳；
此去清风白日，自由道风景好。
听身后一片声欢，争道解散了结儿，
消除了烦恼！

地中海

[原载于一九二二年十二月二十四日《努力周报》第三十四期。]

海呀，你宏大幽秘的音息，不是无因而来的，
这风稳日丽，也不是无因而然的，
这些进行不歇的波浪，唤起了思想同情的反应——
涨，落——隐，现——去，来……
无量数的浪花，各各不同，各有奇趣的花样——
一树上没有两张相同的叶片，
天上没有两片相同的云彩。
地中海呀！你是欧洲文明最老的见证！
魔大的帝国，曾经一再笼卷你的两岸；
霸业的命运，曾经再三在你酥胸上定夺；
无数的帝王、英雄、诗人、僧侣、寇盗、商贾，
曾经在你怀抱中得意、失志、死亡；
无数的财货、牲畜、人命、舰队、商船、渔艇，
曾经沉入你无底的渊壑；
无数的朝彩晚霞、星光月色、血腥、血糜，
曾经浸染涂糁你的面庞；
无数的风涛、雷电、炮声、潜艇，
曾经扰乱你平安的居处；

《迦太基人——假装流落海礁，以躲避罗马人》 ▏ 法国 ▏ 维克多·雨果

特洛伊城焚的火光，阿脱洛庵家的惨剧，
沙伦女的歌声，迦太基奴女被掳过海的哭声，
维雪维亚炸裂的彩色，
尼罗河口，特拉法加唱凯的歌音……
都曾经供你耳目刹那的欢娱。

历史来，历史去；
埃及、波斯、希腊、马其顿、罗马、西班牙——
至多也不过抵你一缕浪花的涨歇，一茎春花的开
落！
但是你呢——
依旧冲洗着欧非亚的海岸，
依旧保存着你青年的颜色，
（时间不曾在你面上留痕迹。）
依旧继续着你自在无挂的涨落，
依旧呼啸着你厌世的骚愁，
依旧翻新着你浪花的样式，——
这孤零零的神秘伟大的地中海呀！

本图是一幅十四世纪的意大利壁画，描绘的是上帝从亚当的肋骨创造出夏娃的情形。这个故事常被用来证明男人优于女人。

《创造夏娃》

人种来由

[原载于一九二三年六月二十一日《时事新报·学灯》。]

一

夏娃："你是亚当吗，上帝
创造我来伴你的。
你从今后再不怕
荒凉，再不愁孤寂。
让我摸摸你的脸，
口边蓬蓬像树藓，
你喉头有个桃核，
你肌肉好多强健；
但是你胸前不如
我又嫩又软又肥——
我们原来两样的，
我又希奇又欢喜。"
亚当："你的声音很好听，
你的手怪招痒的，
你初来人地生疏，
等我慢慢指导你，
昨晚我在睡梦里，
上帝从我变出你；
你的肉是我的肉，
你我原来是一体，

不过我男你是女。"

夏娃:"我叫你夫你叫我妻,

千年万年不分离!

我觉得心头狂跳,

方才一阵清风过,

吹来树上鲜果味,

我想去——"

亚当:"谨记上帝的吩咐;

伊甸园里鲜果富,

樱桃梅李都可采,

独禁'知识树'上果,

你须牢记在心头,

若然犯禁死无处。

如今我去折桑麻,

你在此地喂鸡鹅。"

二

蛇:"夏娃!"

夏娃:"谁啊?"

蛇:"原来你不认识我。

我是伊甸的圣蛇,

通天达地晓人事,

宇宙秘密无不知,

亚当是个蠢东西,

——嘻嘻!"

夏娃:"什么叫做'嘻嘻'呢?"

蛇:"等我好好教导你。

嘻嘻是个笑声气,

〔"泰",同"太"。〕我笑亚当泰腐气,

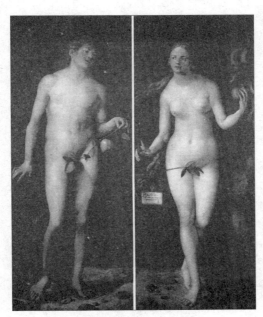

《亚当与夏娃》 | 德国 | 阿尔布莱希特·丢勒

一心皈依信上帝。

伊甸园里最珍奇，

莫如'知识树'上果；

你若偷采吃一只，

宇宙密库顿开锁；

你的双眼会开放，

见红见紫见星光；

还有种种消息好，

吃了药儿便知晓——

嘻嘻！"

夏娃："嘻嘻，多谢你，蛇儿，

是去采果儿吃也！"

三

亚当："夏娃，替我搔搔背，

我有好东西给你。"

夏娃："你有什么好东西。

蛇儿笑你泰腐气。"

亚当："蛇儿专出坏主意，

千万不可轻信伊，

我给你个桑乌都，

甜里带酸很有味。"
夏娃："鸟都算什么东西，
我的苹果才希奇；
今晚临睡吃下去。
明早张眼见天地！"

四

夏娃："亚当！我见亮光了！
好一个美妙天地！
赶快睁开你眼皮，
你我准备见面礼！"
亚当："你的疯话我不信，
哪有眼皮会开闭——
咳奇怪！果真两眼
有些发痒酸斋斋；
夏娃！夏娃！真希奇，
果然是光亮天地！"
夏娃："不成！慢点儿过来。
你我原来是裸体！
不好了！快躲起来，
那边来的是上帝！"

一小幅的穷乐图

[原载于一九二三年二月十四日《晨报副镌》。]

巷口一大堆新倒的垃圾，
大概是红漆门里倒出来的垃圾，
其中不尽是灰，还有烧不烬的煤，
不尽是残骨，也许骨中有髓，
骨坳里还粘着一丝半缕的肉片，
还有半烂的布条，不破的报纸，
两三梗取灯儿，一半支的残烟；

这垃圾堆好比是个金山，
山上满偻着寻求黄金者，
一队的褴褛，破烂的布裤蓝袄，
一个两个数不清高搊的臀腰，
有小女孩，有中年妇，有老婆婆，
一手挽着筐子，一手拿着树条，

深深的弯着腰，不咳嗽，不唠叨，
也不争闹，只是向灰堆里寻捞，
向前捞捞，向后捞捞，两边捞捞，
肩挨肩儿，头对头儿，拨拨挑挑，
老婆婆捡了一块布条，上好一块布条！
有人专捡煤渣，满地多的煤渣，
妈呀，一个女孩叫道，我捡了一块鲜肉骨头，
回头熬老豆腐吃，好不好？

一队的褴褛，好比个走马灯儿，
转了过来，又转了过去，又过来了，
有中年妇，有女孩小，有婆婆老，
还有夹在人堆里趁热闹的黄狗几条。

《穿过云层的阳光》 ▎英国 ▎亚历山大·寇普斯

自然与人生

[原载于一九二四年二月十日《小说月报》。]

风、雨、山岳的震怒：
猛进，猛进！
显你们的猖獗、暴烈、威武，
霹雳是你们的酣嗷，
雷震是你们的军鼓——
万丈的峰峦在涌泅的战阵里
失色、动摇、颠簸；
猛进，猛进！
这黑沉沉的下界，是你们的俘虏！

壮观！仿佛是跳出了人生的关塞，
凭着智慧的明辉，回看
这伟大的悲惨的趣剧，在时空
无际的舞台上，更番的演着：——
我驻足在岱岳的顶巅，
在阳光朗照着的顶巅，俯看山腰里
蜂起的云潮敛着，叠着，渐缓的
淹没了眼下的青峦与幽壑；
霎时的开始了，骇人的工作。

风、雨、雷霆、山岳的震怒：
猛进，猛进！
矫捷的、猛烈的：吼着，打击着，咆哮着；
烈情的火焰，在层云中狂窜：
恋爱、嫉妒、咒诅、嘲讽、报复、牺牲、烦闷，

疯犬似的跳着、追着、噪着、咬着，
毒蟒似的绞着、翻着、扫着、舐着，
猛进，猛进！
狂风、暴雨、电闪、雷霆：
烈情与人生！

静了，静了，
不见了晦盲的云罗与雾锢，
只有轻纱似的浮沤，在透明的晴空，
冉冉的飞升，冉冉的翳隐，
像是白羽的安琪，捷报天庭。

静了，静了，
眼前消失了战阵的幻景，
回复了幽谷与冈峦与森林，
青葱、凝静、芳馨，像一个浴罢的处女，
忸怩的无言，默默的自怜。

变幻的自然，变幻的人生。
瞬息的转变，暴烈与和平，
刿心的惨剧与怡神的宁静：
谁是主，谁是宾，谁幻复谁真？

莫非是造化儿的诙谐与游戏，
恣意的反复着涕泪与欢喜，
厄难与幸运，娱乐他的冷酷的心，
与我在云外看雷阵，一般的无情？

一宿有话（真正老牌"迦门"）

[本诗原载于一九二五年八月五日《晨报，文学旬刊》。]

那晚上车我的手提包里有烟，有糖，有橘子蜜酒，
睡车每间两个床位，我的是上铺，他在下面。
你是日本人？
不。
中国人？
是的。

[沙达水，英文soda
的音译，通译为苏
打水。威司克，英文
whiskey的音译，
酒名，通译威士
忌。]

你喝威司克？唉欧(他意思是沙达水，不是威司克）？
不，多谢。抽烟。
你到巴黎去长住？
不。
我当过军官——在德皇御队里。
是的，那你打仗了？
从头到底——我一共打了七十二仗。
大英雄！你对敌是谁——是英是法？
全打过。
你杀死了多少人？
三千法国人，一千英国人。
谁会打些？
英国人；法国人不成。
为什么？
喝的太多，女人太多。
所以你杀了他们，还是看不起他们。法国女人
　呢？你们一定多的是机会。
喔要多少？她们可不干净你知道，洗得不够你知道。

一九一四年八月二十日德军越过默兹河，攻克法国边境对面的利尔市。本图便是当时的街景。

一战时的城市街景

[司墨漆希，英文
smutch的音译，
意为:污点，污
迹。]

司墨漆希，哈哈！

她们可长得好看不是？不比贵国人差对不对？

喔好看是有的，可没有用。她们不行，没有好身
　　体，有病的你知道，不成。

你打了那么多仗，没有受伤？

喏你看！（他脱了褂子，剥开里衣，露出一个畸
　　　形的肩膀，骨骼像是全断了，凹下一个大
　　　坑，皮扭扭皱皱怪难看的。）

现在没有事了？

啊，你试试。（他伸出手臂，叫我摸他铁打似的
　　　栗子筋。）我是一个打拳的。

你怎么受伤的？

开花弹炸破的。我在这儿站着，弹子炸了，正当
　　着我面，我赶快旋转身这里着了。

你倒了没有？

一点也不倒。

那你得进医院？

是的，在医院住五个星期，又回家去五个星期，
　　　那是十七年的年底。

下年正月我又回前敌去打，又弄死了不少法国人。

你是步队？

[汤克(tank)，今
译为坦克。]

是的，步队；我打汤克（tank）。

怎么打法——汤克不是顶可怕的吗？

先打他的正面，再打旁面，打中就破了——我带
　　了十三个大的。

你打了美国兵没有？

没有，我们打法国黑兵，顶没有用，比小鸡还容易捉。

再抽烟，请。你现在做什么事？

做生意——衣服生意。你看我身上的就是我自己
店里的。

本图摄于第一次世界大战期间，当时毒气成为致命武器。

《死亡之气》

你还愿意打仗吗？

当然，十年内你看着，德国打败英国、法国。

怎么打法？

俄国人会得帮我们。他们先拿波兰，法国人的左
　　腿就破了。

啊那你少不了中国人帮忙！

不错不错；日耳曼、俄罗斯、支那联成一起，全
　　世界翻身，法国卡波脱，日本卡波脱，美国卡
　　波脱，英国更不用提了。

[英语kaput的音
译，意为：被击
败，完蛋。]

你也不爱日本？

不，日本人不成，他们自己没有文化，有文化就
　　是支那德意志，日本人是猴子。

喝蜜酒吧，请，祝福我们将来联合的胜利。

再来一杯。

你有家了没有？

你问我有老婆？没有没有，有了家没有自由，我
　　做生意，今天到这里，明天到那里，有了家就
　　……（他想不出字）

Handicapped？

啊不错，Handicapped！你看我的身体多好！你有
　　刀吗？（他低了头去到表链上去解小刀，我看着
　　他光秃的头顶，有三个大疤，像老寿星的头，
　　我忍不住笑了。）

你笑什么？

我笑法国人。（这时候他已经把小刀剥开，拿着
　　刀尖叫我摸他的锋利，我莫名其妙。）

刀尖快不快？

快。

你看。（他伸出他的右腿，迸着气，手拿着刀，
　　尖头向下，提得高高地，撒手，刀尖着股，咄

兴登堡与希特勒

保罗·冯·兴登堡（1847—1934）·第一次世界大战期间德国元帅·魏玛共和国（1925—1934）第二任总统。一九三三年兴登堡任命希特勒为总理·从此德国开始了法西斯恐怖专政。

的一声，弹下了地去，像是碰着了一块有弹性
的金属，再来一次。）

了不得，了不得！（他得意笑了，头皮发亮。）

好汉！所以你不爱女色？

喔有时候，女人多的是，我们付钱，她们爱——
哈哈。可是打仗顶好玩，比女人还有趣。

我信，所以你只盼望再打？你的政党当然是德意
志国民党？

当然，你看这三色的党徽。

你看这次选举谁有希望？

胜利一定是我们——兴登堡将军顶好。

你崇拜他？

一百分。

好，我们再喝酒，祝你们政党的胜利。

昨晚柏林有好戏你看了没有？（他问）

"Oscar Wilde"？那是第一晚，我嫌贵没有去，你
去了？

去了。

做得好？

[王尔德（Oscar
Wilde），英国
作家，十九世纪
唯美主义的代表
人物，曾因同性
恋行为被判刑，
本处指的正是同
性恋的事情。]不错。王尔德——的事情你信不信？

许有的，他就好奇。

好奇？我看是人的天性。你们中国有没有？

变例自然到处有；德国怎么样？

时行得很。没有什么希奇，学校里、军队里，柏
林有俱乐部，你知道吗？

不知道；所以你们竟不以为奇？

[München，德文，
即德国城市慕尼
黑。]一点也不；你到München去住几时就知道了。

吭，你们德国人真是伟大的民族！时候不早了，
休息吧，夜安。

夜安。

这是我从柏林到巴黎那晚车上我自以为有趣的谈话，当晚我说过"夜安"上床去在枕上就记下了一些(英文)，今天无意中检看，觉得还是有趣，所以翻了出来。但你们却不要误会以为德国全是这样的，蠢、粗、忍、变性的，虽则像他同样脑筋的一定不少，要不然兴登堡将军哪里会有机会？我在这里又碰到一个德国人，他是我的好友，与那位先生刚巧相反。他也是打了四年的仗，但他恨极了打仗;他是一个深思、勤学、爱和平、有见地、敦厚、可亲的一个少年。只可惜一个人教育入了骨髓，思想有了分寸，他的外表的趣味就淡，你替他写照就不易，不比那位先生开口见喉咙，粗极，也有趣极。你想拿刀尖来扎大腿的那类手势，在文明社会里，是否不可多得？

冢中的岁月

[原载于一九二四年十月十五日《晨报·文学旬刊》。]

白杨树上一阵鸦啼，
白杨树上叶落纷披，
白杨树下有荒土一堆：
亦无有青草，亦无有墓碑；

亦无有蛱蝶双飞，
亦无有过客依违，
有时点缀荒野的暮霭，
土堆邻近有青磷闪闪。

埋葬了也不得安逸，
髑髅在坟底叹息；
舍手了也不得静谧，
髑髅在坟底饮泣。

破碎的愿望梗塞我的呼吸，
伤禽似的震悸着他的羽翼；
白骨放射着赤色的火焰——
却烧不尽生前的恋与怨。

白杨在西风里无语，摇曳，
孤魂在墓窟的凄凉里寻味：
"从不享，可怜，祭扫的温慰，
再有谁存念我生平的梗概！"

《春天的时光——远飞的鹤》 | 俄国 | 伊萨克·列维坦

魂
牵梦绕的地方

印度洋上的秋思[1]

昨夜中秋。黄昏时西天挂下一大帘的云母屏，掩住了落日的光潮，将海天一体化成暗蓝色，寂静得如黑衣尼在圣座前默祷。过了一刻，即听得船梢布篷上窸窸窣窣啜泣起来，低压的云夹着迷蒙的雨色，将海线逼得像湖一般窄，沿边的黑影，也辨认不出是山是云，但涕泪的痕迹，却满布在空中水上。

又是一番秋意！那雨声在急骤之中，有零落萧疏的况味，连着阴沉的气氲，只是在我灵魂的耳畔私语道："秋"！我原来无欢的心境，抵御不住那样温婉的浸润，也就开放了春夏间所积受的秋思，和此时外来的怨艾构合，产出一个弱的婴儿——"愁"。

天色早已沉黑，雨也已休止。但方才啜泣的云，还疏松地幕在天空，只露着些惨白的微光，预告明月已经装束齐整，专等开幕。同时船烟正在莽莽苍苍地吞吐，筑成一座蟒鳞的长桥，直联及西天尽处，和船轮泛出的一流翠波白沫，上下对照，留恋西来的踪迹。

北天之幕豁处，一颗鲜翠的明星，喜孜孜地先来问探消息，像新嫁妇的侍婢，也穿扮得遍体光艳。但新娘依然姗姗未出。

我小的时候，每于中秋夜，呆坐在楼窗外等看"月华"。若

1　本文原刊于一九二二年十二月二十九日《晨报副刊》。

《夏多布里昂》 ┃ 法国 ┃ 吉罗戴—特里奥松

然天上有云雾缭绕，我就替"亮晶晶的月亮"担忧。若然见了鱼鳞似的云彩，我的小心就欣欣怡悦，默祷着月儿快些开花，因为我常听人说只要有"瓦楞"云，就有月华；但在月光放彩以前，我母亲早已逼我去上床，所以月华只是我脑筋里一个不曾实现的想象，直到如今。现在天才砌满了瓦楞云彩，霎时间引起了我早年许多有趣的记忆——但我的纯洁的童心，如今哪里去了！

月光有一种神秘的引力。她能使海波咆哮，她能使悲绪生潮。月下的喟息可以结聚成山，月下的情泪可以培塒百亩的畹兰，千茎的紫琳耿。我疑悲哀是人类先天的遗传，否则，何以我儿年不知悲感的时期，有时对着一泻的清辉，也往往凄心滴泪呢？

但我今夜却不曾流泪。不是无泪可滴，也不是文明教育将我最纯洁的本能锄净，却为是感觉了神圣的悲哀，将我理解的好奇心激动，想学夏多布里昂[1]来解剖这神秘的"睄冷骨累"。冷的智永远是热的情的死仇。他们不能相容的。

但在这样浪漫的月夜，要来练习冷酷的分析，似乎不近人情！所以我的心机一转，重复将锋快的智力剧起，让沉醉的情泪自然流转，听他产生什么音乐，让缱绻的诗魂漫自低回，看他寻出什么梦境。

明月正在云岩中间，周围有一圈黄色的彩晕，一阵阵的轻霭，在她面前扯过。海上几百道起伏的银沟，一齐在微叱凄其的音节，此外不受清辉的波域，在暗中坟坟涨落，不知是怨是慕。

我一面将自己一部分的情感，看入自然界的现象，一面拿着纸笔，痴望着月彩，想从她明洁的辉光里，看出今夜地面上秋思的

1　夏多布里昂（Chateaubriand, 1768—1848），法国作家，著有《阿达拉》、《勒奈》等。

痕迹，希冀她们在我心里，凝成高洁情绪的菁华。因为她光明的捷足，今夜遍走天涯，人间的恩怨，哪一件不经过她的慧眼呢？

印度的Ganges（埂奇）河边有一座小村落，村外一个榕绒密绣的湖边，坐着一对情醉的男女，他们中间草地上放着一尊古铜香炉，烧着上品的水息，那温柔婉恋的烟篆、沉馥香浓的热气，便是他们爱感的象征。月光从云端里轻俯下来，在那女子脑前的珠串上，水息的烟尾上，印下一个慈吻，微哂，重复登上她的云艇，上前驶去。

一家别院的楼上，窗帘不曾放下，几片肥满的桐叶正在玻璃上摇曳逗趣，月光窥见了窗内一张小蚊床上紫纱帐里，安眠着一个安琪儿似的小孩，她轻轻挨进身去，在他温软的眼睫上，嫩桃似的腮上，抚摩了一会。又将她银色的纤指，理齐了他脐圆的额发，蔼然微哂着，又回她的云海去了。

一个失望的诗人，坐在河边一块石头上，满面写着幽郁的神情，他爱人的倩影，在他胸中像河水似的流动，他又不能在失望的渣滓里榨出些微甘液，他张开两手，仰着头，让大慈大悲的月光，那时正在过路，洗沐他泪腺湿肿的眼眶，他似乎感觉到清心的安慰，立即摸出一支笔，在白衣襟上写道：

月光，

你是失望儿的乳娘！

面海一座柴屋的窗棂里，望得见屋里的内容：一张小桌上放着半块面包和几条冷肉，晚餐的剩余，窗前几上开着一本家用的《圣经》，炉架上两座点着的烛台，不住地在流泪，旁边坐着一个皱面驼腰的老妇人，两眼半闭不闭地落在伏在她膝上悲泣的一

《沙恭达罗》是印度古代诗人、戏剧家迦梨陀娑的七幕诗剧，讲述的是国王豆扇陀和「孔雀女」沙恭达罗的悲欢离合的故事。

《沙恭达罗》插图

个少妇，她的长裙散在地板上像一只大花蝶。老妇人掉头向窗外望，只见远远海涛起伏，和慈祥的月光在拥抱蜜吻，她叹了声气向着斜照在《圣经》上的月彩啜道：

"真绝望了！真绝望了！"

她独自在她精雅的书室里，把灯火一齐熄了，倚在窗口一架藤椅上，月光从东墙肩上斜泻下去，笼住她的全身，在花砖上幻出一个窈窕的倩影。她两根垂辫的发梢，她微澹的媚唇，和庭前几茎高崎的玉兰花，都在静谧的月色中微颤。她加她的呼吸，吐出一股幽香，不但邻近的花草，连月儿闻了，也禁不住迷醉，她腮边天然的妙涡，已有好几日不圆满：她瘦损了。但她在想什么呢？月光，你能否将我的梦魂带去，放在离她三五尺的玉兰花枝上？

威尔士[1]西境一座矿床附近，有三个工人，口衔着笨重的烟斗，在月光中间坐。他们所能想到的话都已讲完，但这异样的月彩，在他们对面的松林，左首的溪水上，平添了不可言语比说的妩媚，唯有他们工余倦极的眼珠不阖，彼此不约而同今晚较往常多抽了两斗的烟，但他们矿火熏黑、煤块擦黑的面容，表示他们心灵的薄弱。在享乐烟斗以外，虽经秋月溪声的载刺，也不能有精美情绪之反感。等月影移西一些，他们默默地扑出了一斗灰，起身进屋，各自登床睡去。月光从屋背飘眼望进去，只见他们都已睡熟；他们即使有梦，也无非矿内矿外的景色！

月光渡过了爱尔兰海峡，爬上海尔佛林的高峰，正对着默默的红潭。潭水凝定得像一大块冰，铁青色。四围斜坦的小峰，全都满铺着蟹青和蛋白色的岩片碎石，一株矮树都没有。沿潭间有些丛草，那全体形势，正像一大青碗，现在满盛了清洁的月辉，静极了，草里不闻虫吟，水里不闻鱼跃；只有石缝里潜涧沥浙之声，断续地作响，仿佛一座大教堂里点着一星小火，益发对照出静穆宁寂的境界，月儿在铁色的潭面上，倦倚了半晌，重复拔起她的银翼，过山去了。

昨天船离了新加坡以后，方向从正东改为东北，所以前几天的船梢正对落日，此后"晚霞的工厂"渐渐移到我们船向的左手来了。

昨夜吃过晚饭上甲板的时候，船右一海银波，在犀利之中涵有幽秘的彩色，凄清的表情，引起了我的凝视。那放银光的圆球正挂在你头上，如其起靠着船头仰望。她今夜并不十分鲜艳：她精圆的芳容上似乎轻笼着一层藕灰色的薄纱；轻漾着一种悲喟的音调；轻染着几痕泪化的雾霭。她并不十分鲜艳，然而她素洁温柔的光线中，犹之少女浅蓝妙眼的斜瞟；犹之春阳融解在山巅白云反映的嫩色，含有不可解的迷力、媚态，世间凡具有感觉性的人，只要承沐着她的清辉，就发生也是不可理解的反应，引起隐伏的内心境界的紧张，——像琴弦一样，——人生最微妙的情绪，戟震生命所蕴藏高洁名贵创现的冲动。有时在心理状态之前，或于同时，撼动躯体的组织，使感觉血液中突起冰流之冰流，嗅神经难禁之酸辛，内藏汹涌之跳动，泪腺之骤热与润湿。那就是秋月兴起的秋思——愁。

昨晚的月色就是秋思的泉源，岂止，直是悲哀幽骚悱怨沉郁的象征，是季候运转的伟剧中最神秘亦最自然的一幕，诗艺界最凄凉亦最微妙的一个消息。

今夜月明人尽望，不知秋思在谁家。

中国字形具有一种独一的妩媚，有几个字的结构，我看来纯是艺术家的匠心；这也是我们国粹之尤粹者之一。譬如"秋"字，已是一个极美的字形；"愁"字更是文字史上有数的杰作；有石开湖晕，风扫松针的妙处，这一群点画的配置，简直经过柯罗[1]的画篆，米开朗基罗[2]的雕圭，Chopin[3]的神感；像——用一个科学的比喻——原子的结构，将旋转宇宙的大力收缩成一个无形无踪的电核；这十三笔造成的象征，似乎是宇宙和人生悲惨的现象和经验，吁喟和涕泪，所凝成最纯粹精密的结晶，满充了催迷的秘力。你若然有戈蒂埃[4]（Gautier）异超的知感性，定然可以梦到，愁字变形为秋霞黯绿色的通明宝玉，若用银槌轻击之，当吐银色的幽咽电蛇似腾入云天。

我并不是为寻秋意而看月，更不是为觅新愁而访秋月；蓄意沉浸于悲哀的生活，是但丁[5]所不许的。我盖见月而感秋色，因秋窗而拈新愁：人是一簇脆弱而富于反射性的神经！我重复回到现实的景色，轻裹在云锦之中的秋月，像一个遍体蒙纱的女郎，她那团圆清朗的外貌像新娘，但同时她冪弦的颜色，那是藕灰，她踟蹰的行踵，掩泣的痕迹，又使人疑是送丧的丽姝。所以我曾说：

秋月呀！

我不盼望你团圆。

1　柯罗（1796—1875），法国作家。
2　米开朗基罗（1475—1564），意大利文艺复兴盛期的雕塑家、画家。
3　Chopin，即肖邦（1810—1849），波兰作曲家、钢琴演奏家。
4　戈蒂埃（1811—1872），法国诗人、小说家、批评家。
5　但丁（1265—1321），意大利诗人，著有《神曲》等。

《但丁进入月亮天》 | 法国 | 古斯塔夫·多雷

《神曲》的插图，表现但丁到达第一重天即月亮天的情形：云朵之上站着三位妙龄少女，看神情她们打算和我交谈。我向她们屈身行礼，她们微笑着对我说："愿上帝福佑你的天堂之行。"

　　这是秋月的特色，不论她是悬在落日残照边的新镰，与"黄昏晓"竞艳的眉钩，中霄斗没西陲的金碗，星云参差间的银床，以至一轮腴满的中秋，不论盈昃高下，总在原来澄爽明秋之中，遍洒着一种我只能称之为"悲哀的轻霭"，和"传愁的以太"。即使你原来无愁，见此也禁不得沾染那"灰色的音调"，渐渐兴感起来！

　　　　秋月呀！

　　　　谁禁得起银指尖儿

　　　　浪漫地搔爬呵！

　　不信但看那一海的轻涛，可不是禁不住她一指的抚摩，在那里低徊饮泣呢！就是那：

　　　　无聊的云烟，

　　　　秋月的美满，

　　　　熏暖了飘心冷眼，

　　　　也清冷地穿上了轻绡的衣裳，

　　　　来参与这

　　　　美满的婚姻和丧礼。

北戴河海滨的幻想[1]

他们都到海边去了。我为左眼发炎不曾去。我独坐在前廊，偎坐在一张安适的大椅内，袒着胸怀，赤着脚，一头的散发，不时有风来撩拂。清晨的晴爽，不曾消醒我初起的睡态；但梦思却半被晓风吹断。我阖紧眼帘内视，只见一斑斑消残的颜色，一似晚霞的余赭，留恋地胶附在天边。廊前的马樱、紫荆、藤萝、青翠的叶与鲜红的花，都将他们的妙影映印在水汀上，幻出幽媚的情态无数；我的臂上与胸前，亦满缀了绿荫的斜纹。从树荫的间隙平望，正见海湾：海波亦似被晨曦唤醒，黄蓝相间的波光，在欣然地舞蹈。滩边不时见白涛涌起，迸射着雪样的水花。浴线内点点的小舟与浴客，水禽似的浮着；幼童的欢叫，与水波拍岸声，与潜涛呜咽声，相间地起伏，竞报一滩的生趣与乐意。但我独坐的廊前，却只是静静的，静静的无甚声响。妩媚的马樱，只是幽幽地微辗着，蝇虫也敛翅不飞。只有远近树里的秋蝉，在纺纱似的垂引他们不尽的长吟。

在这不尽的长吟中，我独坐在冥想。难得是寂寞的环境，难得是静定的意境；寂寞中有不可言传的和谐，静默中有无限的创造。我的心灵，比如海滨，生平初度的怒潮，已经渐次

1　本文原刊于一九二四年六月二十一日《晨报副刊·文学旬刊》，收入《落叶》。

《划桨的人》 ｜ 美国 ｜ 肯特

的消翳，只剩疏松的海砂中偶尔的回响，更有残缺的贝壳，反映星月的辉芒。此时摸索潮余的斑痕，追想当时汹涌的情景，是梦或是真，再亦不须辨问，只此眉梢的轻皱，唇边的微哂，已足解释无穷奥绪，深深地蕴伏在灵魂的微纤之中。

青年永远趋向反叛，爱好冒险；永远如初度航海者，幻想黄金机缘于浩渺的烟波之外：想割断系岸的缆绳，扯起风帆，欣欣地投入无垠的怀抱。他厌恶的是平安，自喜的是放纵与豪迈。无颜色的生涯，是他目中的荆棘；绝海与凶巇，是他爱取自由的途径。他爱折玫瑰；为她的色香，亦为她冷酷的刺毒。他爱搏狂澜：为他的庄严与伟大，亦为他吞噬一切的天才，最是激发他探险与好奇的动机。他崇拜冲动：不可测、不可节、不可预逆，起、动、消歇皆在无形中，狂飚似的倏忽与猛烈与神秘。他崇拜斗争：从斗争中求剧烈的生命之意义，从斗争中求绝对的实在，在血染的战阵中，呼叫胜利之狂欢或歌败丧的哀曲。

幻象消灭是人生里命定的悲剧；青年的幻灭，更是悲剧中的悲剧，夜一般的沉黑，死一般的凶恶。纯粹的、猖狂的热情之火，不同阿拉伯的神灯，只能放射一时的异彩，不能永久的朗照；转瞬间，或许，便已敛熄了最后的焰舌，只留存有限的余烬与残灰，在未灭的余温里自伤与自慰。

流水之光，星之光，露珠之光，电之光，在青年的妙目中闪耀，我们不能不惊讶造化者艺术之神奇，然可怖的黑影，倦与衰与饱餍的黑影，同时亦紧紧地跟着时日进行，仿佛是烦恼、痛苦、失败，或庸俗的尾曳，亦在转瞬间，彗星似的扫灭了我们最自傲的神辉——流水涸，明星没，露珠散灭，电闪不再！

在这艳丽的日辉中，只见愉悦与欢舞与生趣。希望，闪烁的

《牧童》│ 选自《芥子园画谱》

希望，在荡漾，在无穷的碧空中，在绿叶的光泽里，在虫鸟的歌吟中，在青草的摇曳中——夏之荣华，春之成功。春光与希望，是长驻的；自然与人生，是调谐的。

在远处有福的山谷内，莲馨花在坡前微笑，稚羊在乱石间跳跃，牧童们，有的吹着芦笛，有的平卧在草地上，仰看交幻的浮游的白云，放射下的青影在初黄的稻田中缥缈地移过。在远处安乐的村中，有妙龄的村姑，在流涧边照映她自制的春裙；口衔烟斗的农夫三四，在预度秋收的丰盈，老妇人们坐在家门外阳光中取暖，她们的周围有不少的儿童，手擎着黄白的钱花在环舞与欢呼。

在远——远处的人间，有无限的平安与快乐，无限的春光……

在此暂时可以忘却无数的落蕊与残红；亦可以忘却花荫中掉下的枯叶，私语地预告三秋的情意；亦可以忘却苦恼的僵瘪的人间，阳光与雨露的殷勤，不能再恢复他们腮颊上生命的微笑，亦可以忘却纷争的互杀的人间，阳光与雨露的仁慈，不能感化他们凶恶的兽性；亦可以忘却庸俗的卑琐的人间，行云与朝露的风姿，不能引逗他们刹那间的凝视；亦可以忘却自觉的失望的人间，绚烂的春时与媚草，只能反激他们悲伤的意绪。

我亦可以暂时忘却我自身的种种；忘却我童年期清风白水似的天真；忘却我少年期种种虚荣的希冀；忘却我渐次的生命的觉悟；忘却我热烈的理想的寻求；忘却我心灵中乐观与悲观的斗争；忘却我攀登文艺高峰的艰辛；忘却刹那的启示与彻悟之神奇；忘却我生命潮流之骤转；忘却我陷落在危险的旋涡中之幸与不幸，忘却我追忆不完全的梦境；忘却我大海里埋首的秘密；忘却曾经刳割我灵魂的利刃，炮烙我灵魂的烈焰，摧毁我灵魂的狂飙与暴雨，忘却我的深刻的怨与艾；忘却我的冀与愿；忘却我的恩泽与惠感；忘却我的过去与现在……

过去的实在，渐渐地膨胀，渐渐地模糊，渐渐地不可辨认；现在的实在，渐渐地收缩，逼成了意识的一线，细极狭极的一线，又裂成了无数不相连续的黑点……黑点亦渐次地隐翳？幻术似的灭了，灭了，一个可怕的黑暗的空虚……

泰山日出[1]

振铎[2]来信要我在《小说月报》的泰戈尔号上说几句话。我也曾答应了，但这一时游济南游泰山游孔陵，太乐了，一时竟拉不拢心思来做整篇的文字，一直挨到现在期限快到了，只得勉强坐下来，把我想得到的话不整齐地写出。

我们在泰山顶上看出太阳。在航过海的人，看太阳从地平线下爬上来，本不是奇事，而且我个人是曾饱饫过江海与印度洋无比的日彩的。但在高山顶上看日出，尤其在泰山顶上，我们无餍的好奇心，当然盼望一种特异的境界，与平原或海上不同的。果然，我们初起时，天还暗沉沉的，西方是一片的铁青，东方些微有些白意，宇宙只是——如用旧词形容——一体莽莽苍苍的。但这是我一面感觉劲烈的晓寒，一面睡眼不曾十分醒豁时约略的印象。等到留心回览时，我不由得大声地狂叫——因为眼前只是一个见所未见的境界。原来昨夜整夜暴风的工程，却砌成一座普遍的云海。除了日观峰与我们所在的玉皇顶以外，东西南北只是平铺着弥漫的云气，在朝旭未露前，宛似无量数厚氄长绒的绵羊，交颈接背地眠着，卷耳

1　本文原刊于一九二三年九月《小说月报》第十四卷第九号。

2　指郑振铎（1898—1958），作家、编辑、文学活动家。他是文学研究会发起人之一，当时正主编《小说月报》。

与弯角都依稀辨认得出。那时候在这茫茫的云海中,我独自站在雾霭溟蒙的小岛上,发生了奇异的幻想——

我躯体无限地长大,脚下的山峦比例我的身量,只是一块拳石;这巨人披着散发,长发在风里像一面墨色的大旗,飒飒地在飘荡。这巨人竖立在大地的顶尖上,仰面向着东方,平拓着一双长臂,在盼望,在迎接,在催促,在默默地叫唤;在崇拜,在祈祷,在流泪——在流久慕未见而将见悲喜交互的热泪……

这泪不是空流的,这默祷不是不生显应的。

巨人的手,指向着东方——

东方有的,在展露的,是什么?

东方有的是瑰丽荣华的色彩,东方有的是伟大普照的光明——出现了,到了,在这里了……

玫瑰汁、葡萄浆、紫荆液、玛瑙精、霜枫叶——大量的染工,在层累的云底工作;无数蜿蜒的鱼龙,爬进了苍白色的云堆。

一方的异彩,揭去了满天的睡意,唤醒了四隅的明霞——光明的神驹,在热奋地驰骋……

云海也活了;眠熟了兽形的涛澜,又回复了伟大的呼啸,昂头摇尾地向着我们朝露染青馒形的小岛冲洗,激起了四岸的水沫浪花,震荡着这生命的浮礁,似在报告光明与欢欣之临莅……

再看东方——海句力士[1]已经扫荡了他的阻碍，雀屏似的金霞，从无垠的肩上产生，展开在大地的边沿。起……起……用力，用力。纯焰的圆颅，一探再探地跃出了地平，翻登了云背，临照在天空……

歌唱呀，赞美呀，这是东方之复活，这是光明的胜利……

散发祷祝的巨人，他的身彩横亘在无边的云海上，已经渐渐地消翳在普遍的欢欣里；现在他雄浑的颂美的歌声，也已在霞采变幻中，普彻了四方八隅……

听呀，这普彻的欢声，看呀，这普照的光明！

这是我此时回忆泰山日出时的幻想，亦是我想望泰戈尔来华的颂词。

1　即海格力斯，现通译为赫拉克勒斯，是希腊神话中的大力士。

翡冷翠山居闲话[1]

在这里出门散步去，上山或是下山，在一个晴好的五月的向晚，正像是去赴一个美的宴会，比如去一果子园，那边每株树上都是满挂着诗情最秀逸的果实，假如你单是站着看还不满意时，只要一伸手就可以采取，可以恣尝鲜味，足够你性灵的迷醉。阳光正好暖和，决不过暖；风息是温驯的，而且往往因为他是从繁花的山林里吹度过来，他带来一股幽远的淡香，连着一息滋润的水气，摩挲着你的颜面，轻绕着你的肩腰，就这单纯的呼吸已是无穷的愉快；空气总是明净的，近谷内不生烟，远山上不起霭，那美秀风景的全部正像画面片似的展露在你的眼前，供你闲暇地鉴赏。

作客山中的妙处，尤在你永不须踌躇你的服色与体态；你不妨摇曳着一头的蓬草，不妨纵容你满腮的苔藓；你爱穿什么就穿什么；扮一个牧童，扮一个渔翁，装一个农夫，装一个走江湖的吉普赛人，装一个猎户；你再不必提心整理你的领结，你尽可以不用领结，给你的颈根与胸膛一半日的自由，你可以拿一条这边颜色的长巾包在你的头上，学一个太平军的头目，或是拜伦那埃及装的姿态；但最要紧的是穿上你最旧的旧鞋，别管他模样不佳，他们是顶可爱的好友，他们承着你的体重却不叫你记起你还

1　翡冷翠，即佛罗伦萨，意大利中部城市，文艺复兴时期欧洲著名的艺术中心。本文原刊于一九二五年七月四日《现代评论》第二卷第三十期，收入《巴黎的鳞爪》。

拜伦

有一双脚在你的底下。

这样的玩顶好是不要约伴，我竟想严格地取缔，只许你独身；因为有了伴多少总得叫你分心，尤其是年轻的女伴，那是最危险最专制不过的旅伴，你应得躲避她像你躲避青草里一条美丽的花蛇！平常我们从自己家里走到朋友的家里，或是我们执事的地方，那无非是在同一个大牢里从一间狱室移到另一间狱室去，拘束永远跟着我们，自由永远寻不到我们；但在这春夏间美秀的山中或乡间你要是有机会独身闲逛时，那才是你福星高照的时候，那才是你实际领受、亲口尝味自由与自在的时候，那才是你肉体与灵魂行动一致的时候；朋友们，我们多长一岁年纪往往只是加重我们头上的枷，加紧我们脚胫上的链，我们见小孩子在草里在沙堆里在浅水里打滚作乐，或是看见小猫追他自己的尾巴，何尝没有羡慕的时候，但我们的枷，我们的链永远是制定我们行动的上司！所以只有你单身奔赴大自然的怀抱时，像一个裸体小孩扑入他母亲的怀抱时，你才知道灵魂的愉快是怎样的，单是活着的快乐是怎样的，单就呼吸单就走道单就张眼看耸耳听的幸福是怎样的。因此你得严格地为己，极端地自私，只许你，体魄与性灵，与自然同在一个脉搏里跳动，同在一个音波里起伏，同在一个神奇的宇宙里自得。我们浑朴的天真是像含羞草似的娇柔，一经同伴的抵触，他就卷了起来，但在澄静的日光下、和风中，他的姿态是自然的，他的生活是无阻碍的。

你一个人漫游的时候，你就会在青草里坐地仰卧，甚至有

《阿尔卑斯山风光》 | 罗朗·萨弗里

时打滚，因为草的和暖的颜色自然地唤起你童稚的活泼；在静僻的道上你就会不自主地狂舞，看着你自己的身影幻出种种诡异的变相，因为道旁树木的阴影在他们纡徐的婆娑里暗示你舞蹈的快乐；你也会得信口的歌唱，偶尔记起断片的音调，与你自己随口的小曲，因为树林中的莺燕告诉你春光是应得赞美的；更不必说你的胸襟自然会跟着曼长的山径开拓，你的心地会看着澄蓝的天空静定，你的思想和着山壑间的水声，山罅里的泉响，有时一澄到底的清澈，有时激起成章的波动，流，流，流入凉爽的橄榄林中，流入妩媚的阿诺河[1]去……

　　并且你不但不须应伴，每逢这样的游行，你也不必带书。书是理想的伴侣，但你应得带书，是在火车上，在你住处的客室里，不是在你独身漫步的时候。什么伟大的深沉的鼓舞的清明的优美的思想的根源不是可以在风籁中、云彩里、山势与地形的起伏里，花草的颜色与香息里寻得？自然是最伟大的一部书，歌德[2]说，在他每一页的字句里我们读得最深奥的消息，并且这书上的文字是人人懂得的；阿尔卑斯[3]与五老峰，西西里[4]与普陀山，莱茵河与扬子江，梨梦湖与西子湖，建兰与琼花，杭州西溪的芦雪

1　阿诺河，流经佛罗伦萨的一条河流。
2　歌德（1749—1832），是十八世纪中叶到十九世纪初德国和欧洲最重要的剧作家、诗人、思想家。代表作有《少年维特之烦恼》、《浮士德》、《普罗米修斯》等。
3　阿尔卑斯，欧洲南部的山脉，有多处景色迷人的山口，为著名旅游胜地。
4　西西里，地中海最大的岛屿，属意大利。

与威尼斯[1]夕照的红潮，百灵与夜莺，更不提一般黄的黄麦，一般紫的紫藤，一般青的青草同在大地上生长，同在和风中波动——他们应用的符号是永远一致的，他们的意义是永远明显的，只要你自己心灵上不长疮瘢，眼不盲，耳不塞，这无形迹的最高等教育便永远是你的名分，这不取费的最珍贵的补剂便永远供你的受用；只要你认识了这一部书，你在这世界上寂寞时便不寂寞，穷困时不穷困，苦恼时有安慰，挫折时有鼓励，软弱时有督责，迷失时有指南针。

1　威尼斯，意大利东北部城市，举世闻名的海上城市。

巴黎的鳞爪 [1]

咳巴黎！到过巴黎的一定不会再希罕天堂，尝过巴黎的，老实说，连地狱都不想去了。整个的巴黎就像是一床野鸭绒的垫褥，衬得你通体舒泰，硬骨头都给熏酥了的——有时许太热一些。那也不碍事，只要你受得住。赞美是多余的，正如赞美天堂是多余的；咒诅也是多余的，正如咒诅地狱是多余的。巴黎，软绵绵的巴黎，只在你临别的时候轻轻地嘱咐一声："别忘了，再来！"其实连这都是多余的。谁不想再去？谁忘得了？

香草在你的脚下，春风在你的脸上，微笑在你的周遭。不拘束你，不责备你，不督饬你，不窘你，不恼你，不揉你。它搂着你，可不缚住你：是一条温存的臂膀，不是根绳子。它不是不让你跑，但它那招逗的指尖却永远在你的记忆里晃着。多轻盈的步履，罗袜的丝光随时可以沾上你记忆的颜色！

但巴黎却不是单调的喜剧。塞纳河的柔波里掩映着卢浮宫的倩影，它也收藏着不少失意人最后的呼吸。流着，温驯的水波；流着，缠绵的恩怨。咖啡馆：和着交颈的软语，开怀的笑响，有踞坐在屋隅里蓬头少年计较自毁的哀思。跳舞场：和着翻飞的乐调，迷醇的酒香，有独自支颐的少妇思量着往迹的恍心。浮动在

---

1 本文作于一九一四年十二月二十一日，原刊于一九二五年十二月十六、十七、二十四日《晨报副刊》，收入《巴黎的鳞爪》。

上一层的许是光明，是欢畅，是快乐，是甜蜜，是和谐；但沉淀在底里阳光照不到的才是人事经验的本质；说重一点是悲哀，说轻一点是惆怅；谁不愿意永远在轻快的流波里漾着，可得留神了你往深处去时的发见！

一天，一个从巴黎来的朋友找我闲谈，谈起了劲，茶也没喝，烟也没吸，一直从黄昏谈到天亮，才各自上床去躺了一歇，我一合眼就回到了巴黎，方才朋友讲的情境惝恍地把我自己也缠了进去；这巴黎的梦真醇人，醇你的心，醇你的意志，醇你的四肢百体，那味儿除是亲尝过的谁能想象！——我醒过来时还是迷糊地忘了我在那儿，刚巧一个小朋友进房来站在我的床前笑吟吟喊我："你做什么梦来了，朋友，为什么两眼潮潮地像哭似的？"我伸手一摸，果然眼里有水，不觉也失笑了——可是朝来的梦，一个诗人说的，同是这悲凉滋味，正不知这泪是为哪一个梦流的呢！

下面写下的不成文章，不是小说，不是写实，也不是写梦，——在我写的人只当是随口曲，南边人说的"出门不认货"，随你们宽容的读者们怎样看罢。

出门人也不能太小心了。走道总得带些探险的意味。生活的趣味大半就在不预期的发见，要是所有的明天全是今天刻板的化身，那我们活什么来了！正如小孩子上山就得采花，到海边就得捡贝壳，书呆子进图书馆想捞新智慧——出门人到了巴黎就想……

你的批评也不能过分严正不是？少年老成——什么话！老成是老年人的特权，也是他们的本分；说来也不是他们甘愿，他们是到了年纪不得不。少年人如何能老成？老成了才是怪哪！

放宽一点说，人生只是个机缘巧合；别瞧日常生活河水似的流得平顺，它那里面多的是潜流，多的是旋涡——轮着的时候谁

《远眺埃菲尔铁塔》

躲得了给卷了进去？那就是你发愁的时候，是你登仙的时候，是你辨着酸的时候，是你尝着甜的时候。

巴黎也不定比别的地方怎样不同：不同就在那边生活流波里的潜流更猛，旋涡更急，因此你叫给卷进去的机会也就更多。

我赶快得声明我是没有叫巴黎的旋涡给淹了去——虽则也就够险。多半的时候我只是站在塞纳河岸边看热闹，下水去的时候也不能说没有，但至多也不过在靠岸清浅处溜着，从没敢往深处跑——这来旋涡的纹螺、势道、力量，可比远在岸上时认清楚多了。

一　九小时的萍水缘

我忘不了她。她是在人生的急流里转着的一张萍叶，我见着了它，掬在手里把玩了一响，依旧交还给它的命运，任它飘流去——它以前的飘泊我不曾见来，它以后的漂泊，我也见不着，但就这曾经相识匆匆的恩缘——实际上我与她相处不过九小时——已在我的心泥上印下踪迹，我如何能忘，在忆起时如何能不感须臾的惆怅？

那天我坐在那热闹的饭店里瞥眼看着她，她独坐在灯光最暗漆的屋角里，这屋内哪一男子不带媚态，哪一个女子的胭脂口上不沾笑容，就只她：穿一身淡素衣裳，戴一顶宽边的黑帽，在鬵密的睫毛上隐隐闪亮着深思的目光——我几乎疑心她是修道院的女僧偶尔到红尘里随喜来了。我不能不接着注意她，她的别样的支颐的倦态，她的曼长的手指，她的落漠的神情，有意无意间的叹息，在在都激发我的好奇——虽则我那时左边已经坐下了一个瘦的，右边来了肥的，四条光滑的手臂不住地在我面前晃着酒杯。但更使我奇异的是她不等跳舞开始就匆匆地出去了，好像害怕或是厌恶似的。第一晚这样，第二晚又是这样：独自默默地坐着，

《难以接近》｜英国｜乔治·克鲁克香克

本图以钟裙为对象，嘲讽的是十九世纪欧洲上流社会的服饰时尚。

到时候又匆匆地离去。到了第三晚她再来的时候我再也忍不住不想法接近她。第一次得着的回音，虽则是"多谢好意，我再不愿交友"的一个拒绝，只是加深了我的同情和好奇。我再不能放过她。巴黎的好处就在处处近人情；爱慕的自由是永远容许的。你见谁爱慕谁想接近谁，绝不是犯罪，除非你在经程中泄漏了你的尘气暴气，陋相或是贫相，那不是文明的巴黎人所能容忍的。只要你"识相"，上海人说的，什么可能的机会你都可以利用。对方人理你不理你，当然又是一回事；但只要你的步骤对，文明的巴黎人决不让你难堪。

我不能放过她。第二次我大胆写了个字条付中间人——店主人——交去。我心里直怔怔地怕讨没趣。可是回话来了——她就走了，你跟着去吧。

她果然在饭店门口等着我。

你为什么一定要找我说话，先生，像我这再不愿意有朋友的人？

她张着大眼睛看我，口唇微微地颤着。

我的冒昧是不望恕的，但是我看了你忧郁的神情我足足难受了三天，也不知怎的我就想接近你，和你谈一次话，如其你许我，那就是我的想望，再没有别的意思。

真有她那眼内绽出了泪来，我话还没说完。

想不到我的心事又叫一个异邦人看透了……她声音都哑了。

我们在路灯的灯光下默默地互注了一晌，并着肩沿马路走去，走不到多远她说不能走，我就问了她的允许雇车坐上，直望波龙尼大林园清凉的暑夜里兜去。

原来如此，难怪你听了跳舞的音乐像是厌恶似的，但既然不愿意何以每晚还去？

那是我的感情作用；我有些舍不得不去，我在巴黎一天，那是我最初遇见——他的地方，但那时候的我……可是你真的同情我的际遇吗，先生？我快有两个月不开口了，不瞒你说，今晚见了你我再也不能制止，我爽性说给你我的生平的始末吧，只要你不嫌。我们还是回那饭庄去罢。

你不是厌烦跳舞的音乐吗？

她初次笑了。多齐整洁白的牙齿，在道上的幽光里亮着！有了你我的生气就回复了不少，我还怕什么音乐？

我们俩重进饭庄去选一个犄角坐下，喝完了两瓶香槟，从十一时舞影最凌乱时谈起，直到早三时客人散尽侍役打扫屋子时才起身走，我在她的可怜身世的演述中遗忘了一切，当前的歌舞再不能分我丝毫的注意。

下面是她的自述。

我是在巴黎生长的。我从小就爱读《天方夜谭》的故事，以及当代描写东方的文学；啊东方，我的童真的梦魂哪一刻不在它的玫瑰园中留恋？十四岁那年我的姐姐带我上北京去住，她在那边开一个时式的帽铺，有一天我看见一个小身材的中国人来买帽子，我就觉着奇怪，一来他长得异样的清秀，二来他为什么要来买那样时式的女帽；到了下午一个女太太拿了方才买去的帽子来换了，我姐姐就问她那中国人是谁，她说是她的丈夫，说开了头她就讲她当初怎样为爱他触怒了自己的父母，结果断绝了家庭和他结婚，但她一点也不追悔，因为她的中国丈夫待她怎样好法，她不信西方人会得像他那样体贴，那样温存。我再也忘不了她说话时满心怡悦的笑容。从此我仰慕东方的私衷又添深了一层颜色。

我再回巴黎的时候已经长成了，我父亲是最宠爱我的，我在本画中，一个手持酒壶的贵妃在繁花盛开的花园里自得其乐，正在思量是否接受爱慕者奉上的一条围巾。本画充满享乐主义意味，虽然这并不为《古兰经》所提倡。

《玫瑰花园》 | 古波斯十六世纪镶嵌画

要什么他就给我什么。我那时就爱跳舞，啊，那些迷醉轻易的时光，巴黎哪一处舞场上不见我的舞影。我的妙龄，我的颜色，我的体态，我的聪慧，尤其是我那媚人的大眼——啊，如今你见的只是悲惨的余生再不留当时的风韵——制定了我初期的堕落。我说堕落不是？是的，堕落，人生哪处不是堕落，这社会哪里容得一个有姿色的女人保全她的清洁？我正快走入险路的时候，我那慈爱的老父早已看出我的倾向，私下安排了一个机会，叫我与一个有爵位的英国人接近。一个十七岁的女子哪有什么主意，在两个月内我就做了新娘。

说起那四年结婚的生活，我也不应得过分地抱怨，但我们欧洲的势利的社会实在是树心里生了蠹，我怕再没有回复健康的希望。我到伦敦去做贵妇人时我还是个天真的孩子，哪有什么机心，哪懂得虚伪的卑鄙的人间的底里，我又是个外国人，到处遭受嫉忌与批评。还有我那叫名的丈夫。他娶我究竟为什么动机我始终不明白，许贪我年轻贪我貌美带回家去广告他自己的手段，因为真的我不曾感着他一息的真情；新婚不到几时他就对我冷淡了，其实他就没有热过，碰巧我是个傻孩子，一天不听着一半句软语，不受些温柔的怜惜，到晚上我就不自制地悲伤。他有的是钱，有的是趋奉谄媚，成天在外打猎作乐，我愁了不来慰我，我病了不来问我，连着三年抑郁的生涯完全消灭了我原来活泼快乐的天机，到第四年实在耽不住了。我与他吵一场回巴黎再见我父亲的时候，他几乎不认识我了。我自此就永别了我的英国丈夫。因为虽则实际的离婚手续在他方面到前年方始办理，他从我走了后也就不再来顾问我——这算是欧洲人夫妻的情分！

我从伦敦回到巴黎，就比久困的雀儿重复飞回了林中，眼内又有了笑，脸上又添了春色，不但身体好多，就连童年时的种种想望又在我心头活了回来。三四年结婚的经验更叫我厌恶西欧，更叫我神往东方。东方，啊，浪漫的多情的东方！我心里常常地怀念着。有一晚，那一个运定的晚上，我就在这屋子内见着了他，与今晚一样的歌声，一样的舞影，想起还不就是昨天，多飞快的光阴，就可怜我一个单薄的女子，无端叫运神摆布，在情网里颠连，在经验的苦海里沉沦，朋友，我自分是已经埋葬了的活人，你何苦又来逼着我把往事掘起，我的话是简短的，但我身受的苦恼，朋友，你信我，是不可量的；你望我的眼里看，凭着你的同情你可以在刹那间领会我灵魂的真际！

他是菲律宾人，也不知怎的我初次见面就迷上他。他肤色是深黄的，但他的性情是不可信的温柔；他身材是短的，但他的私语有多叫人魂销的魔力？啊，我到如今还不能怨他；我爱他太深，我爱他太真，我如何能一刻忘他，虽则他到后来也是一样的薄情，一样的冷酷。你不倦么，朋友，等我讲给你听？

我自从认识了他我便倾注给他我满怀的柔情，我想他，那负心的他，也够他的享受，那三个月神仙似的生活！我们差不多每晚在此聚会的。秘谈是他与我，欢舞是他与我，人间再有更甜美的经验吗？朋友你知道痴心人赤心爱恋的疯狂吗？因为不仅满足了我私心的想望，我十多年梦魂缭绕的东方理想的实现。有他我什么都有了，此外我更有什么沾恋？因此等到我家里为这事情与我开始交涉的时候，我更不踌躇地与我生身的父母根本决绝。我此时又想起了我垂髫时在北京见着的那个嫁中国人的女子，她与我一样也为了痴情牺牲一切，我只希冀她这时还能保持着她那纯爱的生活，不比我这失运人成天在幻灭的辛辣中回味。

　　我爱定了他。他是在巴黎求学的，不是贵族，也不是富人，那更使我放心，因为我早年的经验使我迷信真爱情是穷人才能供给的。谁知他骗了我——他家里也是有钱的，那时我在热恋中抛弃了家，牺牲了名誉，跟了这黄脸人离却巴黎，辞别欧洲，经过一个月的海程，我就到了我理想的灿烂的东方。啊，我那时的希望与快乐！但才出了红海，他就上了心事，经我再三的逼，他才告诉他家里的实情，他父亲是菲律宾最有钱的土著，性情是极严厉的，他怕轻易不能收受我进他们的家庭。我真不愿意把此后可怜的身世烦你的听，朋友，但那才是我痴心人的结果，你耐心听着吧！

　　东方，东方才是我的烦恼！我这回投进了一个更陌生的社会，呼吸更沉闷的空气；他们自己中间也许有他们温软的人情，但轮着我的却一样还只是猜忌与讥刻，更不容情地刺袭我的孤独的性灵。果然他的家庭不容我进门，把我看作一个"巴黎淌来的可疑妇人"。我为爱他也不知忍受了多少不可忍的侮辱，吞了多少悲泪，但我自慰的是他对我不变的恩情。因为在初到的一时他还是不时来慰我——我独自赁屋住着。但慢慢的也不知是人言浸润还是他原来爱我不深，他竟然表示割绝我的意思。朋友，试想我这孤身女子牺牲了一切为的还不是他的爱，如今连他都离了我，那我更有什么生机？我怎的始终不曾自毁，我至今还不信，因为我那时真的是没路走了。我又没有钱，他狠心丢了我，我如何能再去缠他，这也许是我们白种人的倔强，我不久便揩干了眼泪，出门去自寻活路。我在一个菲美合种人的家里寻得了一个保姆的职务；天幸我生性是耐烦领小孩的——我在伦敦的日子没孩子管，就养猫弄狗——救活我的是那三五个活灵的孩子，黑头发短手指的乖乖。在那炎热的岛上我是过了两年没颜色的生活，得了一次凶险的热病，从此我面上再不

《忠诚》 | 法国 | 格勒兹

存青年期的光彩。我的心境正稍稍回复平衡的时候两件不幸的事情又临着了我：一件是我那他与另一女子的结婚，这消息使我昏厥了过去，一件是被我弃绝的慈父也不知怎的问得了我的踪迹，来电说他老病快死要我回去。啊，天罚我！等我赶回巴黎的时候正好赶着与老人诀别，忏悔我先前的造孽！

从此我在人间还有什么意趣？我只是个实体的鬼影，活动的尸体；我的心也早就死了，再也不起波澜；在初次失望的时候我想象中还有个辽远的东方，但如今东方只在我的心上留下一个鲜明的新伤，我更有什么希冀，更有什么心情？但我每晚还是不自主地到这饭店里来小坐，正如死去的鬼魂忘不了他的老家！我这一生的经验本不想再向人前吐露的，谁知又碰着了你，苦苦地追着我，逼我再一度撩拨死尽的火灰，这来你够明白了，为什么我老是这落漠的神情，我猜你也是过路的客人，我深深自幸又接近一次人情的温慰，但我不敢希望什么，我的心是死定了的，时候也不早了，你看方才舞影凌乱的地板上现在只剩一片冷淡的灯光，侍役们已经收拾干净，我们也该走了，再会吧，多情的朋友！

二 "先生，你见过艳丽的肉没有？"

我在巴黎时常去看一个朋友，他是一个画家，住在一条老闻着鱼腥的小街底头一所老屋子的顶上一个A字式的尖阁里，光线暗惨得怕人，白天就靠两块日光胰子大小的玻璃窗给装装幌，反正住的人不嫌就得，他是照例不过正午不起身，不近天亮不上床的一位先生，下午他也不居家，起码总是上灯的时候他才脱下了他的外褂露出两条破烂的臂膀埋身在他那艳丽的垃圾窝里开始他的工作。

艳丽的垃圾窝——它本身就是一幅妙画！我说给你听听。贴墙有精窄的一条上面盖着黑毛毡的算是他的床，在这上面就准你规规矩矩地躺着，不说起坐一定扎脑袋，就连翻身也不免冒犯斜着下来永远不退让的屋顶先生的身分！承着顶尖全屋子顶宽舒的部分放着他的书桌——我捏着一把汗叫它书桌，其实还用提吗，上边什么法宝都有，画册子、稿本、黑炭、颜色盘子、烂袜子、领结、软领子、热水瓶子压瘪了的、烧干了的酒精灯、电筒、各色的药瓶、彩油瓶、脏手绢、断头的笔杆、没有盖的墨水瓶子。一柄手枪，那是瞒不过我花七法郎在密歇耳大街路旁旧货摊上换来的。照相镜子、小手镜、断齿的梳子、蜜膏、晚上喝不完的咖啡杯、详梦的小书，还有——还有可疑的小纸盒儿，凡士林一类的油膏，……一只破木板箱一头漆着名字上面蒙着一块灰色布的是他的梳妆台兼书架，一个洋磁面盆半盆的胰子水似乎都叫一部旧版的卢梭集子给饕了去，一顶便帽套在洋瓷长提壶的耳柄上，从袋底里倒出来的小铜钱错落的散着像是土耳其人的符咒，几只稀小的烂苹果围着一条破香蕉像是一群大学教授们围着一个教育次长索薪……

壁上看得更斑斓了：这是我顶得意的一张波纳尔[1]的底稿当废纸买来的；这是我临马奈[2]的裸体，不十分行，我来撩起灯罩你可以看清楚一点，草色太浓了，那膝部画坏了，这一小幅更名贵，你认是谁，罗丹！那是我前年最大的运气，也算是错来的，老巴黎就是这点子便宜，挨了半年八个月的饿不要紧，只要有机会捞着真东西，这还不值得！那边一张挤在两幅油画缝里的，你见了没有，也是有来历的，那是我前年趁马克倒霉路过法兰克福[3]时夹手抢来

1　波纳尔（1867—1947），法国画家，纳比派（"纳比"即"先知"）代表人物之一。
2　马奈（1832—1883），法国画家，印象派创始人之一。
3　法兰克福，德国城市。

《带烟斗的静物画》 | 法国 | 夏尔丹

的，是真的孟察尔都难说，就差糊了一点，现在你给三千法郎我都不卖，加倍再加倍都值，你信不信？再看那一长条……在他那手指东点西的卖弄他的家珍的时候，你竟会忘了你站着的地方是不够六尺阔的一间阁楼，倒像跨在你头顶那两爿斜着下来的屋顶也顺着他到艺术谈法术似的隐了去，露出一个爽恺的高天，壁上的疙瘩，壁蟢窠，霉块，钉疤，全化成了柯罗[1]画帧中"飘飘欲化烟"的最美丽林树与轻快的流涧；桌上的破领带及手绢、烂香蕉、臭袜子等等也全变形成戴大阔边稻草帽的牧童们，偎着树打盹的，牵着牛在涧里喝水的，手反衬着脑袋放平在青草地上瞪眼看天的，斜眼溜着那边走进来的娘们手按着音腔吹横笛的——可不是那边来了一群娘们，全是年岁青青的，露着胸膛，散着头发，还有光着白腿的在青草地上跳着来了？……唵！小心扎脑袋，这屋子真别扭，你出什么神来了？想着你的Bel Ami对不对？你到巴黎快半个月，该早有落儿了，这年头收成真容易——呃，太容易了！谁说巴黎不是理想的地狱？你吸烟斗吗？这儿有自来火，对不起，屋子里除了床，就是那张弹簧早经追悼过了的沙发，你坐坐吧，给你一个垫子，这是全屋子顶温柔的一样东西。

不错，那沙发，这阁楼上要没有那张沙发，主人的风格就落了个极重要的原素。说它肚子里的弹簧完全没了劲，在主人说是太谦，在我说是简直污蔑了它。因为分明有一部分内簧是不曾死透的，那在正中间，看来倒像是一座分水岭，左右都是往下倾的，我初坐下时不提防它还有弹力，倒叫我骇了一下；靠手的套布可真是全霉了，露着黑黑黄黄不知是什么货色，活像主人衬衫

1　柯罗（1796—1875），他是十九世纪法国"巴比松"画派的著名画家之一，其风景画以宁静与诗意著称。

《风景中的裸妇》 | 法国 | 柯罗

的袖子。我正落了座，他咬了咬嘴唇翻一翻眼珠微微地笑了。笑什么了你？我笑——你坐上沙发那样儿叫我想起爱菱。爱菱是谁？她呀——她是我第一个模特儿。模特儿？你的？你的破房子还有模特儿，你这穷鬼花得起……别急，究竟是中国初来的，听了模特儿就这样的起劲，看你那脖子都上了红印了！本来不算事，当然，可是我说像你这样的破鸡棚……破鸡棚便怎么样，耶稣生在马号里的，安琪儿们都在马矢里跪着礼拜哪！别忙，好朋友，我讲你听。如其巴黎人有一个好处，他就是不势利！中国人顶糟了，这一点；穷人有穷人的势利，阔人有阔人的势利，半不阑珊的有半不阑珊的势利——那才是半开化，才是野蛮！你看像我这样子，头发像刺猬，八九天不刮的破胡子，半年不收拾的脏衣服，鞋带扣不上的皮鞋——要在中国，谁不叫我外国叫化子，哪配进北京饭店一类的势利场；可是在巴黎，我就这样儿随便问那一个衣服顶漂亮脖子搽得顶香的娘们跳舞，十回就有九回成，你信不信？至于模特儿，那更不成话，哪有在巴黎学美术的，不论多穷，一年里不换十来个眼珠亮亮的来坐样儿？屋子破更算什么？波希米亚人的生活就是这样，按你说模特儿就不该坐坏沙发，你得准备杏黄贡缎绣丹凤朝阳做垫的太师椅请她坐你才安心对不对？再说……

别再说了！算我少见世面，是乡下老戆，得了；可是说起模特儿，我倒有点好奇，你何妨讲些经验给我长长见识？有真好的没有？我们在美术院里见着的什么米洛斯的维纳斯[1]，维纳斯梅迪

1　米洛斯的维纳斯，即米罗的维纳斯（Venus de Milo），米罗是意大利的一个岛屿。

《女人体》┃ 法国 ┃ 普鲁东

普鲁东擅长用光，在本图中他用侧面光表现形体，让人体轮廓融入柔和的明暗变化中，使得画面的虚实对比十分巧妙。

西，还有提香[1]的，鲁本斯[2]的，波提切利[3]的，丁托列托[4]的，乔尔乔内[5]的裸体实在是太美，太理想，太不可能，太不可思议；反面说，新派的比如西涅克[6]的，马蒂斯[7]的，塞尚的，高更[8]的，弗朗茨·马尔克[9]的，又是太丑，太损，太不像人，一样的太不可能，太不可思议。人体美，究竟怎么一回事？我们不幸生长在中国，女人衣服一直穿到下巴底下，腰身与后部看不出多大分别的世界里，实在是太蒙昧无知，太不开眼。可是再说呢，东方人也许根本就不该叫人开眼的，你看过约翰·贝勒斯那本《沙扬娜拉》没有，他那一段形容一个日本裸体舞女——就是一张脸子粉搽得像棺材里爬起来的颜色，此外耳朵以后下巴以下就比如一节蒸不透的珍珠米！——看了真叫人恶心。你们学美术的才有第一手的经验，我倒是……

你倒是真有点羡慕，对不对？不怪你，人总是人。不瞒你说，我学画画原来的动机也就是这点子对人体秘密的好奇。你说我穷相，不错，我真是穷，饭都吃不出，衣都穿不全，可是模特儿——我怎么也省不了。这对人体美的欣赏在我已经成了一种生理的要求，必要的奢侈，不可摆脱的嗜好；我宁可少吃俭穿，省下几个法郎来多雇几个模特儿。你简直可以说我是着了迷，成了

---

1 提香（1490—1576），意大利文艺复兴时期威尼斯派画家。
2 鲁本斯（1577—1640），佛兰德斯画家。
3 波提切利（1445—1510），意大利文艺复兴时期画家。
4 丁托列托（1518—1594），意大利文艺复兴后期威尼斯派画家。
5 乔尔乔内（1477—1510），意大利文艺复兴时期威尼斯派画家。
6 西涅克（1863—1935），法国画家，新印象派（点彩派）代表人物。
7 马蒂斯（1869—1954），法国画家，野兽派代表人物。
8 高更（1849—1903），法国画家，印象派之后的代表人物。
9 弗朗茨·马尔克（1880—1916），德国画家，表现主义画派代表人物。

《睡着的维纳斯》 ▏ 意大利 ▏ 乔尔乔内

病，发了疯，爱说什么就说什么，我都承认——我就不能一天没有一个精光的女人耽在我的面前供养、安慰、喂饱我的"眼淫"。当初罗丹我猜也一定与我一样的狼狈，据说他那房子里老是有剥光了的女人，也不为坐样儿，单看她们日常生活"实际的"多变化姿态——他是一个牧羊人，成天看着一群剥了毛皮的驯羊！鲁本斯那位穷凶极恶的大手笔，说是常难为他太太做模特儿，结果因为他成天不断地画他太太竟许连穿裤子的空儿都难得有！但如果这话是真的鲁本斯还是太傻，难怪他那画里的女人都是这剥白猪似的单调，少变化；美的分配在人体上是极神秘的一个现象，我不信有理想的全才，不论男女我想几乎是不可能；上帝拿着一把颜色望地面上撒玫瑰、罗兰、石榴、玉簪、剪秋罗，各样都沾到了一种或几种的彩泽，但决没有一种花包涵所有可能的色调的，那如其有，按理论讲，岂不是又得回复了没颜色的本相？人体美也是这样的，有的美在胸部，有的腰部，有的下部，有的头发，有的手，有的脚踝，那不可理解的骨骼、筋肉、肌理的会合，形成各个不同的线条，色调的变化，皮面的涨度，毛管的分配，天然的姿态，不可制止的表情——也得你不怕麻烦细心体会发见去，上帝没有这样便宜你的事情，他决不给你一个具体的绝对美，如果有我们所有艺术的努力就没了意义；巧妙就在你明知这山里有金子，可是在哪一点你得自己下工夫去找。啊！说起这艺术家审美的本能，我真要闭着眼感谢上帝——要不是它，岂不是所有人体的美，说窄一点，都变了古长安道上历代帝王的墓窟，全叫一层或几层薄薄的衣服给埋没了！回头我给你看我那张破床底下有一本宝贝，我这十年血汗辛苦的成绩——千把张的人体临摹，而且十分之九是在这间破鸡棚里勾下的，别看低我这张弹簧

《美惠三女神》｜佛兰德斯｜鲁本斯

早经追悼了的沙发，这上面落坐过至少一二百个当得起美字的女人！别提专门做模特儿的，巴黎哪一个不知道俺家黄脸什么，那不算希奇，我自负的是我独到的发见：一半因为看多了缘故，女人肉的引诱在我差不多完全消灭在美的欣赏里面，结果在我这双"淫眼"看来，一丝不挂的女人就同紫霞宫里翻出来的尸首穿得重重密密的摇不动我的性欲，反面说当真穿着得极整齐的女人，不论她在人堆里站着，在路上走着，只要我的眼到，她的衣服的障碍就无形地消灭，正如老练的矿师一瞥就认出矿苗，我这美术本能也是一瞥就认出"美苗"，一百次里错不了一次；每回发见了可能的时候，我就非想法找到她剥光了她叫我看个满意不成，上帝保佑这文明的巴黎，我失望的时候真难得有！我记得有一次在戏院子看着了一个贵妇人，实在没法想（我当然试来），我那难受就不用提了，比发疟疾还难受——她那特长分明是在小腹与……

够了够了！我倒叫你说得心痒痒的。人体美！这门学问，这门福气，我们不幸生长在东方谁有机会研究享受过来？可是我既然到了巴黎，又幸气碰着你，我倒真想叨你的光开开我的眼，你替我想法，要找在你这宏富的经验中比较最贴近理想的一个看看……

你又错了！什么，你意思花就许巴黎的花香，人体就许巴黎的美吗？太灭自己的威风了！别信那贝勒斯什么《沙扬娜拉》的胡说；听我说，正如东方的玫瑰不比西方的玫瑰差什么香味，东方的人体在得到相当的栽培以后，也同样不能比西方的人体差什么美——除了天然的限度，比如骨骼的大小，皮肤的色彩。同时顶要紧的当然要你自己性灵里有审美的活动，你得有眼睛，要不然这宇宙不论它本身多美多神奇在你还是白来的。我在巴黎苦过

《女人体》 | 法国 | 普鲁东

这十年，就为前途有一个宏愿：我要张大了我这经过训练的"淫眼"到东方去发见人体美——谁说我没有大文章做出来？至于你要借我的光开开眼，那是最容易不过的事情，可是我想想——可惜了！有个马达姆朗洒，原先在巴黎大学当物理讲师的，你看了准忘不了，现在可不在了，到伦敦去了；还有一个马达姆薛托漾，她是远在南边乡下开面包铺子的，她就够打倒你所有的丁托列托，所有的提香，所有的乔尔乔内——尤其是给你这未入流看，长得太美了，她通体就看不出一根骨头的影子，全叫匀匀的肉给隐住的，圆的，润的，有一致节奏的，那妙是一百个戈蒂埃也形容不全的，尤其是她那腰以下的结构，真是奇迹！你从意大利来该见过西龙尼[1]维纳斯的残像，就那也只能仿佛，你不知道那活的气息的神奇，什么大艺术天才都没法移植到画布上或是石塑上去的（因此我常常自己心里辩论究竟是艺术高出自然还是自然高出艺术，我怕上帝僭先的机会毕竟比凡人多些）；不提别的单就她站在那里你看，从小腹接桩上股那两条交荟的弧线起直往下贯到脚着地处止，那肉的浪纹就比是——实在是无可比——你梦里听着的音乐：不可信的轻柔，不可信的匀净，不可信的韵味——说粗一点，那两股相并处的一条线直贯到底，不漏一屑的破绽，你想通过一根发丝或是吹度一丝风息都是绝对不可能的——但同时又决不是肥肉的粘着，那就呆了。真是梦！唉，就可惜多美一个天才偏叫一个身高六尺三寸长红胡子的面包师给糟蹋了；真的这世上的因缘说来真怪，我很少看见美妇人不嫁给猴子类牛类水马类的丑男人！但这是支话。眼前我招得到的，够资格的也就不少——有了，方才你坐上

1　西龙尼（cyrene），古希腊城。

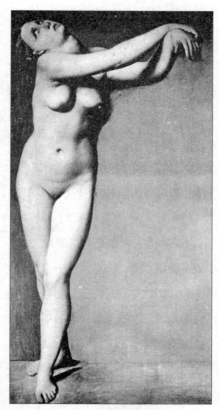

《罗杰和安吉丽卡》习作局部 | 法国 | 安格尔

这沙发的时候叫我想起了爱菱，也许你与她有缘分，我就为你招她去吧，我想应该可以容易招到的。可是上哪儿呢？这屋子终究不是欣赏美妇人的理想背景，第一不够开展，第二光线不够——至少为外行人像你一类着想……我有了一个顶好的主意，你远来客我也该独出心裁招待你一次，好在爱菱与我特别的熟，我要她怎么她就怎么；暂且约定后天吧，你上午十二点到我这里来，我们一同到枫丹白露[1]的大森林里去，那是我常游的地方，尤其是阿房奇石相近一带，那边有的是天然的地毯，这一时是自然最妖艳的日子，草青得滴得出翠来，树绿得涨得出油来，松鼠满地满树都是，也不很怕人，顶好玩的，我们决计到那一带去秘密野餐吧——至于"开眼"的话，我包你一个百二十分的满足，将来一定是你从欧洲带回家最不易磨灭的一个印象！一切有我布置去，你要是愿意贡献的话，也不用别的，就要你多买大杨梅，再带一瓶桔子酒，一瓶绿酒，我们享半天闲福去。现在我讲得也累了，我得躺一会儿，我拿我床底下那本秘本给你先揣摩揣摩……

　　隔一天我们从枫丹白露林子里回巴黎的时候，我仿佛刚做了一个最荒唐、最艳丽、最秘密的梦。

1　枫丹白露，巴黎远郊的一处游览地。

我所知道的康桥[1]

一

我这一生的周折，大都寻得出感情的线索。不论别的，单说求学。我到英国是为要从罗素[2]。罗素来中国时，我已经在美国。他那不确的死耗传到的时候，我真的出眼泪不够，还做悼诗来了。他没有死，我自然高兴。我摆脱了哥伦比亚大博士衔的引诱，买船漂过大西洋，想跟这位二十世纪的伏尔泰[3]认真念一点书去。谁知一到英国才知道事情变样了：一为他在战时主张和平，二为他离婚，罗素叫康桥给除名了，他原来是Trinity College的fellow[4]，这来他的fellowship也给取消了，他回英国后就在伦敦住下，夫妻两人卖文章过日子。因此我也不曾遂我从学的始愿。我在伦敦政治经济学院里混了半年，正感着闷想换路走的时候，我认识了狄更生[5]先生。狄更生——Goldsworthy Lowes Dickinson——是一个有名的作者，他的《一个中国人通信》（*Letters from John Chinaman*）与《一个现代聚餐谈话》（*A Modern Symposium*）两本小册子早得了我的景仰。

---

1 康桥，即剑桥，在英国东南部，这里指剑桥大学。本文作于一九一五年一月十五日，原刊于一九二六年一月十六日至二十五日《晨报副刊》，收入《巴黎的鳞爪》。

2 罗素（1872—1970），英国哲学家、逻辑学家，一九二一年曾来中国讲学。

3 伏尔泰（1694—1778），法国启蒙思想家、哲学家、作家。

4 Trinity College的fellow，即三一学院（属剑桥大学）的评议员。

5 狄更生，英国作家、学者。

罗素

我第一次会着他是在伦敦国际联盟协会席上，那天林宗孟[1]先生演说，他做主席；第二次是宗孟寓里吃茶，有他。以后我常到他家里去。他看出我的烦闷，劝我到康桥去，他自己是王家学院（King's College）的fellow。我就写信去问两个学院，回信都说学额早满了，随后还是狄更生先生替我去在他的学院里说好了，给我一个特别生的资格，随意选科听讲。从此黑方巾、黑披袍的风光也被我占着了。初起我在离康桥六英里的乡下叫沙士顿的地方租了几间小屋住下，同居的有我从前的夫人张幼仪女士与郭虞裳君。每天一早我坐街车（有时自行车）上学，到晚回家。这样的生活过了一个春，但我在康桥还只是个陌生人谁都不认识。康桥的生活，可以说完全不曾尝着，我知道的只是一个图书馆，几个课室，和三两个吃便宜饭的茶食铺子。狄更生常在伦敦或是大陆上，所以也不常见他。那年的秋季我一个人回到康桥，整整有一学年，那时我才有机会接近真正的康桥生活，同时我也慢慢地"发见"了康桥。我不曾知道过更大的愉快。

二

"单独"是一个耐寻味的现象。我有时想它是任何发见的第一个条件。你要发见你的朋友的"真"，你得有与他单独的机会。你要发见你自己的真，你得给你自己一个单独的机会。你要发见一个地方（地方一样有灵性），你也得有单独玩的机会。我们这一辈子，认真说，能认识几个人？能认识几个地方？我们都是太匆忙，太没有单独的机会。说实话，我连我的本乡都没有什么了解。康桥

1　林宗孟，即林长民，号"双栝老人"，晚清立宪派人士，辛亥革命后曾出任司法总长。

拜伦

我要算是有相当交情的，再次许只有新认识的翡冷翠了。啊，那些清晨，那些黄昏，我一个人发疑似的在康桥！绝对的单独。

但一个人要写他最心爱的对象，不论是人是地，是多么使他为难的一个工作。你怕，你怕描坏了它，你怕说过分了恼了它，你怕说太谨慎了辜负了它。我现在想写康桥，也正是这样的心理，我不曾写，我就知道这回是写不好的——况且又是临时逼出来的事情。但我却不能不写，上期预告已经出去了。我想勉强分两节写：一是我所知道的康桥的天然景色；一是我所知道的康桥的学生生活。我今晚只能极简地写些，等以后有兴会时再补。

三

康桥的灵性全在一条河上；康河，我敢说是全世界最秀丽的一条河。河的名字是葛兰大（Granta），也有叫康河（River Gam）的，许有上下流的区别，我不甚清楚。河身多的是曲折，上游是有名的拜伦潭——"Byron's Pool"——当年拜伦常在那里玩的；有一个老村子叫格兰骞斯德，有一个果子园，你可以躺在累累的桃李树荫下吃茶，茶果会掉入你的茶杯，小雀子会到你桌上来啄食，那真是别有一番天地。这是上游；下游是从骞斯德顿下去，河面展开，那是春夏间竞舟的场所。上下河分界处有一个坝筑，水流急得很，在星光下听水声，听近村晚钟声，听河畔倦牛刍草声，是我康桥经验中最神秘的一种：大自然的优美、宁静，调谐在这星光与波光的默契中不期然地淹入了你的性灵。

但康河的精华是在它的中权，著名的"Backs"，这两岸是几个最蜚声的学院的建筑。从上面下来是Pembroke，St. Katharine's，King's，Clare，Trinity，St. John's。最令人流连的一节是克莱亚与王三一学院是剑桥大学实力最雄厚、名声最响亮的学院之一，它建于一五四六年，培养出了众多杰出人物，其中包括牛顿、培根、拜伦等。

三一学院

家学院的毗连处，克莱亚的秀丽紧邻着王家教堂（King's Chapel）的宏伟。别的地方尽有更美更庄严的建筑，例如巴黎塞纳河的卢浮宫一带，威尼斯的利阿尔多大桥的两岸，翡冷翠维基乌大桥的周遭，但康桥的"Backs"自有它的特长，这不容易用一二个状词来概括，它那脱尽尘埃气的一种清澈秀逸的意境可说是超出了画图而化生了音乐的神味。再没有比这一群建筑更调谐更匀称的了！论画，可比的许只有柯罗（Corot）的田野；论音乐，可比的许只有肖邦（Chopin）的夜曲。就这，也不能给你依稀的印象，它给你的美感简直是神灵性的一种。

　　假如你站在王家学院桥边的那棵大椈树荫下眺望，右侧面，隔着一大方浅草坪，是我们的校友居（fellows building），那年代并不早，但它的妩媚也是不可掩的，它那苍白的石壁上春夏间满缀着艳色的蔷薇在和风中摇头，更移左是那教堂，森林似的尖阁不可洿的永远直指着天空；更左是克莱亚，啊！那不可信的玲珑的方庭，谁说这不是圣克莱亚（St.Clare）的化身，哪一块石上不闪耀着她当年圣洁的精神？在克莱亚后背隐约可辨的是康桥最潇贵最骄纵的三一学院（Trinity），它那临河的图书楼上坐镇着拜伦神采惊人的雕像。

　　但这时你的注意早已叫克莱亚的三环洞桥魔术似的摄住。你见过西湖白堤上的西泠断桥不是？（可怜它们早已叫代表近代丑恶精神的汽车公司给铲平了，现在它们跟着苍凉的雷峰永远辞别了人间。）你忘不了那桥上斑驳的苍苔，木栅的古色，与那桥拱下泄露的湖光与山色不是？克莱亚并没有那样体面的衬托，它也不比庐山栖贤寺旁的观音桥，上瞰五老的奇峰，下临深潭与飞瀑；它只是怯怜怜的一座三环洞的小桥，它那桥洞间也只掩映着

《树与湖畔风景》 │ 法国 │ 柯罗

细纹的波鳞与婆娑的树影，它那桥上棚比的小穿兰与兰节顶上双双的白石球，也只是村姑子头上不夸张的香草与野花一类的装饰；但你凝神地看着，更凝神地看着，你再反省你的心境，看还有一丝屑的俗念沾滞不？只要你审美的本能不曾泯灭时，这是你的机会实现纯粹美感的神奇！

但你还得选你赏鉴的时辰。英国的天时与气候是走极端的。冬天是荒谬的坏，逢着连绵的雾盲天你一定不迟疑地甘愿进地狱本身去试试；春天（英国是几乎没有夏天的）是更荒谬的可爱，尤其是它那四五月间最渐缓最艳丽的黄昏，那才真是寸寸黄金。在康河边上过一个黄昏是一服灵魂的补剂。啊！我那时蜜甜的单独，那时蜜甜的闲暇。一晚又一晚的，只见我出神似的倚在桥阑上向西天凝望：——

> 看一回凝静的桥影，
>
> 数一数螺钿的波纹：
>
> 我倚暖了石阑的青苔，
>
> 青苔凉透了我的心坎；……

还有几句更笨重的怎能仿佛那游丝似轻妙的情景：

> 难忘七月的黄昏，远树凝寂，
>
> 像墨泼的山形，衬出轻柔暝色
>
> 密稠稠，七分鹅黄，三分橘绿，
>
> 那妙意只可去秋梦边缘捕捉；……

四

这河身的两岸都是四季常青最葱翠的草坪。从校友居的楼上望去，对岸草场上，不论早晚，永远有十数匹黄牛与白马，胫蹄没在恣蔓的草丛中，从容地在咬嚼，星星的黄花在风中动荡，应和着它们尾鬃的扫拂。桥的两端有斜倚的垂柳与椈荫护住。水是澈底的清澄，深不足四尺，匀匀地长着长条的水草。这岸边的草坪又是我的爱宠，在清朝，在傍晚，我常去这天然的织锦上坐地，有时读书，有时看水；有时仰卧着看天空的行云，有时反扑着搂抱大地的温软。

但河上的风流还不止两岸的秀丽。你得买船去玩。船不止一种：有普通的双桨划船，有轻快的薄皮舟（canoe），有最别致的长形撑篙船（punt）。最末的一种是别处不常有的：约莫有二丈长，三尺宽，你站直在船艄上用长竿撑着走的。这撑是一种技术。我手脚太蠢，始终不曾学会。你初起手尝试时，容易把船身横住在河中，东颠西撞的狼狈。英国人是不轻易开口笑人的，但是小心他们不出声地皱眉！也不知有多少次河中本来优闲的秩序叫我这莽撞的外行给捣乱了。我真的始终不曾学会；每回我不服输跑去租船再试的时候，有一个白胡子的船家往往带讥讽地对我说："先生，这撑船费劲，天热累人，还是拿个薄皮舟溜溜吧！"我哪里肯听话，长篙子一点就把船撑了开去，结果还是把河身一段段地腰斩了去。

你站在桥上去看人家撑，那多不费劲，多美！尤其在礼拜天有几个专家的女郎，穿一身缟素衣服，裙裾在风前悠悠地飘着，戴一顶宽边的薄纱帽，帽影在水草间颤动，你看她们出桥洞时的姿态，捻起一根竟像没有分量的长竿，只轻轻的，不经心地往波心里一点，身子微微地一蹲，这船身便波的转出了桥影，翠条鱼似的向前滑了去。她们那敏捷，那闲暇，那轻盈，真是值得歌咏的。

在初夏阳光渐暖时你去买一只小船，划去桥边荫下躺着念你

《垂钓》| 英国古老版画

的书或是做你的梦，槐花香在水面上飘浮，鱼群的唼喋声在你的耳边挑逗。或是在初秋的黄昏，近着新月的寒光，望上流僻静处远去。爱热闹的少年们携着他们的女友，在船沿上支着双双的东洋彩纸灯，带着话匣子，船心里用软垫铺着，也开向无人迹处去享他们的野福——谁不爱听那水底翻的音乐在静定的河上描写梦意与春光！

住惯城市的人不易知道季候的变迁。看见叶子掉知道是秋，看见叶子绿知道是春；天冷了装炉子，天热了拆炉子；脱下棉袍，换上夹袍，脱下夹袍，穿上单袍；不过如此罢了。天上星斗的消息，地下泥土里的消息，空中风吹的消息，都不关我们的事。忙着哪，这样那样事情多着，谁耐烦管星星的移转，花草的消长，风云的变幻？同时我们抱怨我们的生活、苦痛、烦闷、拘束、枯燥，谁肯承认做人是快乐？谁不多少间咒诅人生？

但不满意的生活大都是由于自取的。我是一个生命的信仰者，我信生活决不是我们大多数人仅仅从自身经验推得的那样暗惨。我们的病根是在"忘本"。人是自然的产儿，就比枝头的花与鸟是自然的产儿，但我们不幸是文明人，入世深似一天，离自然远似一天。离开了泥土的花草，离开了水的鱼，能快活吗？能生存吗？从大自然，我们取得我们的生命；从大自然，我们应分取得我们继续的资养。哪一株婆娑的大木没有盘错的根柢深入在无尽藏的地里？我们是永远不能独立的。有幸福是永远不离母亲抚育的孩子，有健康是永远接近自然的人们。不必一定与鹿豕游，不必一定回"洞府"去；为医治我们当前生活的枯窘，只要"不完全遗忘自然"一张轻淡的药方，我们的病象就有缓和的希望。在青草里打几个滚，到海水里洗几次浴，到高处去看几次朝霞与晚照——你肩背上的负担就会轻松了去的。

这是极肤浅的道理，当然。但我要没有过过康桥的日子，我就不会有这样的自信。我这一辈子就只那一春，说也可怜，算是不曾虚度。就只那一春，我的生活是自然的，是真愉快的！（虽则碰巧那也是我最感受人生痛苦的时期。）我那时有的是闲暇，有的是自由，有的是绝对单独的机会。说也奇怪，竟像是第一次，我辨认了星月的光明，草的青，花的香，流水的殷勤。我能忘记那初春的睥睨吗？曾经有多少个清晨我独自冒着冷去薄霜铺地的林子里闲步——为听鸟语，为盼朝阳，为寻泥土里渐次苏醒的花草，为体会最微细最神妙的春信。啊，那是新来的画眉在那边凋不尽的青枝上试它的新声！啊，这是第一朵小雪球花挣出了半冻的地面！啊，这不是新来的潮润沾上了寂寞的柳条？

静极了，这朝来水溶溶的大道，只远处牛奶车的铃声，点缀这周遭的沉默。顺着这大道走去，走到尽头，再转入林子里的小径，往烟雾浓密处走去，头顶是交枝的榆荫，透露着漠楞楞的曙色；再往前走去，走尽这林子，当前是平坦的原野，望见了村舍，初青的麦田，更远三两个馒形的小山掩住了一条通道。天边是雾茫茫的，尖尖的黑影是近村的教寺。听，那晓钟和缓的清音。这一带是此帮中部的平原，地形像是海里的轻波，默沉沉的起伏；山岭是望不见的，有的是常青的草原与沃腴的田壤。登那土阜上望去，康桥只是一带茂林，拥戴着几处娉婷的尖阁。妩媚的康河也望不见踪迹，你只能循着那锦带似的林木想象那一流清浅。村舍与树林是这地盘上的棋子，有村舍处有佳荫，有佳荫处有村舍。这早起是看炊烟的时辰：朝雾渐渐地升起，揭开了这灰苍苍的天幕（最好是微霭后的光景），远近的炊烟，成丝的、成缕的、成卷的、轻快的、迟奶牛吃大地上的青草，就像吮吸大地母亲的乳汁，然后我们又吃奶牛的奶长大。我们是否曾感谢过奶牛呢？我们自己又是谁的奶牛呢？我们又为大地做了些什么呢？

《温莎大公园中卖牛奶的女孩》 | 英国 | 保罗·桑德比

重的、浓灰的、淡青的、惨白的，在静定的朝气里渐渐地上腾，渐渐地不见，仿佛是朝来人们的祈祷，参差的翳入了天听。朝阳是难得见的，这初春的天气。但它来时是起早人莫大的愉快。这田野添深了颜色，一层轻纱似的金粉糁上了这草，这树，这通道，这庄舍。顷刻间这周遭弥漫了清晨富丽的温柔。顷刻间你的心怀也分润了白天诞生的光荣。"春"！这胜利的晴空仿佛在你的耳边私语。"春"！你那快活的灵魂也仿佛在那里回响。

伺候着河上的风光，这春来一天有一天的消息。关心石上的苔痕，关心败草里的花鲜，关心这水流的缓急，关心水草的滋长，关心天上的云霞，关心新来的鸟语。怯怜怜的小雪球是探春信的小使。铃兰与香草是欢喜的初声。窈窕的莲馨，玲珑的石水仙，爱热闹的克罗克斯，耐辛苦的蒲公英与雏菊——这时候春光已是烂缦在人间，更不须殷勤问讯。

瑰丽的春放。这是你野游的时期。可爱的路政，这里不比中国，哪一处不是坦荡荡的大道？徒步是一个愉快，但骑自转车是一个更大的愉快，在康桥骑车是普遍的技术；妇人、稚子、老翁，一致享受这双轮舞的快乐。（在康桥听说自转车是不怕人偷的，就为人人都自己有车，没人要偷。）任你选一个方向，任你上一条通道，顺着这带草味的和风，放轮远去，保管你这半天的逍遥是你性灵的补剂。这道上有的是清荫与美草，随地都可以供你休憩。你如爱花，这里多的是锦绣似的草原。你如爱鸟，这里多的是巧啭的鸣禽。你如爱儿童，这乡间到处是可亲的稚子。你如爱人情，这里多的是不嫌远客的乡人，你到处可以"挂单"借宿，有酪浆与嫩薯供你饱餐，有夺目的果鲜恣你尝新。你如爱酒，这乡间每"望"都为你储有上好的新酿，黑啤如太浓，苹果酒、姜酒都是供你解渴润肺生命是一种舞蹈，一种风景中的舞蹈，很多人不会舞蹈，更忘记了风景，于是生命变成一声叹息。

《生命的喜悦》 ┃ 法国 ┃ 马蒂斯

的。……带一卷书，走十里路，选一块清静地，看天、听鸟、读书，倦了时，和身在草绵绵处寻梦去——你能想象更适情更适性的消遣吗？

陆放翁有一联诗句："传呼快马迎新月，却上轻舆趁晚凉"；这是做地方官的风流。我在康桥时虽没马骑，没轿子坐，却也有我的风流：我常常在夕阳西晒时骑了车迎着天边扁大的日头直追。日头是追不到的，我没有夸父的荒诞，但晚景的温存却被我这样偷尝了不少。有三两幅画图似的经验至今还是栩栩地留着。只说看夕阳，我们平常只知道登山或是临海，但实际只须辽阔的天际，平地上的晚霞有时也是一样的神奇。有一次我赶到一个地方，手把着一家村庄的篱笆，隔着一大田的麦浪，看西天的变幻。有一次是正冲着一条宽广的大道，过来一大群羊，放草归来的，偌大的太阳在它们后背放射着万缕的金辉，天上却是乌青青的，只剩这不可逼视的威光中的一条大路、一群生物，我心头顿时感着神异性的压迫，我真的跪下了，对着这冉冉渐翳的金光。再有一次是更不可忘的奇景，那是临着一大片望不到头的草原，满开着艳红的罂粟，在青草里亭亭像是万盏的金灯，阳光从褐色云斜着过来，幻成一种异样紫色，透明似的不可逼视，刹那间在我迷眩了的视觉中，这草田变成了……不说也罢，说来你们也是不信的！

一别二年多了，康桥，谁知我这思乡的隐忧？也想不别的，我只要那晚钟撼动的黄昏，没遮拦的田野，独自斜倚在软草里，看第一个大星在天边出现！

丑西湖[1]

"欲把西湖比西子，浓妆淡抹总相宜。"我们太把西湖看理想化了。夏天要算是西湖浓妆的时候，堤上的杨柳绿成一片浓青，里湖一带的荷叶荷花也正当满艳，朝上的烟雾，向晚的晴霞，哪样不是现成的诗料，但这西姑娘你爱不爱？我是不成，这回一见面我回头就逃！什么西湖这简直是一锅腥臊的热汤！西湖的水本来就浅，又不流通，近来满湖又全养了大鱼，有四五十斤的，把湖里袅袅婷婷的水草全给咬烂了，水混不用说，还有那鱼腥味儿顶叫人难受。说起西湖养鱼，我听得有种种的说法，也不知哪样是内情：有说养鱼干脆是官家谋利，放着偌大一个鱼沼，养肥了鱼打了去卖不是顶现成的；有说养鱼是为预防水草长得太放肆了怕塞满了湖心，也有说这些大鱼都是大慈善家们为要延寿或是求子或是求财源茂健特为从别地方买了来放生在湖里的，而且现在打鱼当官是不准。不论怎么样，西湖确是变了鱼湖了。六月以来杭州据说一滴水都没有过，西湖当然水浅得像个干血痨的美女，再加那腥味儿！今年南方的热，说来我们住惯北方的也不易信，白天热不说，通宵到天亮也不见放松，天天大太阳，夜夜满天星，节节高的一天暖似一天。杭州更比上海不堪，西湖那一

---

1 本文发表时有一个总标题《南行杂记》，原载于一九二六年八月九日《晨报副刊》。

《南屏雅集图》 | 明代 | 戴进

洼浅水用不到几个钟头的晒就离滚沸不远什么，四面又是山，这热是来得去不得，一天不发大风打阵，这锅热汤，就永远不会凉。我那天到了晚上才雇了条船游湖，心想比岸上总可以凉快些。好，风不来还熬得，风一来可真难受极了，又热又带腥味儿，真叫人发眩作呕，我同船一个朋友当时就病了，我记得红海里两边的沙漠风都似乎较为可耐些！夜间十二点我们回家的时候都还是热虎虎的。还有湖里的蚊虫！简直是一群群的大水鸭子！我一生定就活该。

这西湖是太难了，气味先就不堪。再说沿湖的去处，本来顶清淡宜人的一个地方是平湖秋月，那一方平台，几棵杨柳，几折回廊，在秋月清澈的凉夜去坐着看湖确是别有风味，更好在去的人绝少，你夜间去总可以独占，唤起看守的人来泡一碗清茶，冲一杯藕粉，和几个朋友闲谈着消磨他半夜，真是清福。我三年前一次去有琴友有笛师，躺平在杨树底下看揉碎的月光，听水面上翻响的幽乐，那逸趣真不易。西湖的俗化真是一日千里，我每回去总添一度伤心：雷峰[1]也羞跑了，断桥折成了汽车桥，哈同[2]在湖心里造房子，某家大少爷的汽油船在三尺的柔波里兴风作浪，工厂的烟替代了出岫的霞，大世界以及什么舞台的锣鼓充当了湖上的啼莺，西湖，西湖，还有什么可留恋的！这回连平湖秋月也给糟蹋了，你信不信？

"船家，我们到平湖秋月去，那边总还清静。"

"平湖秋月？先生，清静是不清静的，格歇开了酒馆，酒馆

1　雷峰，指西湖边的雷峰塔，建于宋代开宝八年（公元975年），一九二四年九月二十五日倒坍。

2　哈同（1847—1931），犹太人，后入英国籍。一八七四年到上海，通过商业投机成为大富豪，曾任上海法租界公董局董事及公共租界工部局董事。

着实闹忙哩，你看，望得见的，穿白衣服的人多煞勒瞎，扇子搧得活血血的，还有唱唱的，十七八岁的姑娘，听听看——是无锡山歌哩，胡琴都蛮清爽的……"

那我们到楼外楼[1]去吧。谁知楼外楼又是一个伤心！原来楼外楼那一楼一底的旧房子斜斜地对着湖心亭，几张揩抹得发白光的旧桌子，一两个上年纪的老堂倌，活络络的鱼虾，滑齐齐的莼菜，一壶远年，一碟盐水花生，我每回到西湖往往偷闲独自跑去领略这点子古色古香，靠在阑干上从堤边杨柳荫里望滟滟的湖光，晴有晴色，雨雪有雨雪的景致，要不然月上柳梢时意味更长，好在是不闹，晚上去也是独占的时候多，一边喝着热酒，一边与老堂倌随便讲讲湖上风光，鱼虾行市，也自有一种说不出的愉快。但这回连楼外楼都变了面目！地址不曾移动，但翻造了三层楼带屋顶的洋式门面，新漆亮光光的刺眼，在湖中就望见楼上电扇的疾转，客人闹盈盈地挤着，堂倌也换了，穿上西崽的长袍，原来那老朋友也看不见了，什么闲情逸趣都没有了！我们没办法移一个桌子在楼下马路边吃了一点东西，果然连小菜都变了，真是可伤。泰戈尔来看了中国，发了很大的感慨。他说："世界上再没有第二个民族像你们这样蓄意地制造丑恶的精神。"怪不过老头牢骚，他来时对中国是怎样的期望(也许是诗人的期望)，他看到的又是怎样一个现实！狄更生先生有一篇绝妙的文章，是他游泰山以后的感想，他对照西方人的俗与我们的雅，他们的唯利主义与我们的闲暇精神。他说只有中国人才真懂得爱护自然，他们在山水间的点缀是没有一点辜负自然的；实际上他

1　楼外楼，杭州西湖边的一家历史悠久的著名饭店。宋代林升的《题临安邸》有名句：
　　"山外青山楼外楼，西湖歌舞几时休。"

本照片摄于一九二四年泰戈尔访华时，前排坐着的大胡子是泰戈尔，前排站立的小个子女子是林徽因，中排左边第一个站立者是徐志摩。

泰戈尔与徐志摩、林徽因等人的合影

们处处想法子增添自然的美，他们不容许煞风景的事业。他们在山上造路是依着山势回环曲折，铺上本山的石子，就这山道就饶有趣味，他们宁可牺牲一点便利，不愿斫丧自然的和谐。所以他们造的是妩媚的石径；欧美人来时不开马路就来穿山的电梯。他们在原来的石块上刻上美秀的诗文，漆成古色的青绿，在苔藓间掩映生趣；反之在欧美的山石上只见雪茄烟与各种生意的广告。他们在山林丛密处透出一角寺院的红墙，西方人起的是几层楼嘈杂的旅馆。听人说中国人得效法欧西，我不知道应得自觉虚心做学徒的究竟是谁？

这是十五年前狄更生先生来中国时感想的一节。我不知道他现在要是回来看看西湖的成绩，他又有什么妙文来颂扬我们的美德！

说来西湖真是个爱伦内[1]。论山水的秀丽，西湖在世界上真有位置。那山光，那水色，别有一种醉人处，叫人不能不生爱。但不幸杭州的人种（我也算是杭州人），也不知怎的，特别的来得俗气来得陋相。不读书人无味，读书人更可厌，单听那一口杭白，甲隔甲隔的，就够人心烦！看来杭州人话会说（杭州人真会说话！），事也会做，近年来就"事业"方面看，杭州的建设的确不少，例如西湖堤上的六条桥就全给拉平了替汽车公司帮忙；但不幸经营山水的风景是另一种事业，决不是开铺子、做官一类的事业。平常布置一个小小的园林，我们尚且说总得主人胸中有些丘壑，如今整个的西湖放在一班大老的手里，他们的脑子里平常想些什么我不敢猜度，但就成绩看，他们的确是只图每年"我们杭州"商界收入的总数增加多少的一种头脑！开铺子的老班们

1　爱伦内，即英文Irony的音译，意为"讽刺"。

也许沾了光，但是可怜的西湖呢？分明天生俊俏的一个少女，生生的叫一群粗汉去替她涂脂抹粉，就说没有别的难堪情形，也就够煞风景又煞风景！天啊，这苦恼的西子！

但是回过来说，这年头哪还顾得了美不美！江南总算是天堂，到今天为止。别的地方人命只当得虫子，有路不敢走，有话不敢说，还来搭什么臭绅士的架子，挑什么够美不够美的鸟眼？

欧游漫录(节选)

一　开篇

你答应了一件事，你的心里就打上了一个结；这个结一天不解开，你的事情一天不完结，你就一天不得舒服，"不做中人不做保，一世无烦恼"就是这个意思，谁叫我这回出来，答应了人家通讯？在西伯利亚道上我记得曾经发出过一封，但此后，约莫有个半月了，一字我不曾寄去，债愈积愈不容易清呢，我每天每晚揪住了心里的那个结对自己说。同时我知道国内一部分的朋友也一定觉着诧异，他们一定说"你看出门人没有靠得住的，他临走的时候答应得多好，说一定随时有信来报告行踪，现在两个月都快满了，他那里一个字都不曾寄来！"

但是朋友们，你们得知道我并不是存心叫你们失望的；我至今不写信的缘故决不完全是懒，虽则懒是到处少不了有它的分。当然更不是为无话可说；上帝不许！过了这许多逍遥的日子还来抱怨生活平凡。话多得很，岂止有，难处就在积满了这一肚子的话。从那里说起才是；这是一层，还有一个难处，在我看来更费踌躇，是这番话应该怎么说法？假如我是一个干脆的报馆访事员，他唯一的金科是有闻必录，那倒好办，只要把你一只耳朵每天收拾干净，出门不要忘了带走，轻易不许它打盹，同时一手拿着记事册，一手拿着"永远光"，外来的新闻交给耳朵，耳朵交

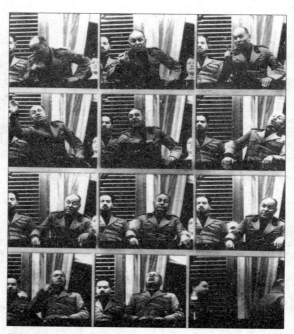

墨索里尼演说时的夸张表情

给手，手交给笔，笔交给纸，这不就完事了不是？可惜我没有做访事的天赋；耳朵不够长，手不够快，我又太笨，思想来得奇慢的，笔下请得到的有数几个字也都是有脾气的只许你去凑他们的趣，休想他们来凑你的趣；否则我要是有画家的本事，见着那处风景好，或是这边人物美，立刻就可以打开本子来自描写生，那不是心灵里的最细沉最飘忽的消息，都有法子可以款留踪迹，我也不怕没有现成文章做了。

我想你们肯费工夫来看我通讯的也不至于盼望什么时局的新闻。墨索里尼的演说，兴登堡将军做总统，法国换内阁等等，自有你们驻欧特约通信员担任，我这本记事册上纸张不够宽恕不备载了。你们也不必期望什么出奇的事项，因为我可以私下告诉你们我这回到欧洲来并不想谋财，也不想害命，也不愿意自己的腿子叫汽车压扁或是牺牲钱包让剪绺先生得意。不，出奇也是不会得的，本来我自己是一个平淡无奇的游客，我眼内的欧洲也只是平淡无奇的几个城子；假如我有话说时也只是在这平淡无奇的经验的范围内平淡无奇的几句话，再没有别的了。

唯其因为到处是平淡无奇，我这里下笔写的时候就格外觉得为难。假如我有机会看得见牛斗，一只穿红衣的大黄牛和一个穿红衣的骑士拼命，千万个看客围着拍掌叫好的话，我要是写下一篇《斗牛记》，那不仅你们看的人合式，我写的人也容易。偏偏牛斗我看不着（听说西班牙都禁绝了）；别说牛斗，入门都难得见着，这世界分明是个和平的世界，你从这国的客栈转运到那国的客栈见着的无非仆欧们的笑脸与笑脸的"仆欧"们——只要你小钱凑手你准看得见一路不断的笑脸。这刻板的笑脸当然不会得促动你做文明的灵机。就这意大利人，本来是出名性子暴躁轻易就会相骂的也分明涵养好多了；你们念过W.D.Howells Venetian Life的那段两位江朵蜡船家吵嘴的妙文一定以为此地来一定早晚听得见色彩鲜艳的骂街；但是不，我来了已经有一个多月却还一次都不曾见过暴烈的南人的例证。总之这两月来一切的事情都像是私下说通了不叫我听到见到或是碰到一些异常的动静！同时我答应做通讯的责任并不因此豁免或是减轻；我的可恨的良心天天掀着我的肘子说："喂，赶快一点，人家等着你哪！"

寻常的游记我是不会写的，也用不着我写，这烂熟的欧洲，又不是北冰洋的尖头或是非洲沙漠的中心，谁要你来饶舌。要我拿日记来公开我有些不愿意，叫白天离魂的鬼影到大家跟前来出现似乎有些不妥当——并且老实说近来本子上记下的也不多。当作私人信札写又如何呢？那也是一个写法，但你心目中总得悬拟你一个相识的收信人，这又是困难，因为假如你存想你最亲密的朋友，他或是她，你就有过于啰唆的危险，同时如其你假定的朋友太生分了，你笔下就有拘束，一样的不讨好。啊，朋友们，你们的失望是定的了。方才我开头的时候似乎多少总有几句话说给你们听但是你们看我笔头上别扭了好半天，结果还是没有结果：应得说什么，我自己不知道，应得怎么说法，我也是不知道！所以我不得不下流，不得不想法搪塞，笔头上有什么来我就往纸上写，管得选择，管得体裁，管得体面！

六　西伯利亚

一个人到一个不曾去过的地方不免有种种的揣测，有时甚至害怕；我们不很敢到死的境界去旅行也就如此。西伯利亚：这个地方本来不容易使人发生荒凉的联想，何况现在又变了有色彩的

莫斯科克里姆林宫

去处，再加谣传、附会，外国存心诬蔑苏俄的报告，结果在一般人的心目中这条平坦的通道竟变了不可测的畏途。其实这都是没有根据的。西伯利亚的交通照我这次的经验看并不怎样比旁的地方麻烦，实际上那边每星期五从赤塔开到莫斯科（每星期三自莫至赤）的特快虽则是七八天的长途车，竟不会耽误时刻。那在中国就是很难得的了，你们从北京到满洲里，从满洲里到赤塔，尽可以坐二等车，但从赤塔到俄京那一星期的路程我劝你们不必省这几十块钱（不到五十），因为那国际车真是舒眼，听说战前连洗澡都有设备的，比普通车位差太远了。坐长途火车是顶累人不过的，像我自己就有些晕车，所以有可以节省精力的地方还是多破费些钱来得上算，固然坐上了国际车你的同道只是体面的英、美、德、法人；你如其要参预俄国人的生活时不妨去坐普通车，那就热闹了，男女不分的，小孩是常有的，车间里四张床位，除了各人的行李以外，有的是你意想不到的布置。我说给你们听听；洋磁面盆、小木坐凳、小孩坐车、各式药瓶、洋油锅子、煎咖啡铁罐、牛奶瓶、酒瓶、小儿玩具、晒湿衣服绳子、满地的报纸、乱纸、花生壳、向日葵子壳、痰唾、果子皮、鸡子壳、面包屑……房间里的味道也就不消细说，你们自己可以想象，老实说我有点受不住，但是俄国人自会作他们的乐，往往在一团氤氲（当然大家都吸烟）的中间，说笑的自说笑，唱歌的自唱歌，看书的看书，瞌睡的瞌睡，同时玻璃上的蒸气全结成了冰屑，车外只是白茫茫的一片，静悄悄的莫有声息，偶尔在树林的边沿看得见几处木板造成的小屋，屋顶透露着一缕青灰色的烟痕，报告这荒凉境地里的人迹。

　　吃饭一路上都有餐车，但不见佳而且贵，愿意省钱的可以到站时下去随便买些食物充饥，这一路每站上都有一两间小木屋（要不然就是几位老太太站在露天提着篮端着瓶子做生意）卖杂物的：面包、牛奶、生鸡蛋、薰鱼、苹果都是平常买得到的（记着我过路的时候是三月，满地还是冰雪，解冻的时候东西一定更多）。

我动身前有人警告我说"苏俄的忌讳多的很，你得留神；上次有几个美国人在餐车里大声叫仆欧（应得叫comrade康姆拉特，意思是朋友，同志或伙计），叫他们一脚踢下车去死活不知下落，你这回可小心！那是不是神话我不曾有工夫去考虑；但为叫一声仆欧就得受死刑（苏州人说的"路倒尸"）我看来有些不像，实际上出门莫谈政治，倒是真的，尤其在革命未定的国家，关于苏俄我下面再讲。我们餐车的几位康姆拉特都是顶年轻的，其中有一位实在不很讲究礼节，他每回来招呼吃饭，就像是上官发命令，斜瞟着一双眼，使动着一个不耐烦的指头，舌尖上滚出几个铁质的字音，嘭的阖上你的房门，他又到间壁去发命令了！他是中等身材，胸背是顶宽的，穿一身水色的制服，肩上放一块擦桌白布，走路像疾风似的有劲；但最有意思的是他的脑袋，椭圆的脸盘，扁平的前额上斜撩着一两鬈短发，眼睛不大但显示异常的决断力，颧骨也长得高，像一个有威权的人；他每回来伺候你的神情简直要你发抖；他不是来伺候他是来试你的胆量（我想胆子小些的客人见了他真会哭的）！他手里有杯盘、刀、叉就像是半空里下冰雪一片片直削到你的面前，叫你如何不心寒；他也不知怎的有那么大气，绷紧着一张脸我始终不曾见他露过些微的笑容；我也曾故意比着可笑的手势想博他一个和善些的顾盼，谁知不行，他的脸上笼罩着西伯利亚冬的严霜，轻易如何消得；真的，他那肃杀的气概不仅是为威吓外来的过客，因为他对他的同十月革命前夕，列宁在一次群众集会上发表演讲，站在一旁的是他的战友、革命家托洛茨基。列宁去世后，因政见分歧和权力斗争，托洛茨基被斯大林排挤、放逐。

列宁在演讲

僚我留神观察也并没有更温和的嘴脸；顶叫人不舒服的是他那口角边总是紧紧地咬着一支半焦的俄国纸烟，端菜时也在那里，说话时也在那里，仿佛他一腔的愤慨只有永远嚼紧着牙关方可以勉强地耐着！后来看惯了倒也不觉得什么，我可是替他题上一个确切不过的徽号，叫他做"饭车里的拿破仑"，我那意大利朋友十二分地称赞我，因为他那体魄，他那神气，他的坚决，尤其是他前额上斜着的几根小发，有时他悻悻地独自在餐车那一头站着紧攒着眉头，一只手贴着前胸，谁说这不是拿翁再世的相儿？

七　西伯利亚

西伯利亚只是人少，并不荒凉。天然的景色亦自有特色，并不单调；贝加尔湖周围最美，乌拉尔一带连绵的森林不可忘。天气晴爽时空气竟像是透明的，亮极了，再加地面上雪光的反映，真叫你耀眼，你们住惯城里的难得有机会饱尝清洁的空气；下回你们要是路过西伯利亚或是同样地方，千万不要躲懒，逢站停车时，不论天气怎样冷，总是下去散步，借冰清尖锐有气流洗净你恶浊的肺胃；那真是一个快乐，不仅你的鼻孔，就是你面上与颈上露在外面的毛孔，都受着最甜美的洗礼，给你倦懒的性灵一剂绝烈的刺激，给你松散的筋肉一个有力的约束，激荡你的志气，加添你的生命。

再有你们过西伯利亚时记着不要忙吃晚饭，牺牲最柔媚的晚景，雪地上的阳光有时幻成最娇嫩的彩色，尤其是夕阳西渐时，最普通是银红，有时鹅黄稍带绿晕。四年前我游小瑞士时初次发现了雪地里光彩的变幻，这回过西伯利亚看得更满意；你们试想象晚风静定时在一片雪白平原上，疏伶伶的大树间，斜刺里平添

《水中树 倒影》 ┃ 俄国 ┃ 阿列克谢·萨夫拉索夫

出几大条鲜艳的彩带，是幻是真，是真是幻，那妙趣到你亲身经历时从容地辨认罢。

但我此时却不来复写我当时的印象，那太吃苦了，你们知道这逼紧了你的记忆召回早已消散了的景色，再得应用想象的光辉照出他们颜色的深浅，是一件极伤身的工作，比发寒热时出汗还凶。并且这来碰记着不清的地方你就得凭空造，那你们又不愿意了不是？好，我想出了一个简便的办法；我这本记事册的前面有几页当时随兴涂下的杂记，我就借用不是省事，就可惜我做事情总没有常性，什么都只是片断，那几段琐记又是在车上用铅笔写的英文，十个字里至少有五个字不认识，现在要来对号，真不易！我来试试。

1

西伯利亚并不坏，天是蓝的，日光是鲜明的，暖和的，地上薄薄的铺着白雪、矮树、甘草白皮松，到处看得见，稀稀的住人的木房子。

2

方才过一站，下去走了一走，顶暖和。一个十岁左右卖牛奶的小姑娘手里拿瓶子卖鲜牛奶给我们。她有一只小圆脸，一双聪明的蓝眼，白净的皮肤，清秀有表情的面目，她脚上的套鞋像是一对张着大口的黄色，她的裙子也是古怪的样子，我的朋友给她一个半卢布的银币；她的小眼睛滚上几滚，接了过去仔细地查看，她开口问了，她要知道这钱是不是真的通用的银币；"好的，好的，自然好的！"旁边站着看的人（俄国车站上多的是闲人）一齐喊了。她露出一点子的笑容，把钱放进了口袋，一瓶牛奶交给客人，翻着小眼对我们望望，转身快快地跑了去。

大地上有很多苦难，白雪下可能覆盖着白骨，但谁都不能阻止鸟儿的飞翔。当白嘴鸟驾驭寒风归来时，我们的眼睛应当仰望天空。

《白嘴鸟飞来了》 ┃ 俄国 ┃ 阿列克谢·萨夫拉索夫

3

入境愈深，当地人民的苦况益发的明显。今天我在赤塔站上留心地看。褴褛的小孩子，从三四岁到五六岁，在站上问客人讨钱，并且也不是客气的讨法，似乎他们的手伸了出来决不肯空了回去的。不但在月台上，连站上的饭馆里都有，无数成年的男女，也不知做什么来的，全靠着我们吃饭处有木栏，斜着他们呆顿的不移动的注视看着你蒸气的热汤或是你肘子边长条的面包。他们的样子并不恶，也不凶，可是晦塞而且阴沉，看见他们的面貌你不由得不疑问这里的人民知不知道什么是自然的喜悦的笑容。笑他们当然是会得的；尤其是狂笑，当他们受足了vodka的影响，但那时的笑是不自然的，表示他们的变态，不是上帝给我们喜悦。这西伯利亚的土人，与其说是受一个有自制力的脑府支配的人身体，不如说是一捆捆的原始的人道，装在破烂的黑色或深黄色的布衫与奇大的毡鞋里，他们行动，他们工作，无非是受他们内在的饿的力量所驱使，再没别的可说了。

4

在Irkutsk车停时许，他们全下去走路，天早已黑了，站内的光亮只是几只贴壁的油灯，我们本想出站，却反经过一条夹道走进了那普通待车室，在昏迷的灯光下辨认出一屋子黑黝黝的人群，那景象我再也忘不了，尤其是那气味！悲悯心禁止我尽情地描写；但丁假如到此地来过，他的地狱里一定另添一番色彩！

对面街上有一个山东人开着一家小烟铺，他说他来二十年，积下的钱还不够他回家。

5

俄国人的生活我还是懂不得。店铺子窗户里放着的各式物品是容易认识的，但管铺子做生意的那个人，头上戴着厚毡帽，脸上满长着黄色的细毛，是一个不可捉摸的生灵；拉车的马甚至那奇形的雪橇是可以领会的，但那赶车的紧裹在他那异样的袍服里，一只戴皮套的手扬着一根古旧的皮鞭，是一个不可思议的现象。

我怎样来形容西伯利亚天然的美景？气氛是晶澈的，天气澄爽时的天蓝是我们在灰沙里过日子的所不能想象的异景。森林是这里的特色：连绵、深厚、严肃，有宗教的意味。西伯利亚的林木都是直幹的；不问是松，是白杨，是青松或是灌木类的矮树丛，每株树的尖顶总是正对着天心。白杨林最多，像是带旗帜的军队，各式的军徽奕奕地闪亮着；兵士们屏息地排列着，仿佛等候什么严重的命令。松树林也多茂盛的：干子不大，也不高，像是稚松，但长得极匀净，像是园丁早晚修饰的盆景。不错；这些树的倔强的不曲性是西伯利亚，或许是俄罗斯，最明显的特性。

——我窗外的景色极美，夕阳正从西北方斜照过来，天空，嫩蓝色的，是轻敷着一层织薄的云气，平望去都是齐整的树林，严青的松、白亮的杨、浅棕的笔竖的青松——在这雪白的平原上形成一幅彩色融和的静景。树林的顶尖尤其是美，他们在这肃静的晚景中正像是无数寺院的尖阁，排列着，对高高的蓝天默祷。在这无边的雪地里有时也看得见住人的小屋，普通是木板造屋顶铺瓦颇像中国房子，但也有黄或红色砖砌的。人迹是难得看见的；这全部风景的情调是静极了，缄默极了，倒像是一切动性的事物在这里是不应得有位置的；你有时也看得见迟钝的牲口在雪地的走道上慢慢地动着，但这也不像是有生活的记认。……

契诃夫

十一　契诃夫的墓园

诗人们在这喧哗的市街上不能不感寂寞；因此"伤时"是他们怨懑的发泄，"吊古"是他们柔情的寄托。但"伤时"是感情直接的反动：子规的清啼容易转成夜鸹的急调，吊古却是情绪自然的流露，想象已往的韶光，慰藉心灵的幽独：在墓墟间，在晚风中，在山一边，在水一角，慕古人情，怀旧光华；像是朵朵出岫的白云，轻沾斜阳的彩色，冉冉地卷，款款地舒，风动时动，风止时止。

吊古便不得不憬悟光阴的实在；随你想象它是汹涌的洪潮，想象它是缓渐的流水，想象它是倒悬的急湍，想象它是足迹的尾间，只要你见到它那水花里隐现着的骸骨，你就认识它那无顾恋的冷酷，它那无限量的破坏的馋欲：桑田变沧海，红粉变骷髅，青梗变枯柴，帝国变迷梦，梦变烟，火变灰，石变砂，玫瑰变泥，一切的纷争消纳在无声的墓窟里……那时间人的来踪与去迹，它那色调与波纹，便如夕照晚霞中的山岭融成了青紫一片，是丘是壑，是林是谷，不再分明，但它那大体的轮廓却亭亭地刻画在天边，给你一个最清切的辨认。这一辨认就相连地唤起了疑问：人生究竟是什么？你得加下你的按语，你得表示你的"观"。陶渊明说大家在这一条水里浮沉，总有一天浸没在里面，让我今天趁南山风色好，多种一棵菊花，多喝一杯甜酿；李太白、苏东坡、陆放翁都回响说不错，我们的"观"就在这酒杯里。古诗十九首说这一生一扯即过，不过也得过，想长生的是傻子，抓住这现在的现在尽量地享福寻快乐是真的——"不如饮美酒，被服纨与素。"曹子建望着火烧了的洛阳，免不得动感情；他对着渺渺的人生也是绝望——转蓬离本根，飘飘随长风，何意

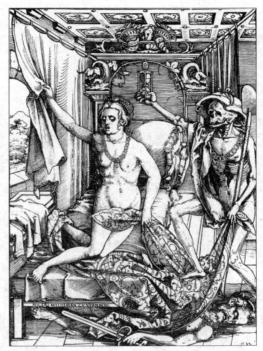

《死神与女人》 | 木板画 | 恩·麦里杰曼

回飙举，吹我入云中，高高上无极，天路安可穷。光阴"悠悠"的神秘警觉了陈元龙，人们在世上都是无俦伴的独客，各个，在他觉悟时都是寂寞的灵魂。庄子也没奈何这悠悠的光阴，他借重一个调侃的骷髅，设想另一个宇宙，那边生的进行不再受时间的限制。

所以吊古——尤其是上坟——是中国文人的一个癖好。这癖好想是遗传的；因为就我自己说，不仅每到一处地方爱去郊外冷落处寻墓园消遣，那坟墓的意象竟仿佛在我每一个思想的后背闑着——单这馒形的一块黄土在我就有无穷的意趣——更无须蔓草、凉风、白杨、青鳞等等的附带。坟的意象与死的概念当然不能差离多远，但在我坟与死的关系却并不密切：死仿佛有附着或有实质的一个现象，坟墓只是一个美丽的虚无，在这静定的意境里，光阴仿佛止息了波动，你自己的思感也收敛了震悚，那时你的性灵便可感到最纯净的慰安，你再不要什么。远有一个原因为什么我不爱想死是为死的对象就是最恼人不过的生，死只是中止生，不是解决生，更不是消灭生，只是增剧生的复杂，并不清理它的纠纷。坟的意象却不暗示你什么对举或比称的实体，它没有远亲，也没有近邻，它只是它，包涵一切，覆盖一切，调融一切的一个美的虚无。

我这次到欧洲来倒像是专做清明来的；我不仅上知名的或与我有关系的坟〔在莫斯科上契诃夫[1]、克鲁泡特金[2]的坟，在柏林上我自己儿子的坟，在枫丹白露上曼斯菲尔德的坟，在巴黎上

---

1 契诃夫(1860—1904)，俄国小说家、戏剧家。
2 克鲁泡特金（1842—1921），俄国革命家、地理学家，无政府主义的主要代表人物之一，无政府共产主义的创始人，其代表作是《面包与自由》。

海涅《德国——一个冬天的童话》插图｜马克斯·施维默

茶花女、海涅的坟；上波德莱尔"恶之花"的坟；上伏尔泰、卢梭、雨果的坟；在罗马上雪莱、济慈的坟；在翡冷翠上勃朗宁太太的坟，上米开朗基罗、美第奇家的坟；日内到Ravenna去还得上但丁的坟，到Assisi上法兰西士的坟，到Mautua上维吉尔（Virgil）的坟。我每过不知名的墓园也往往进去流连，那时情绪不定是伤悲，不定是感触，有风听风，在块块的墓碑间且自徘徊，待斜阳淡了再计较回家。

你们下回到莫斯科去，不要贪看列宁，那无非是一个像活的死人放着做广告的（口孽罪过！），反而忘却一个真值得去的好所在——那是在雀山山脚下的一座有名的墓园，原先是贵族埋葬的地方，但契诃夫的三代与克鲁泡特金也在里面，我在莫斯科三天，过得异常的昏闷，但那一个向晚，在那嗫寂的寺园里，不见了莫斯科的红尘，脱离了犹太人的怖梦，从容地怀古，默默地寻思，在他人许有更大的幸福，在我已经知足。那庵名像是Monestiere Vinozositoh（可译作圣贞庵），但不敢说是对的，好在容易问得。

我最不能忘情的坟山是日中神户山上专葬僧尼那地方，一因它是依山筑道，林荫花草是天然的，二因两侧引泉，有不绝的水声，三因地位高亢，望见海湾与对岸山岛，我最不喜欢的是巴黎Montmartre的那个墓园，虽则有茶花女的芳邻我还是不愿意，因为它四周是市街，驾空又是一架走电车的大桥，什么清宁的意致都叫那些机轮轧成了断片，我是立定主意不去的；罗马雪莱、济慈的坟场也算是不错，但这留着以后再讲；莫斯科的圣贞庵，是应得赞美的，但躺到那边去的机会似乎不多！

那圣贞庵本身是白石的，葫芦顶是金的，旁边有一个极美

契诃夫《套中人》的插图

的钟塔，红色的，方的，异常的鲜艳，远望这三色——白、金、红——的配置，极有风趣；墓碑与坟亭密密地在这塔影下散布着，我去的那天正当傍晚，地下的雪一半化了水，不穿胶皮套鞋是不能走的；电车直到庵前，后背望去森森的林山便是拿破仑退兵时曾经回望的雀山，庵门内的空气先就不同，常青的树荫间，雪铺的地里，悄悄地屏息着各式的墓碑：青石的平枋，镂像的长碣；嵌金的塔，中空的享亭，有高踞的，有低伏的，有雕饰繁复的，有平易的：但他们表示的意思却只是极简单的一个，古诗说的："下有陈死人，杳杳即长暮，潜寐黄泉下，千载永不寤。"

我们向前走不久便发现了一个颇堪惊心的事实；有不少极庄严的碑碣倒在地上的，有好几处坚致的石阑与铁阑打毁了的；你们记得在这里埋着的贵族居多，近几年来风水转了，贵族最吃苦，幸而不毁，也不免亡命，阶级的怨毒在这墓园里都留下了痕迹——楚平王死得快还是逃不了尸体受刑——虽则有标记与无标记，有祭扫与无祭扫，究竟关不关这底下陈死人的痛痒，还是不可知的一件事：但对于虚荣心重视的活人，这类示威的手段却是一个警告。

我们摸索了半天，不曾寻着契诃夫；我的朋友上那边问去了，我在一个转角站着等，那时候忽的眼前一亮（那天本是阴沉），夕阳也不知从哪边过来，正照着金顶与红塔，打成一片不可信的辉煌；你们没见过大金顶的不易想象他那回光的力量，平常玻璃窗上的反光已够你耀眼的，何况偌大一个纯金的圆穹，我不由得不感谢那建筑家的高见，我看了《西游记》、《封神传》渴慕的金光神霞，到这里见着了！更有那秀挺的绯红的高塔也在这俄顷间变成了絮花摇曳的长虹，仿佛脱离了地面，将次凌空飞去。

克鲁泡特金

契诃夫的墓上（他父亲与他并肩）只是一块瓷青色的石碑，刻着他的名字与生死的年份，有铁栏围着，栏内半化的雪里有几瓣小青叶，旁边树上吊下去的，在那里微微地转动。

我独自倚着铁栏，沉思契诃夫今天要是在着他不知怎样；他是最爱"幽默"，自己也是最有谐趣的一位先生：他的太太告诉我们他临死的时候还要她讲笑话给他听；有幽默的人是不易做感情的奴隶的，但今天俄国的情形，今天世界的情形，他要是看了还能笑否，还能拿着他的灵活的笔继续写他灵活的小说否？……我正想着，一阵异样的声浪从园的那一角传过来打断了我的盘算，那声音在中国是听惯了的，但到欧洲是不提防的；我转过去看时有一位黑衣的太太站在一个坟前，她旁边一个服装古怪的牧师（像我们的游方和尚）高声念着经咒，在晚色团聚时，在森森的墓门间了，听着那异样的音调（语尾曼长向上曳作顿），你知道那怪调是念给墓中人听的，这一想毛发间就起了作用，仿佛底下的一大群全爬了上来在你的周围站着倾听似的，同时钟声响动。那边庵门开了，门前亮着一星的油灯，里面出来成行列的尼僧，向另一屋子走去，一体的黑衣黑兜，悄悄地在雪地里走去……

克鲁泡特金的坟在后园，只一块扁平的白石，指示这伟大灵魂遗蜕的歇处，看着颇觉凄惘。关门铃已摇过，我们又得回红尘去了。

天目山中的笔记[1]

　　佛于大众中　　说我尝作佛

　　闻如是法音　　疑悔悉已除

　　初闻佛所说　　心中大惊疑

　　将非魔作佛　　恼乱我心耶

　　　　　　　　——莲花经譬喻品

　　山中不定是清静。庙宇在参天的大木中间藏着，早晚间有的是风，松有松声，竹有竹韵，鸣的禽，叫的是虫子，阁上的大钟，殿上的木鱼，庙身的左边右边都安着接泉水的粗毛竹管，这就是天然的笙箫，时缓时急地掺和着天空地上种种的鸣籁，静是不静的；但山中的声响，不论是泥土里的蚯蚓叫或是轿夫们深夜里"唱宝"的异调，自有一种各别处：它来得纯粹，来得清亮，来得透澈，冰水似的沁入你的脾肺；正如你在泉水里洗濯过后觉得清白些，这些山籁，虽则一样是音响，也分明有洗净的功能。

　　夜间这些清籁摇着你入梦，清早上你也从这些清籁的怀抱中苏醒。

　　山居是福，山上有楼住更是修得来的。我们的楼窗开处是一片蓊葱的林海；林海外更有云海！日的光，月的光，星的光：全

1　本文作于一九一五年九月，原刊于一九二六年九月四日《晨报副刊》，收入《巴黎的鳞爪》。

是你的。从这三尺方的窗户你接受自然的变幻；从这三尺方的窗户你散放你情感的变幻。自在；满足。

今早梦回时睁眼见满帐的霞光。鸟雀们在赞美；我也加入一份。它们的是清越的歌唱，我的是潜深一度的沉默。

钟楼中飞下一声洪钟，空山在音波的磅礴中震荡。这一声钟激起了我的思潮。不，潮字太夸；说思流罢。耶教说阿门，印度教人说"欧姆（O—m）"，与这钟声的嗡嗡，同是从撮口外摄到阖口内包的一个无限的波动：分明是外扩，却又是内潜；一切在它的周缘，却又在它的中心；同时是皮又是核，是轴亦复是廓。"这伟大奥妙的"（om）使人感到动，又感到静；从静中见动，又从动中见静。从安住到飞翔，又从飞翔回复安住；从实在境界超入妙空，又从妙空化生实在：

"闻佛柔软音，深远甚微妙。"

多奇异的力量！多奥妙的启示！包容一切冲突性的现象，扩大刹那间的视域，这单纯的音响，于我是一种智灵的洗净。花开，花落，天外的流星与田畦间的飞萤，上缀云天的青松，下临绝海的巉岩，男女的爱，珠宝的光，火山的熔液：一婴儿在他的摇篮中安眠。

这山上的钟声是昼夜不间歇的，他已经不间歇地打了十一年钟，平均五分钟打一次。打钟的和尚独自在钟头上住着，据说他的愿心是打到他不能动弹的那天，钟楼上供着菩萨，打钟人在大钟的一边安着他的"座"，他每晚是坐着安神的，一只手挽着钟槌的一头，从长期的习惯，不叫睡眠耽误他的职司。"这和尚，"我自忖，"一定是有道理的！和尚是没道理的多：方才那

《法界源流图》局部 ｜ 清代 ｜ 丁观鹏

知客僧想把七窍蒙充六根，怎么算总多了一个鼻孔或是耳孔；那方丈师的谈吐里不少某督军与某省长的点缀；那管半山亭的和尚更是贪嗔的化身，无端摔破了两个无辜的茶碗。但这打钟和尚，他一定不是庸流不能不去看看！"他的年岁在五十开外，出家有二十几年，这钟楼，不错，是他管的，这钟是他打的（说着他就过去撞了一下），他每晚，也不错，是坐着安神的，但此外，可怜，我的俗眼竟看不出什么异样。他拂拭着神龛、神座、拜垫，换上香烛掇一盂水，洗一把青菜，捻一把米；擦干了手接受香客的布施，又转身去撞一声钟。他脸上看不出修行的清癯，却没有失眠的倦态，倒是满满的不时有笑容的展露；念什么经；不，就念阿弥陀佛，他竟许是不认识字的。"那一带是什么山，叫什么，和尚？""这里是天目山。"他说。"我知道，我说的是那一带的。"我手点着问。"我不知道。"他回答。

山上另有一个和尚，他住在更上去昭明太子[1]读书台的旧址，盖着几间屋，供着佛像，也归庙管的，叫做茅棚。但这不比得普陀山上的真茅棚，那看了怕人的，坐着或是偎着修行的和尚没一个不是鹄形鸠面，鬼似的东西。他们不开口的多，你爱布施什么就放在他跟前的篓子或是盘子里，他们怎么也不睁眼，不出声，随你给的是金条或是铁条。人说得更奇了。有的半年没有吃过东西，不曾挪过窝，可还是没有死，就这冥冥地坐着。他们大约离成佛不远了，单看他们的脸色，就比石片泥土不差什么，一样这黑刺刺、死僵僵的。"内中有几个，"香客们说，"已经成了活

1　昭明太子，即南朝梁武帝长子萧统，立为太子，未及位而卒，谥号昭明。他信佛能文，曾召聚文人学士编集《文选》。

佛，我们的祖母早三十年来就看见他们这样坐着的！"

但天目山的茅棚以及茅棚里的和尚，却没有那样的浪漫出奇。茅棚是尽够蔽风雨的屋子，修道的也是活鲜鲜的人，虽则他并不因此减却他给我们的趣味，他是一个高身材、黑面目、行动迟缓的中年人；他出家将近十年，三年前坐过禅关，现在这山上茅棚里来修行；他在俗家时是个商人，家中有父母兄弟姊妹，也许还有自身的妻子；他不曾明说他中年出家的缘由，他只说"俗业太重了，还是出家从佛的好。"但从他沉着的语音与持重的神态中可以觉出他不仅是曾经在人事上受过磨折，并且是在思想上能分清黑白的人。他的口，他的眼，都泄漏着他内里强自抑制，魔与佛交斗的痕迹；说他是放过火杀过人的忏悔者，可信；说他是个回头的浪子，也可信。他不比那钟楼上人的不着颜色，不露曲折；他分明是色的世界里逃来的一个囚犯。三年的禅关，三年的草棚，还不曾压倒，不曾灭净，他肉身的烈火。"俗业太重了，不如出家从佛的好；"这话里岂不颤栗着一往忏悔的深心？我觉着好奇；我怎么能得知他深夜趺坐时意念的究竟？

> 佛于大众中　说我尝作佛
> 闻如是法音　疑悔悉已除
> 初闻佛所说　心中大惊疑
> 将非魔作佛　恼乱我心耶

但这也许看太奥了。我们承受西洋人生观洗礼的，容易把做人看太积极，入世的要求太猛烈，太不肯退让，把住这热乎乎的一个身子一个心放进生活的轧床去，不叫他留存半点汁水回去；

非到山穷水尽的时候，决不肯认输，退后，收下旗帜，并且即使承认了绝望的表示，他往往直接向生存本体的取决，不来半不阑珊地收回了步子向后退：宁可自杀。干脆的生命的断绝，不来出家，那是生命的否认。不错，西洋人也有出家做和尚做尼姑的，例如亚佩腊与爱洛绮丝[1]，但在他们是情感方面的转变，原来对人的爱移作对上帝的爱，这知感的自体与它的活动依旧不含糊地在着；在东方人，这出家是求情感的消灭，皈依佛法或道法，目的在自我一切痕迹的解脱。再说，这出家或出世的观念的老家，是印度不是中国，是跟着佛教来的；印度何以会发生这类思想，学者们自有种种哲理上乃至物理上的解释，也尽有趣味的。中国何以能容留这类思想，并且在实际上出家做尼僧的今天不比以前少（我新近一个朋友差一点做了小和尚）！这问题正值得研究，因为这分明不仅仅是个知识乃至意识的浅深问题，也许这情形尽有极有趣味的解释的可能，我见闻浅，不知道我们的学者怎样想法，我愿意领教。

1　爱洛绮丝，十二世纪时一位法国青年女子，因与她的老师阿卜略乐恋爱而导致一场悲剧。

"死城" [1]（北京的一晚）

　　廉枫站在前门大街上发怔。正当上灯的时候，西河沿的那一头还漏着一片焦黄。风算是刮过了，但一路来往的车辆总不能让道上的灰土安息。他们忙的是什么？翻着皮耳朵的巡警不仅得用手指，还得用口嚷，还得旋着身体向左右转。翻了车，碰了人，还不是他的事？声响是杂极了的，但你果然当心听的话，这匀匀的一片也未始没有它的节奏；有起伏，有波折，也有间歇。人海里的潮声。廉枫觉得他自己坐着一叶小艇从一个涛峰上颠渡到又一个涛峰上。他的脚尖在站着的地方不由得往下一按，仿佛信不过他站着的是坚实的地土。

　　在灰土狂舞的青空兀突着前门的城楼，像一个脑袋，像一个骷髅。青底白字的方块像是骷髅脸上的窟窿，显着无限的忧郁，廉枫从不曾想到前门会有这样的面目。它有什么忧郁？它能有什么忧郁。可也难说，明陵的石人石马，公园的公理战胜碑，有时不也看得发愁？总像是有满肚的话无从说起似的。这类东西果然有灵性，能说话，能冲着来往人们打哈哈，那多有意思？但前门现在只能沉默，只能忍受——忍受黑暗，忍受漫漫的长夜。它即使有话也得过些时候再说，况且它自己的脑壳都已让给蝙蝠们、

本图显示的是二十世纪初的前门，即正阳门。城墙上的坑坑洼洼清晰可辨，折射出北京城历经的沧桑。从城门前驮运货物的骆驼，也可以想见当时的北京是什么情形。

前门（正阳门）旧影

耗子们做了家，这时候它们正在活动，——它即使能说话也不能说。这年头一座城门都有难言的隐衷，真是的！在黑夜的逼近中，它那壮伟，它那博大，看得多么远，多么孤寂，多么冷。

大街上的神情可是一点也不见孤寂，不见冷。这才是红尘，颜色与光亮的一个斗胜场，够好看的。你要是拿一块绸绢盖在你的脸上再望这一街的红艳，那完全另是一番景象。你没有见过威尼斯大运河上的晚照不是？你没有见过纳尔逊[1]大将在地中海口轰打拿破仑舰队不是？你也没有见过四川青城山的朝霞，英伦泰晤士河上雾景不是？好了，这来用手绢一护眼看前门大街——你全见着了。一转手解开了无穷的想象的境界，多巧！廉枫搓弄着他那方绸绢。不是不得意他的不期的发见。但他一转身又瞥见了前门城楼的一角，在灰苍中隐现着。

进城吧。大街有什么好看的？那外表的热闹正使人想起丧事人家的鼓吹，越喧阗越显得凄凉。况且他自己的心上又横着一大饼[2]的凉，凉得发痛。仿佛他内心的世界也下了雪，路旁的树枝都蘸着银霜似的。道旁树上的冰花可真是美；直条的，横条的，肥的瘦的，梅花也欠他几分晶莹，又是那恬静的神情，受苦还是含笑。可不是受苦，小小的生命躲在枝干最中心的纤维里耐着风雪的侵凌——它们那心窝里也有一大饼的凉但它们可不怨；它们明白，它们等着，春风一到它们就可抬头，它们知道，荣华是不断的，生命是悠久的。

生命是悠久的。这大冷天，雪风在你的颈根上直刺，虫子潜伏在泥土里等打雷，心窝里带着一饼子的凉，你往哪儿去？上

1　纳尔逊（1758—1805），英国海军统帅。
2　饼，江浙方言，压实、紧密的意思。

东交民巷旧影

城墙去望望不好吗？屋顶上满铺着银，僵白的树木上也不见恼人的春色，况且那东南角上亮亮的不是上弦的月正在升起吗？月与雪是有默契的。残破的城砖上停留着残雪的斑点，像是无名的伤痕，月光淡淡地斜着来，如同有手指似的抚摩着它的荒凉的伙伴。猎夫星正从天边翻身起来，腰间翘着箭囊，卖弄着他的英勇。西山的屏峦竟许也望得到，青青的几条发丝勾勒着沉郁的暝色，这上面悬照着太白星耀眼的宝光。灵光寺的木叶，秘魔岩的沉寂，香山的冻泉，碧云山的云气，山坳间或有一星二星的火光；在雪意的惨淡里点缀着惨淡的人迹……这算计不错，上城墙去，犯着寒，冒着夜。黑黑的，孤零零的，看月光怎样把我的身影安置到雪地里去，廉枫正走近交民巷一边的城根，听着美国兵营的溜冰场里的一阵笑响，忽然记起这边是帝国主义的禁地，中国人怕不让上去。果然，那一个长六尺高一脸糟瘢守门兵只对他摇了摇脑袋，磨着他满口的橡皮，挺着胸脯来回走他的路。

不让进去，辜负了，这荒城，这凉月，这一地的银霜。心头那一饼还是不得疏散，郁得更凉了。不到一个适当的境地你就不敢拿你自己尽量地往外放，你不敢面对你自己；不敢自剖。仿佛也有个糟瘢脸的把着门哪。他不让进去。有人得喝够了酒才敢打倒那糟瘢脸的。有人得仰伏迷醉的月色。人是这软弱。什么都怕，什么都不敢当面认一个清切；最怕看见自己。得！还有什么地方可去的？敢去吗？

廉枫抬头望了望星。疏疏的没有几颗，也不显亮。七姊妹倒看得见，挨得紧紧的，像一球珠花。顺着往东去不好吗？往东是顺的。地球也是这么走。但这陌生的胡同在夜晚，觉得多深沉，多窈远。单这静就怕人。半天也不见一副卖萝卜或是卖杂吃的小担。他们那一个小火，照出红是红青是青的，在深巷里显得多可亲，多玲珑，还有他们那叫卖声，虽则有时曳长得叫人听了悲酸，也是深巷里不可少的点缀，就像是空白的墙壁上挂上了字画，不论精粗，多少添上一点人间的趣味。你看他们把担子歇在一家门口，站直了身子，昂着脑袋，咧着大口唱——唱得脖子里筋都暴起了。这来邻近哪家都不能不听见。那调儿且在那空气里转着哪——他们自个儿的口鼻间蓬蓬地晃着一团的白云。

今晚什么都没有。狗都不见一只。家门全是关得紧紧的。墙壁上的油灯——一小米的火——活像是鬼给点上的，方便鬼的。骡马车碾烂的雪地，在这鬼火的影映下，都满是鬼意。鬼来跳舞过的。化子们叫雪给埋了。口袋里有的是铜子，要见着化子，在这年头，还有不布施的？静：空虚的静，墓底的静。这胡同简直没有个底。方才拐了没有？廉枫望了望星知道方向没有变。总得有个尽头，赶着走吧。

走完了胡同到了一个旷场，白茫茫的。头顶星显得更多更亮了。猎夫早就全身披挂地支起来了，狗在那一头领着路。大熊也见了。廉枫打了一个寒噤。他走到了一座坟山。外国人的，在这城根。也不知怎么的，门没有关上，他进了门。这儿地上的雪比道上的白得多，松松的满没有斑点。月光正照着，墓碑有不少，疏朗朗地排列着，一直到黑巍巍的城根。有高的，有矮的，也有雕镂着形象的。悄悄的全戴着雪帽，盖着雪被，悄悄的全躺着。这倒有意思，月下来拜会洋鬼子，廉枫叹了一口气。他走近一个墓墩，拂去了石上的雪，坐了下去。石上刻着字，许是金的，可不易辨认。廉枫拿手指去摸那字迹。冷极了！那雪腌过的石板啄墨纸似的猛收着他手指上的体温冷得发僵，感觉都失了。他哈了

老北京古老的天主教堂

口气再摸，仿佛人家不愿意你非得请教姓名似的。摸着了，原来是一位姑娘。FRAULEIN ELIZA BERKSON.还得问几岁，这字小更费事，可总得知道。早三年死的二十八除六是二十二。呀，一位妙年姑娘，才二十二岁的！廉枫感到一种奇异的战栗，从他的指尖上直通到发尖；仿佛身背着一个黑影子在晃动。但雪地上只有淡白的月光，黑影子是他自己的。

做梦也不易梦到这般境界。我陪着你哪，外国来的姑娘。廉枫的肢体在夜凉里冻得发了麻，就是胸潭里一颗心热热地跳着，应和着头顶明星的闪动。人是这软弱他非得要同情。盘踞在肝肠深处的那些非得要一个尽情倾吐的机会。活的时候得不着，临死，只要一口气不曾断，还非得招承，眼珠已经褪了光，发音都不得清楚他一样非得忏悔。非得到永别生的时候人才有胆量，才没有顾忌。每一个灵魂里都安着一点谎，谎能进天堂吗？你不是也对那穿黑长袍胸前挂金十字的老先生说了你要说的话才安心到这石块底下躺着不是，贝克生姑娘？我还不死哪。但这静定的夜景是多大一个引诱！我觉得我的身子已经死了，就只一点子灵性在一个梦世界的浪花里浮萍似的飘着。空灵，安逸。梦世界是没有墙围的，没有涯涘的。你得宽恕我的无状，在昏夜里踞坐在你的寝次，姑娘。但我已然感到一种超凡的宁静，一种解放，一种莹澈的自由。这也许是你的灵感——你与雪地上的月影。

我不能承受你的智慧，但你却不能吝惜你的容忍。我不是你的谁，不是你的朋友，不是你的相知，但你不能不认识我现在向你诉说的忧愁，你——廉枫的手在石板的一头触到了冻僵的一束什么。一把萎谢了的花——玫瑰。有三朵，叫雪给腌僵了。他亲了亲花瓣上的冻雪。我羡慕你在人间还有未断的恩情，姑娘但这也是个累赘，说到彻底的话。这三朵香艳的花放上你的头边——他或是你的亲属或是你的知己——你不能不生感动不是？我也曾经亲自到山谷里去采集野香去安放在我的她的头边。我的热泪滴上冰冷的石块时，我不能怀疑她在泥土里或在星天外也含着悲酸在体念我的情意。但她是远在天的又一方，我今晚只能借景来抒解我的苦辛——

　　人生是辛苦的。最辛苦是那些在黑茫茫的天地间寻求光热的生灵。可怜的秋蛾，它永远不能忘情于火焰。在泥草间化生，在黑暗里飞行，抖擞着翅羽上的金粉——它的愿望是在万万里外的一颗星。那是我。见着光就感到激奋，见着光就顾不得粉脆的躯体，见着光就满身充满着悲惨的神异，殉献的奇丽——到火焰的底里去实现生命的意义。那是我。天让我望见那一柱光！那一个灵异的时间！"也就一半句话，甘露活了枯芽"。我的生命顿时豁裂成一朵奇异的愿望的花。"生命是悠久的"，但花开只是朝露与晚霞间的一段插话。殷勤是夕阳的顾盼，为花事的荣悴关心。可怜这心头的一撮土，更有谁来凭吊？"你的烦恼我全知道，虽则你从不曾向我说破；你的忧愁我全明白，为你我也时常难受。"清丽的晨风，吹醒了大地的荣华！"你耐着吧，美不过这半绽的蓓蕾。""我去了，你不必悲伤，珍重这一卷诗心，光彩常留在星月间。"她去了！光彩常在星月间。

　　陌生的朋友，你不嫌我话说得晦塞吧。我想你懂得。你一定懂。月光染白了我的发丝，这枯槁的形容正配与墓墟中人做伴；它也仿佛为我照出你长眠的宁静……那不是我那她的眉目？迷离的月影，你何妨为我认真来刻划个灵通？她的眉目；我如何能遗忘你那永诀时的神情！竟许就那一度，在生死的边沿，你容许我怀抱你那生命的本真；在生死的边沿你容许我亲吻你那性灵的奥隐，在生死的边沿，你容许我哺啜你那妙眼的神辉。那眼，那眼！爱的纯粹的精灵迸裂在神异的刹那间！你去了，但你是永远留着。从你的死，我才初次会悟到生。会悟到生死间一种幽玄的丝缕。世界是黑暗的，但我却永久存储着你的不死的灵光。

廉枫抬头望着月，月也望着他。青空添深了沉默。城墙外仿佛有一声鸦啼，像是裂帛，像是鬼啸。墙边一枝树上抛下了一捧雪，亮得辉眼。这还是人间吗？她为什么不来，像那年在山中的一夜？

> 我送别她归去，与她在此分离，
>
> 在青草里飘拂，她的洁白的裙衣。

诡异的人生！什么古怪的梦希望在你擎上手掌估计分量时，已经从你的手指间消失，像是发珠光的青汞。什么都得变成灰，飞散，飞散飞散……我不能不羡慕你的安逸，缄默的墓中人！我心头还有火在烧，我怀着我的宝；永没有人能探得我的痛苦的根源，永没有人知晓，到那天我也得瞑目时，我把我的宝还交给上帝：除了他更有谁能赐予，能承受这生命的生命？我是幸福的！你不羡慕我吗，朋友？

我是幸福，因为我爱，因为我有爱。多伟大，多充实的一个字！提着它胸肋间就透着热，放着光，滋生着力量。多谢你的同情的倾听。长眠的朋友，这光阴在我是希有的奢华。这又是北京的清静的一隅。在凉月下，在荒城边，在银霜满树时。但北京——廉枫眼前又扯亮着那狞恶的前门，像一个脑袋，像一个骷髅。丧事人家的鼓乐。北海的芦苇。荣叶能不死吗？在晚照的金黄中，有孤鹜在冰面上飞。销沉，销沉。更有谁眷念西山的紫气？她是死了——一堆灰。北京也快死了——准备一个钵盂，到

鼓楼旧影

鼓楼位于北京地安门大街，建于明永乐十八年，旧时击鼓用于报时。八国联军入侵北京时，曾劫掠鼓楼的文物，鼓也被戳破。一九二四年鼓楼一度改名为『明耻楼』。

枯木林中去安排它的葬事。有什么可说的？再会吧，朋友，还有什么可说的？

他正想站起身走，一回头见进门那路上仿佛又来了一个人影。肥黑的一团在雪地上移着，迟迟地移着，向着他的一边来。有树拦着，认不清是什么，是人吗？怪了，这是谁？在这大凉夜还有与我同志的吗？为什么不，就许你吗？可真是有些怪，它又不动了，那黑影子绞和着一棵树影，像一个大包袱。不能是鬼吧。为什么发噤，怕什么的？是人，许是又一个伤心人，是鬼，也说不定它别有怀抱。竟许是个女子，谁知道！在凉月下，在荒冢间，在银霜满地时。它伛偻着身子哪，像是捡什么东西。不能是个化子——化子化不到墓园里来。唷，它转过来了！

它过来了，那一团的黑影。走近了，站定了，他也望着坐在坟墩上的那个发愣哪。是人，还是鬼，这月光下的一堆？他也在想。"谁？"粗糙的，沉浊的口音。廉枫站起了身，哈着一双冻手。"是我，你是谁？"他是一个矮老头儿，屈着肩背，手插在他的一件破旧制服的破袋里。"我是这儿看门的。"他也走到了月光下。活像《哈姆雷特》里一个掘坟的，廉枫觉得有趣，比一个妙年女子，不论是鬼是人，都更有趣。"先生，你什么时候进来的？我哼是睡着了，那门没有关严吗？""我进来半天了。""不凉吗您坐在这石头上？""就你一个人看着门的？""除了我这样的苦小老儿，谁肯来当这苦差？""你来有几年了？""我怎么知道有几年了！反正老佛爷没有死，我早就来了。这该有不少年份了吧，先生？我是一个在旗吃粮的，您不看我的衣服？""这儿常有人来不？""倒是有。除了洋人拿花来上坟的，还有学生也有来的，多半是一男一女。天凉了就少有来的

《哈姆雷特》 | 古斯塔夫·阿道夫·莫萨

了。你不也是学生吗？"他斜着一双老眼打量廉枫的衣服。"你一个人看着这么多的洋鬼不害怕？"老头他乐了。这话问得多幼稚，准是个学生，年纪不大。"害怕？人老了，人穷了，还怕什么的！再说我这还不是靠鬼吃一口饭吗？靠鬼，先生！""你有家不，老头儿！""早就死完了，死干净了。""你自己怕死不，老头儿！"老头又乐了。"先生，您又来了！人穷了，人老了，还怕死吗？你们年轻人爱玩儿，爱乐，活着有意思，咱们哪说得上？"他在口袋里掏出一块黑绢子擤着他的冻鼻子。这声音听大了。城圈里又有回音，这来坟场上倒添了不少生气。那边树上有几只老鸦也给惊醒了，亮着他们半冻的翅膀。"老头，你想是生长在北京的吧？""一辈子就没有离开过。""那你爱不爱北京？"老头简直想咧个大嘴笑。这学生问的话多可乐！爱不爱北京？人穷了，人老了，有什么爱不爱的？"我说给您听听吧，"他有话说。

"就在这儿东城根，多的是穷人，苦人。推土车的，推水车的，住闲的，残废的，全跟我一模一样的，生长在这城圈子里，一辈子没有离开过。一年就比一年苦，大米一年比一年贵。土堆里煤渣多捡不着多少。谁生得起火？有几顿吃得饱的？夏天还可对付，冬天可不能含糊。冻了更饿，饿了更冻，又不能吃土。就这几天天下大雪，好；狗都瘦了不少！"老头又擤了擤鼻子。

"听说有钱的人都搬走了，往南，往东南，发财的，升官的，全去了。穷人苦人哪走得了？有钱人走了他们更苦了，一口冷饭都讨不着。北京就像个死城，没有气了，您知道！哪年也没有本年的冷清。您听听，什么声音都没有，狗都不叫了！前儿个我还见着一家子夫妻俩带着三个孩子饿急了，又不能做贼，就商量商量借把刀子破肚子见阎王爷去。可怜着哪，那男的一刀子捅了他媳妇的肚子，肠子漏了，血直冒，算完了一个，等他抹回头拿刀子对自个儿的肚子撩，您说怎么了，那女的眼还睁着没有死透，眼看着她丈夫拿刀扎自己，一急就拚着她那血身体向刀口直推，您说怎么了，她那手正冲着刀锋，快着哪，一只手，四根手指，就让白萝卜似的给批了下来，脆着哪！那男的一看这神儿，一心痛就痛偏了心，掷了刀回身就往外跑，满口疯嚷嚷地喊救命，这一跑谁知他往哪儿去了，昨儿个盔甲厂派出所的巡警说起这件事都撑不住淌眼泪哪。同是人不是，人总是一条心，这苦年头谁受得了？苦人倒是爱面子，又不能偷人家的。真急了就吊，不吊就往水里淹，大雪天河沟冻了淹不了，就借把刀子抹脖子拉肚肠根。是穷么，有什么说的？好，话说回来了，您问我爱不爱北京。人穷了，人苦了，还有什么路走？爱什么！活不了，就得爱死！我不说北京就像个死城吗？我说它简直死定了！我还掏了二十个大子给那一家三小子买窝窝头吃。才可怜哪！好，爱不爱北京？北京就是这死定了，先生！还有什么说的？"

廉枫出了坟园低着头走，在月光下走了三四条老长的胡同才雇到一辆车。车往西北正顶着刀尖似的凉风。他裹紧了大衣，烤着自己的呼吸，心里什么念头都给冻僵了。有时他睁眼望望一街阴惨的街灯，又看看那上年纪的车夫在滑溜的雪道上顶着风一步一步地挨，他几回都想叫他停下来自己下去让他坐上车拉他，但总是说不出口。半圆的月在雪道上亮着它的银光。夜深了。

贝多芬童年时代的剪影

令
人景仰的人物

泰戈尔[1]

我有几句话想趁这个机会对诸君讲，不知道你们有没有耐心听。泰戈尔先生快走了，在几天内他就离别北京，在一两个星期内他就告辞中国。他这一去大约是不会再来的了。也许他永远不能再到中国。

他是六七十岁的老人，他非但身体不强健，他并且是有病的。所以他要到中国来，不但他的家属、他的亲戚朋友、他的医生都不愿意他冒险，就是他欧洲的朋友，比如法国的罗曼·罗兰，也都有信去劝阻他。他自己也曾经踌躇了好久，他心里常常盘算他如其到中国来，他究竟不能够给我们好处，他想中国人自有他们的诗人、思想家、教育家，他们有他们的智慧、天才、心智的财富与营养，他们更用不着外来的补助与戟刺。"我只是一个诗人，我没有宗教家的福音，没有哲学家的理论，更没有科学家实利的效用，或是工程师建设的才能，他们要我去做什么，我自己又为什么要去，我有什么礼物带去满足他们的盼望？"他真的很觉得迟疑，所以他延迟了他的行期。但是他也对我们说到冬天完了春风吹动的时候（印度的春风比我们的吹得早），他不由的感觉了一种内迫的冲动，他面对着逐渐滋长的青草与鲜花，不

1　本文原刊于一九二四年五月十九日《晨报副刊》。

本图是泰戈尔赠给溥仪的画像照片。

泰戈尔

由的抛弃了，忘却了他应尽的职务，不由得解放了他的歌唱的本能，和着新来的鸣雀，在柔软的南风中开怀地讴吟。同时他收到我们催请的信，我们青年盼望他的诚意与热心，唤起了老人的勇气。他立即定夺了他东来的决心。他说：趁我暮年的肢体不曾僵透，趁我衰老的心灵还能感受，决不可错过这最后唯一的机会，这博大、从容、礼让的民族，我幼年时便发心朝拜，与其将来在黄昏寂静的境界中萎衰地惆怅，毋宁利用这夕阳未瞑的光芒，了却我晋香人的心愿。

他所以决意地东来，他不顾亲友的劝阻、医生的警告，不顾自身的高年与病体，他也撇开了在本国一切的任务，跋涉了万里的海程，他来到了中国。

自从四月十二在上海登岸以来，可怜老人不曾有过一半天完整的休息，旅行的劳顿不必说，单就公开的演讲以及较小集会时的谈话，至少也有了三四十次！他的，我们知道，不是教授们的讲义，不是教士们的讲道，他的心府不是堆积货品的栈房，他的辞令不是教科书的喇叭。他是灵活的泉水，一颗颗颤动的圆珠从他心里兢兢地泛登水面都是生命的精液；他是瀑布的吼声，在白云间、青林中、石罅里、不住地欢响；他是百灵的歌声，他的欢欣、愤慨、响亮的谐音，弥漫在无际的晴空。但是他是倦了。终夜的狂歌已经耗尽了子规的精力，东方的曙色亦照出他点点的心血，染红了蔷薇枝上的白露。

老人是疲乏了。这几天他睡眠也不得安宁，他已经透支了他有限的精力。他差不多是靠散拿吐瑾[1]过日的。他不由得不感觉风

1　散拿吐瑾，一种药物。

尘的厌倦，他时常想念他少年时在恒河边沿拍浮的清福，他想望椰树的清荫与曼果的甜瓤。

但他还不仅是身体的惫劳，他也感觉心境的不舒畅。这是很不幸的。我们做主人的只是深深地负歉。他这次来华，不为游历，不为政治，更不为私人的利益，他熬着高年，冒着病体，抛弃自身的事业，备尝行旅的辛苦，他究竟为的是什么？他为的只是一点看不见的情感，说远一点，他的使命是在修补中国与印度两民族间中断千余年的桥梁。说近一点，他只想感召我们青年真挚的同情。因为他是信仰生命的，他是尊崇青年的，他是歌颂青春与清晨的，他永远指点着前途的光明。悲悯是当初释迦牟尼证果的动机，悲悯也是泰戈尔先生不辞艰苦的动机。现代的文明只是骇人的浪费，贪淫与残暴，自私与自大，相猜与相忌，飓风似的倾覆了人道的平衡，产生了巨大的毁灭。芜秽的心田里只是误解的蔓草，毒害同情的种子，更没有收成的希冀。在这个荒惨的境地里，难得有少数的丈夫，不怕阻难，不自馁怯，肩上扛着铲除误解的大锄，口袋里满装着新鲜人道的种子，不问天时是阴是雨是晴，不问是早晨是黄昏是黑夜，他只是努力地工作，清理一方泥土，施殖一方生命，同时口唱着嘹亮的新歌，鼓舞在黑暗中将次透露的萌芽。泰戈尔先生就是这少数中的一个。他是来广布同情的，他是来消除成见的。我们亲眼见过他慈祥的阳春似的表情，亲耳听过他从心灵底里迸裂出的大声，我想只要我们的良心不曾受恶毒的烟煤熏黑，或是被恶浊的偏见污抹，谁不曾感觉他至诚的力量，魔术似的，为我们生命的前途开辟了一个神奇的境界，燃点了理想的光明？所以我们也懂得他的深刻的懊怅与失望，如其他知道部分的青年不但不能容纳他的灵感，并且存心地诬毁他的热忱。我们固然奖励思想的独立，但我们决不敢附和误解的自由。他生平最满意的成绩就在他永远能得青年的同情，不论在德国，在丹麦、在美国、在日本、青年永远是他最忠心的朋友。他也曾经遭受种种的误解与攻击，政府的猜疑与报纸的诬捏与守旧派的讥评，不论如何的谬妄与剧烈，从不曾扰动他优容的大量，他的希望，他的信仰，他的爱心，他的至诚，完全地托付青年。我的须，我的发是白的，但我的心却永远是青的，他常常的对我们说，只要青年是我的知己，我理想的将来就有着落，我乐观的明灯永远不致黯淡。他不能相信纯洁的青年也会坠落在怀疑、猜忌、卑琐的泥潭，他更不能信中国的青年也会沾染不幸的污点。他真不预备在中国遭受意外的待遇。他很不自在，他很感觉异样的怆心。

因此精神的懊丧更加重他躯体的倦劳。他差不多是病了。我们当然很焦急地期望他的健康，但他再没有心境继续他的讲演。我们恐怕今天就是他在北京公开讲演最后的一个机会。他有休养的必要。我们也决不忍再使他耗费有限的精力。他不久又有长途的跋涉，他不能不有三四天完全的养息。所以从今天起，所有已经约定的集会，公开与私人的，一概撤销，他今天就出城去静养。

我们关切他的一定可以原谅，就是一小部分不愿意他来作客的诸君也可以自喜战略的成功。他是病了，他在北京不再开口了，他快走了，他从此不再来了。但是同学们，我们也得平心地想想，老人到底有什么罪，他有什么负心，他有什么不可容赦的犯案？公道是死了吗？为什么听不见你的声音？

他们说他是守旧，说他是顽固。我们能相信吗？他们说他是"太迟"，说他是"不合时宜"，我们能相信吗？他自己是不能信，真的不能信。他说这一定是滑稽家的反调。他一生所遭逢的

惠特曼

美国著名诗人沃尔特·惠特曼是自由体诗歌的创始人，其代表作《草叶集》对后世有深远影响。在西班牙诗人洛尔卡眼中，惠特曼"活着像一条河，睡得也像一条河"。

批评只是太新、太早、太急进、太激烈、太革命的、太理想的，他六十年的生涯只是不断地奋斗与冲锋，他现在还只是冲锋与奋斗。但是他们说他是守旧、太迟、太老。他顽固奋斗的对象只是暴烈主义、资本主义、帝国主义、武力主义、杀灭性灵的物质主义；他主张的只是创造的生活，心灵的自由，国际的和平，教育的改造，普爱的实现。但他说他是帝国政策的间谍，资本主义的助力，亡国奴族的流民，提倡裹脚的狂人！肮脏是在我们的政客与暴徒的心里，与我们的诗人又有什么关系？昏乱是在我们冒名的学者与文人的脑里，与我们的诗人又有什么亲属？我们何妨说太阳是黑的，我们何妨说苍蝇是真理？同学们，听信我的话，像他的这样伟大的声音我们也许一辈子再不会听着的了。留神目前的机会，预防将来的惆怅！他的人格我们只能到历史上去搜寻比拟。他的博大的温柔的灵魂我敢说永远是人类记忆里的一次灵绩。他的无边的想象辽阔的同情使我们想起惠特曼[1]；他的博爱的福音与宣传的热心使我们记起托尔斯泰；他的坚韧的意志与艺术的天才使我们想起造摩西[2]像的米开朗基罗[3]；他的诙谐与智慧使我们想象当年的苏格拉底与老聃！他的人格的和谐与优美使我们想念暮年的歌德；他的慈祥的纯爱的抚摩，他的为人道不厌的努力，他的磅礴的大声，有时竟使我们唤起救主的心像，他的光彩、他的音乐、他的雄伟，使我们想念奥林匹斯[4]山顶的大神。他是不可侵凌的，不可逾越的，他是自然界的一个神秘的现象。

1　惠特曼（1819—1892），美国诗人，著有《草叶集》等。

2　摩西，《圣经》故事中古代犹太人的领袖。

3　米开朗基罗（1475—1564），意大利文艺复兴时期的雕塑家、画家。

4　奥林匹斯，希腊东北部的一座高山，古代希腊人视其为神山，它是希腊诸神的居所。

《摩西像》 | 意大利 | 米开朗基罗

他是三春和暖的南风，惊醒树枝上的新芽，增添处女颊上的红晕。他是普照的阳光。他是一派浩瀚的大水，来从不可追寻的渊源，在大地的怀抱中终古地流着，不息地流着，我们只是两岸的居民，凭借这慈恩的天赋，灌溉我们的田稻，苏解我们的消渴，洗净我们的污垢。他是喜马拉雅积雪的山峰，一般的崇高、一般的纯洁、一般的壮丽、一般的高傲，只有无限的青天枕藉他银白的头颅。

人格是一个不可错误的实在，荒歉是一件大事，但我们是饿惯了的，只认鸠形与鹄面是人生本来的面目，永远忘却了真健康的颜色与彩泽。标准的低降是一种可耻的堕落：我们只是踞坐在井底的青蛙，但我们更没有怀疑的余地。我们也许揣详东方的初白，却不能非议中天的太阳。我们也许见惯了阴霾的天时，不耐这热烈的光焰，消散天空的云雾，暴露地面的荒芜，但同时在我们心灵的深处，我们岂不也感觉一个新鲜的影响，催促我们生命的跳动，唤醒潜在的想望，仿佛是武士望见了前峰烽烟的信号，更不踌躇地奋勇前向？只有接近了这样超轶的纯粹的丈夫，这样不可错误的实在，我们方始相形地自愧我们的口不够阔大，我们的嗓音不够响亮，我们的呼吸不够深长，我们的信仰不够坚定，我们的理想不够莹澈，我们的自由不够磅礴，我们的语言不够明白，我们的情感不够热烈，我们的努力不够勇猛，我们的资本不够充实……

我自信我不是恣滥不切事理的崇拜，我如其曾经应用浓烈的文字，这是因为我不能自制我浓烈的感想。但是我最急切要声明的是，我们的诗人，虽则常常招受神秘的徽号，在事实上却是最清明、最有趣、最诙谐、最不神秘的生灵。他是最通达人情，最近人情的。我盼望有机会追写他日常的生活与谈话。如其我是犯嫌疑的，如其我也是性近神秘的（有好多朋友这么说），你们还有适之先生的见证，他也说他是最可爱最可亲的一个人：我们可以相信适之先生绝对没有"性近神秘"的嫌疑！所以无论他怎样的伟大与深厚，我们的诗人还只是有骨有血的人，不是野人，也不是天神。唯其是人，尤其是最富情感的人，所以他到处要求人道的温暖与安慰，他尤其要我们中国青年的同情与情爱。他已经为我们尽了责任，我们不应，更不忍辜负他的期望。同学们！爱你的爱，崇拜你的崇拜，是人情不是罪孽，是勇敢不是懦怯！

济慈的夜莺歌 [1]

　　诗中有济慈（John Keats）的《夜莺歌》，与禽中有夜莺一样的神奇。除非你亲耳听过，你不容易相信树林里有一类发痴的鸟，天晚了才开口唱，在黑暗里倾吐它的妙乐，愈唱愈有劲，往往直唱到天亮，连真的心血都跟着歌声从它的血管里呕出；除非你亲自咀嚼过，你也不相信一个二十三岁的青年有一天早饭后坐在一株李树底下迅笔地写，不到三小时写成了一首八段八十行的长歌。这歌里的音乐与夜莺的歌声一样的不可理解，同是宇宙间一个奇迹，即使有哪一天大英帝国破裂成无可记认的断片时，《夜莺歌》依旧保有他无比的价值：万万里外的星亘古地亮着，树林里的夜莺到时候就来唱着，济慈的夜莺歌永远在人类的记忆里存着。

　　那年济慈住在伦敦的Wentworth Place。百年前的伦敦与现在的英京大不相同，那时候"文明"的沾染比较的不深，所以华滋华斯 [2] 站在威士明治德桥上，还可以放心地讴歌清晨的伦敦，还有福气在"无烟的空气"里呼吸，望出去也还看得见"田地、小山、石头，一直开拓到天边"。那时候的人，我猜想，也一定比较的不野

1　济慈（1795—1821），英国诗人。本文原刊于一九二五年二月《小说月报》第十六卷第二号，收入《巴黎的鳞爪》。

2　华滋华斯（1770—1850），英国诗人，湖畔派的代表人物。

华滋华斯

蛮，近人情，爱自然，所以白天听得着满天的云雀，夜里听得着夜莺的妙乐。要是济慈迟一百年出世，在夜莺绝迹了的伦敦市里住着，他别的著作不敢说，这首《夜莺歌》至少，怕就不会成功，供人类无尽期地享受。说起真觉得可惨，在我们南方，古迹而兼是艺术品的，止淘成[1]了西湖上一座孤单的雷峰塔，这千百年来雷峰塔的文学还不曾见面，雷峰塔的映影已经永别了波心！也许我们的灵性是麻皮做的，木屑做的，要不然这时代普遍的苦痛与烦恼的呼声还不是最富灵感的天然音乐；——但是我们的济慈在哪里？我们的《夜莺歌》在哪里？济慈有一次低低地自语——"I feel the flowers growing on me"，意思是"我觉得鲜花一朵朵地长上了我的身"，就是说他一想着了鲜花，他的本体就变成了鲜花，在草丛里掩映着，在阳光里闪亮着，在和风里一瓣瓣地无形地伸展着，在蜂蝶轻薄的口吻下羞晕着。这是想象力最纯粹的境界：孙猴子能七十二般变化，诗人的变化力更是不可限量——莎士比亚戏剧里至少有一百多个永远有生命的人物，男的女的、贵的贱的、伟大的卑琐的、严肃的滑稽的，还不是他自己摇身一变变出来的。济慈与雪莱最有这与自然谐合的变术；——雪莱制《云歌》时我们不知道雪莱变了云还是云变了雪莱；歌《西风》时不知道歌者是西风还是西风是歌者；颂《云雀》时不知道是诗人在九霄云端里唱着还是百灵鸟在字句里叫着；同样的济慈咏"忧郁"（Odeon Melancholy）时他自己就变了忧郁本体，"忽然从天上掉下来像一朵哭泣的云"；他赞美"秋"（To Autumn）时他自己就是在树叶底下挂着的叶子中心那颗渐渐发长的核仁儿，或是在稻田里静偃

1　淘成，浙江方言，这里是"剩存"的意思。

《济慈像》 | 英国 | 本杰明·罗伯特·海登

着玫瑰色的秋阳！这样比称起来，如其赵松雪[1]关紧房门伏在地下学马的故事可信时，那我们的艺术家就落粗蠢，不堪的"乡下人气味"！

他那《夜莺歌》是他一个哥哥死的那年做的，据他的朋友有名肖像画家Robert Haydon给Miss Mitford[2]的信里说，他在没有写下以前早就起了腹稿，一天晚上他们俩在草地里散步时济慈低低地背诵给他听——"……in a low, tremulous undertone which affected me extremely."那年碰巧——据著《济慈传》的Lord Houghton[3]说，在他屋子的邻近来了一只夜莺，每晚不倦地歌唱，他很快活，常常留意倾听，一直听得他心痛神醉逼着他从自己的口里复制了一套不朽的歌曲。我们要记得济慈二十五岁那年在意大利在他一个朋友的怀抱里作古，他是，与他的夜莺一样，呕血死的！

能完全领略一首诗或是一篇戏曲，是一个精神的快乐，一个不期然的发现。这不是容易的事；要完全了解一个人的品性是十分难，要完全领会一首小诗也不得容易。我直想说一半得靠你的缘分，我真有点儿迷信。就我自己说，文学本不是我的行业，我的有限的文学知识是"无师传授"的。佩特[4]（Walter Pater）是一天在路上碰着大雨到一家旧书铺去躲避无意中发现的，歌德（Goethe）——说来更怪了——是斯蒂文森[5]（R.L.S）介绍给我的

---

1 赵松雪，即赵孟頫（1254—1322），元代书画家。其书法世称"赵体"，画工山水、人物，尤善画马。

2 Robert Haydon，即罗伯特·海登（1786—1846），英国画家、作家。Miss Mitford，即米特福德小姐（1787—1855），英国作曲家。

3 Lord Houghton，即雷顿爵士（1809—1855），英国诗人。

4 佩特（1839—1894），英国诗人、批评家，著有《文艺复兴史研究》等。

5 斯蒂文森（1850—1894），英国作家。

（在他的*Art of Writing*那书里他称赞George Henry Lewes[1]的《歌德评传》；Everman edition一块钱就可以买到一本黄金的书），柏拉图是一次在浴室里忽然想着要去拜访他的。雪莱是为他也离婚才去仔细请教他的，陀思妥耶夫斯基[2]、托尔斯泰、邓南遮[3]、波德莱尔[4]、卢梭，这一班人也各有各的来法，反正都不是经由正宗的介绍：都是邂逅，不是约会。这次我到平大教书也是偶然的，我教着济慈的《夜莺歌》也是偶然的，乃至我现在动手写这一篇短文，更不是料得到的。友鸾[5]再三要我写才鼓起我的兴来，我也很高兴写，因为看了我的乘兴的话，竟许有人不但发愿去读那《夜莺歌》，并且从此得到了一个亲口尝味最高级文学的门径，那我就得意极了。

但是叫我怎样讲法呢？在课堂里一头讲生字一头讲典故，多少有一个讲法，但是现在要我坐下来把这首整体的诗分成片段诠释它的意义，可真是一个难题！领略艺术与看山景一样，只要你地位站得适当，你这一望一眼便吸收了全景的精神；要你"远视"地看，不是近视地看；如其你捧住了树才能见树，那时即使你不惜工夫一株一株地审查过去，你还是看不到全林的景子。所以分析地看艺术，多少是杀风景的：综合的看法才对。所以我现在勉强这《夜莺歌》，我不敢说我能有什么心得的见解！我并没有！我只是在课堂里讲书的态度，按句按段地讲下去就是；至于

1　George Henry lewes，即乔治·亨利·刘易斯（1817—1878），英国哲学家、文学评论家。

2　陀思妥耶夫斯基，俄国作家，代表作有《罪与罚》和《卡拉马佐夫兄弟》。

3　邓南遮（1863—1938），意大利作家。

4　波德莱尔（1821—1867），法国诗人。

5　友鸾，即张友鸾（1904—1989），作家，翻译家。当时他在主编《京报》副刊《文学周刊》。

陀思妥耶夫斯基

整体的领悟还得靠你们自己，我是不能帮忙的。

你们没有听过夜莺先是一个困难。北京有没有我都不知道。下回萧友梅[1]先生的音乐会要是有贝多芬[2]的《第六交响曲》（The Pastoral Symphony）时，你们可以去听听，那里面有夜莺的歌声。好吧，我们只能要同意听音乐——自然的或人为的——有时可以使我们听出神：譬如你晚上在山脚下独步时听着清越的笛声，远远地飞来，你即使不滴泪，你多少不免"神往"不是？或是在山中听泉乐，也可使你忘却俗景，想象神境。我们假定夜莺的歌声比我们白天听着的什么鸟都要好听；他初起像是龚云甫[3]，嗓子发沙的，很懈地试她的新歌；顿上一顿，来了，有调了。可还不急，只是清脆悦耳，像是珠走玉盘（比喻是满不相干的）！慢慢地她动了情感，仿佛忽然想起了什么事情使她激成异常的愤慨似的，她这才真唱了，声音越来越亮，调门越来越新奇，情绪越来越热烈，韵味越来越深长，像是无限的欢畅，像是艳丽的怨慕，又像是变调的悲哀——直唱得你在旁倾听的人不自主地跟着她兴奋，伴着她心跳。你恨不得和着她狂歌，就差你的嗓子太粗太浊合不到一起！这是夜莺；这是济慈听着的夜莺，本来晚上万籁静定后声音的感动力就特强，何况夜莺那样不可模拟的妙乐。

好了；你们先得想象你们自己也教音乐的沉醴浸醉了，四肢软绵绵的，心头痒莘莘的，说不出的一种浓味的馥郁的舒服，眼帘也是懒洋洋地挂不起来，心里满是流膏似的感想，辽远的回忆，甜美的惆怅，闪光的希冀，微笑的情调一齐兜上方寸灵台

1　萧友梅（1884—1940），音乐教育家，当时任北京女子师范大学音乐系主任。

2　贝多芬（1770—1827），德国作曲家、钢琴家、指挥家，维也纳古典乐派代表人物之一，有"乐圣"之美誉。

3　龚云甫（1862—1932），京剧演员，擅长老旦戏。下文中的"她"，是指他的角色身份。

贝多芬往往让人想到狮子。凌乱的头发、炯炯的目光和紧抿的嘴唇，显示出贝多芬的刚毅与力量。据记载，因一位公爵对他不恭，贝多芬毅然拂袖而去，他说：「公爵，过去有的是，现在有的是，将来还有的是，而贝多芬，世界只有一个！」

贝多芬画像

时——"in a low，tremulous under-tone"——开通济慈的《夜莺歌》，那才对劲儿！

这不是清醒时的说话；这是半梦呓的私语：心里畅快的压迫太重了流出口来缱绻的细语——我们用散文译过他的意思来看：——

1

"这唱歌的，唱这样神妙的歌的，决不是一只平常的鸟；她一定是一个树林里美丽的女神，有翅膀会得飞翔的。她真乐呀，你听独自在黑夜的树林里，在架干交叉，浓荫如织的青林里，她畅快地开放她的歌调，赞美着初夏的美景。我在这里听她唱，听的时候已经很多，她还是恣情地唱着；啊，我真被她的歌声迷醉了，我不敢羡慕她的清福，但我却让她无边的欢畅催眠住了，我像是服了一剂麻药，或是喝尽了一剂鸦片汁，要不然为什么这睡昏昏思离离的像进了黑甜乡似的？我感觉着一种微倦的麻痹，我太快活了，这快感太尖锐了，竟使我心房隐隐地生痛了！"

2

"你还是不倦地唱着——在你的歌声里我听出了最香洌的美酒的味儿。啊，喝一杯陈年的真葡萄酿多痛快呀！那葡萄是长在暖和的南方的，普鲁冈斯那种地方，那边有的是幸福与欢乐，他们男的女的整天在宽阔的太阳光底下作乐，有的携着手跳春舞，有的弹着琴唱恋歌；再加那遍野的香草与各样的树馨——在这快乐的地土下他们有酒窖埋着美酒。现在酒味益发的澄静，香洌了。真美呀，真充满了南国的乡土精神的美酒，我要来引满一杯，这酒好比是希宝克林灵泉的泉水，在日光里滟滟发虹光的清泉，我拿一只古爵盛一个扑满。啊，看呀！这珍珠似的酒沫在这杯边上发光，这杯口也叫紫色的浓浆染一个鲜艳；你看看，我这一口就把这一大杯酒吞了下去——这才真醉了，我的神魂就脱离了躯壳，幽幽地辞别了世界，跟着你清唱的音响，像一个影子似淡淡的掩入了你那暗沉沉的林中。"

3

"想起这世界真叫人伤心。我是无沾恋的，巴不得有机会可以逃避，可以忘怀种种不如意的现象，不比你在青林茂荫里过无忧的生活，你不知道也无须过问我们这寒伧的世界，我们这里有的是热病、厌倦、烦恼，平常朋友们见面时只是愁颜相对，你听我的牢骚，我听你的哀怨；老年人耗尽了精力，听凭痹症摇落他们仅存的几茎可怜的白发；年轻人也是叫不如意事蚀空了，满脸的憔悴，消瘦得像一个鬼影，再不然就进墓门；真是除非你不想他，你要一想的时候就不由得你发愁，不由得你眼睛里钝迟迟地充满了绝望的晦色；美更不必说，也许难得在这里、那里，偶然露一点痕迹，但是转瞬间就变成落花流水似没了，春光是挽留不住的，爱美的人也不是没有，但美景既不常驻人间，我们至多只能实现暂时的享受，笑口不曾全开，愁颜又回来了！因此我只想顺着你歌声离别这世界，忘却这世界，解化这忧郁沉沉的知觉。"

4

"人间真不值得留恋，去吧，去吧！我也不必乞灵于巴库斯（酒神）与他那宝辇前的文约，只凭诗情无形的翅膀我也可以飞上你那里去。啊，果然来了！到了你的境界了！这林子里的夜是多温柔呀，也许皇后似的明月此时正在她天中的宝座上坐着，周围无数的星辰像侍臣似的拱着她。但这夜却是黑，暗阴阴的没有光亮，只有偶然天风过路时把这青翠荫蔽吹动，让半亮的天光丝

《夜莺颂》手稿 | 剑桥费兹威廉博物馆藏

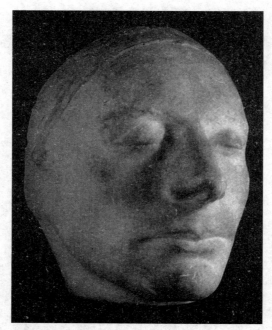

《济慈面模》 ┃ 海登一八一六年作于济慈在世之时

丝地漏下来，照出我脚下青茵浓密的地土。"

5

"这林子里梦沉沉的不漏光亮，我脚下踏着的不知道是什么花，树枝上渗下来的清馨也辨不清是什么香；在这薰香的黑暗中我只能按着这时令猜度这时候青草里，矮丛里，野果树上的各色花香；——乳白色的山楂花，有刺的野蔷薇，在叶丛里掩盖着的芝罗兰已快萎谢了，还有初夏最早开的麝香玫瑰，这时候准是满承着新鲜的露酿，不久天暖和了，到了黄昏时候，这些花堆里多的是采花来的飞虫。"

我们要注意从第一段到第五段是一顺下来的：第一段是乐极了的谵语，接着第二段声调跟着南方的阳光放亮了一些，但情调还是一路的缠绵。第三段稍为激起一点浪纹，迷离中夹着一点自觉的愤慨，到第四段又沉了下去，从"already with thee!"起，语调又极幽微，像是小孩子走入了一个阴凉的地窖子，骨髓里觉着凉，心里却觉着半害怕的特别意味，他低低地说着话，带颤动的，断续的；又像是朝上风来吹断清梦时的情调；他的诗魂在林子的黑荫里闻着各种看不见的花草的香味，私下一一地猜测诉说，像是山涧平流入湖水时的尾声……这第六段的声调与情调可全变了；先前只是畅快的惆怅，这下竟是极乐的谵语了。他乐极了，他的灵魂取得了无边的解说与自由，他就想永保这最痛快的俄顷，就在这时候轻轻地把最后的呼吸和入了空间，这无形的消灭便是极乐的永生；他在另一首诗里说——

I know this being's lease,

My fancy to its utmost bliss spreads,

Yet could I on this very midnight cease,

And the worlds gaudy ensign see in shreds,

Verse Fame and Beauty are in tense indeed,

But Death intenser—Death is Life's high Mesh.

　　在他看来，（或是在他想来），"生"是有限的，生的幸福也是有限的——诗、声名与美是我们活着时最高的理想，但都不及死，因为死是无限的、解化的、与无尽流的精神相投契的，死才是生命最高的蜜酒，一切的理想在生前只能部分地、相对地实现，但在死里却是整体的绝对的谐合，因为在自由最博大的死的境界中一切不调谐的全调谐了，一切不完全的都完全了。他这一段用的几个状词要注意，他的死不是苦痛，是"Easeful Death"舒服的，或是竟可以翻作"逍遥的死"；还有他说"Quiet Breath"，幽静或是幽静的呼吸，这个观念在济慈诗里常见，很可注意；他在一处排列他得意的幽静的比象——

AUTUMN SUNS

Smiling at eve upon the quiet sheaves.

Sweet Sapphos Cheek—a sleeping infant's breath—

The gradual sand that through an hour glass runs

A woodland rivulet, a Poet's death.

　　秋田里的晚霞，萨福[1]女诗人的香腮，睡孩的呼吸，光阴渐缓

1　萨福，古希腊女诗人。

的流沙，山林里的小溪，诗人的死。他诗里充满着静的，也许香艳的，美丽的静的意境，正如雪莱的诗里无处不是动，生命的振动，剧烈的，有色彩的，嘹亮的。我们可以拿济慈的《秋歌》对照雪莱的《西风歌》，济慈的"夜莺"对比雪莱的"云雀"，济慈的"忧郁"对比雪莱的"云"，一是动、舞、生命、精华的、光亮的、搏动的生命，一是静、幽、甜熟的、渐缓的"奢侈"的死，比生命更深奥更博大的死，那就是永生。懂了他的生死的概念我们再来解释他的诗：

6

"但是我一面正在猜测着这青林里的这样那样，夜莺他还是不歇地唱着，这回唱得更浓更烈了。（先前只像荷池里的雨声，调虽急，韵节还是很匀净的；现在竟像是大块的骤雨落在盛开的丁香林中，这白英在狂颤中缤纷地堕地，雨中的一阵香雨，声调急促极了）所以他竟想在这极乐中静静地解化，平安地死去，所以他竟与无痛苦的解脱发生了恋爱，昏得随口编着钟爱的名字唱着赞美他，要他领了他永别这生的世界，投入永生的世界。这死所以不仅不是痛苦，真是最高的幸福，不仅不是不幸，并且是一个极大的奢侈；不仅不是消极的寂灭，这正是真生命的实现。在这青林中，在这半夜里，在这美妙的歌声里，轻轻地挑破了生命的水泡，啊，去吧！同时你在歌声中倾吐了你的内蕴的灵性，放胆的尽性的狂歌好像你在这黑暗里看出比光明更光明的光明，在你的叶荫中实现了比快乐更快乐的快乐；——我即使死了，你还是继续地唱着，直唱到我听不着，变成了土，你还是永远地唱着。"

这是全诗精神最饱满音调最神灵的一节，接着上段死的意思与永生的意思，他从自己又回想到那鸟的身上，他想我可以在这路得是一个贤惠、勤劳的女子，在丈夫和公公死去后，她靠捡麦穗为生并供养婆婆拿俄米。麦田的主人波阿斯很欣赏路得的孝心和贤惠，于是他娶路得为妻。

《拾稻穗的路得》 ▏法国 ▏海兹

歌声里消散，但这歌声的本体呢？听歌的人可以由生入死，由死得生，这唱歌的鸟，又怎样呢？以前的六节都是低调，就是第六节调虽变，音还是像在浪花里浮沉着的一张叶片，浪花上涌时叶片上涌，浪花低伏时叶片也低伏；但这第七节是到了最高点，到了急调中的急调——诗人的情绪，和着鸟的歌声，尽情地涌了出来：他的迷醉中的诗魂已经到了梦与醒的边界。

这节里Ruth的本事是在旧约书里*The Book of Ruth*[1]，她是嫁给一个客民的，后来丈夫死了，她的姑要回老家，叫她也回自己的家再嫁人去，路得一定不肯，情愿跟着她的姑到外国去守寡，后来她在麦田里收麦，她常常想着她的本乡，济慈就应用这段故事。

7

"方才我想到死与灭亡，但是你，不死的鸟呀，你是永远没有灭亡的日子，你的歌声就是你不死的一个凭证。时化尽迁异，人事尽变化，你的音乐还是永远不受损伤，今晚上我在此地听你，这歌声还不是在几千年前已经在着，富贵的王子曾经听过你，卑贱的农夫也听过你：也许当初罗司那孩子在黄昏时站在异邦的田里割麦，他眼里含着一包眼泪思念故乡的时候，这同样的歌声，曾经从林子里透出来，给她精神的慰安；也许在中古时期幻术家在海上变出蓬莱仙岛，在波心里起造着楼阁，在这里面住着他们摄取来的美丽的女郎，她们凭着窗户望海思乡时，你的歌声也曾经感动她们的心灵，给他们平安与愉快。"

8

这段是全诗的一个总束，夜莺放歌的一个总束，也可以说

1　*The Book of Ruth*，即《圣经·旧约》中的《路得记》，Ruth即"路得"。

人生的大梦的一个总束，他这诗里有两相对的（动机）；一个是这现世界，与这面目可憎的实际的生活：这是他巴不得逃避，巴不得忘却的；一个是超现实的世界，音乐声中不朽的生命，这是他所想望的，他要实现的，他愿意解脱了不完全暂时的生为要化入这完全的永久的生。他如何去法，凭酒的力量可以去，凭诗的无形的翅膀亦可以飞出尘寰，或是听着夜莺不断的唱声也可以完全忘却这现世界的种种烦恼。他去了，他化入了温柔的黑夜，化入了神灵的歌声——他就是夜莺；夜莺就是他。夜莺低唱时他也低唱，高唱时他也高唱，我们辨不清谁是谁，第六第七段充分发挥"完全的永久的生"那个动机，天空里，黑夜里已经充塞了音乐——所以在这里最高的急调尾声一个字音forlorn里转回到那一个动机，他所从来那个现实的世界，往来穿着的还是那一条线，音调的接合，转变处也极自然；最后糅和那两个相反的动机，用醒（现世界）与梦（想象世界）结束全文，像拿一块石子掷入山壑内的深潭里，你听那音响又清切又谐和。余音还在山壑里回荡着，使你想见那石块慢慢地，慢慢地沉入了无底的深潭……音乐完了，梦醒了，血呕尽了，夜莺死了！但他的余韵却袅袅地永远在宇宙间回响着……

拜　伦[1]

> 荡荡万斛船，影若扬白虹。
>
> 自非风动天，莫置大水中。
>
> ——杜甫

今天早上，我的书桌上散放着一垒书，我伸手提起一支毛笔蘸饱了墨水正想下笔写的时候，一个朋友走进屋子来，打断了我的思路。"你想做什么？"他说。"还债，"我说，"一辈子只是还不清的债，开销了这一个，那一个又来，像长安街上要饭的一样，你一开头就糟。这一次是为他，"我手点着一本书里Westall[2]画的拜伦像（原本现在伦敦肖像画院）。"为谁，拜伦！"那位朋友的口音里夹杂了一些鄙夷的鼻音。"不仅做文章，还想替他开会哪。"我跟着说。"哼，真有工夫，又是戴东原[3]那一套。"——那位先生发议论了——"忙着替死鬼开会演说追悼，哼！我们自己的祖祖宗宗的生忌死忌，春祭秋祭，先就忙不开，还来管姓呆姓摆的出世去世；中国鬼也就够受，还来张罗

1　本文原刊于一九二四年四月《小说月报》第十五卷第四号，收入《巴黎的鳞爪》。

2　Westall，即韦斯托尔（1765—1863），英国画家。

3　戴东原，即戴震（1724—1777），清代学者，对经学、语言有重要贡献，被称为一代考据大师。

《拜伦在热那亚》 | 英国 | 阿尔弗雷德·多尔赛

洋鬼！俄国共产党的爸爸死了，北京也听见悲声，上海广东也听见哀声；书呆子的退伍总统死了，又来一个同声一哭。二百年前的戴东原还不是一个一头黄毛一身奶臭一把鼻涕一把尿的娃娃，与我们什么相干，又用得着我们的正颜厉色开大会做论文！现在真是愈出愈奇了，什么，连拜伦也得利益均沾，又不是疯了，你们无事忙的文学先生们！谁是拜伦？一个滥笔头的诗人，一个宗教家说的罪人，一个花花公子，一个贵族。就使追悼会纪念会是现代的时髦，你也得想想受追悼的配不配，也得想想跟你们所谓时代精神合式不合式，拜伦是贵族，你们贵国是一等的民生共和国，哪里有贵族的位置？拜伦又没有发明什么苏维埃，又没有做过世界和平的大梦，更没有用科学方法整理过国故，他只是一个拐腿的纨袴诗人，一百年前也许出过他的风头，现在埋在英国纽斯泰德[1]（Newstead）的贵首头都早烂透了，为他也来开纪念会，哼，他配！讲到拜伦的诗你们也许与苏和尚[2]的脾味合得上，看得出好处，这是你们的福气——要我看他的诗也不见得比他的骨头活得了多少。并且小心，拜伦倒是条好汉，他就恨盲目的崇拜，回头你们东抄西剿的忙着做文章想是讨好他，小心他的鬼魂到你梦里来大声地骂你一顿！"

那位先生大发牢骚的时候，我已经抽了半支的烟，眼看着缭绕的氤氲，耐心地挨他的骂，方才想好赞美拜伦的文章也早已变成了烟丝飞散；我呆呆地靠在椅背上出神了；——

拜伦是真死了不是？全朽了不是？真没有价值，真不该替他

---

1 纽斯泰德，是一处修道院庄园，原为拜伦家族的领地。

2 苏和尚，即苏曼殊（1884—1918），近代作家、艺术家，早年留学日本，后为僧。他翻译过拜伦的作品。

苏曼殊是天生情种，更曾三度出家。他是中国近代的一个奇人，心路历程非常复杂、曲折，有其诗歌为证：「契阔死生君莫问，行云流水一孤僧。无端狂笑无端哭，纵有欢肠已似冰。」

剃度出家的苏曼殊

揄扬传布不是？

眼前扯起了一重重的雾幔，灰色的、紫色的，最后呈现了一个惊人的造像。最纯粹、光净的白石雕成的一个人头，供在一架五尺高的檀木几上，放射出异样的光辉，像是阿波罗[1]，给人类光明的大神，凡人从没有这样庄严的"天庭"、这样不可侵犯的眉宇，这样的头颅，但是不，不是阿波罗，他没有那样骄傲的锋芒的大眼，像是阿尔卑斯山[2]南的蓝天，像是威尼斯的落日，无限的高远，无比的壮丽，人间的万花镜的展览反映在他的圆睛中，只是一层鄙夷的薄翳；阿波罗也没有那样美丽的发鬈，像紫葡萄似的一穗穗贴在花岗石的墙边；他也没有那样不可信的口唇，小爱神背上的小弓也比不上他的精致，口角边微露着厌世的表情，像是蛇身上的文彩，你明知是恶毒的，但你不能否认他的艳丽；给我们弦琴与长笛的大神也没有那样圆整的鼻孔，使我们想象他的生命的剧烈与伟大，像是大火山的决口……

不，他不是神，他是凡人，比神更可怕更可爱的凡人，他生前在红尘的狂涛中沐浴，洗涤他的遍体的斑点，最后他踏脚在浪花的顶尖，在阳光中呈露他的无瑕的肌肤，他的骄傲，他的力量，他的壮丽，是天上枯瑞忒斯[3]与朱庇特[4]的忧愁。

他是一个美丽的恶魔，一个光荣的叛儿。

一片水晶似的柔波，像一面晶莹的明镜，照出白头的"少

1　阿波罗，希腊神话中的太阳神。

2　阿尔卑斯山，欧洲南部的山脉，著名旅游胜地。

3　枯瑞忒斯，希腊神话中伴随瑞亚为宙斯降生寻找安全地方的人。

4　朱庇特，罗马神话中的大神，也即希腊神话中的宙斯。

『雅典女郎』特瑞莎·马克瑞是拜伦的情人之一。本画像由佚名画家作于一八二二年。

特瑞莎·马克瑞

女"，闪亮的"黄金箧"，"快乐的阿翁"。此地更没有海潮的啸响，只有草虫的讴歌，醉人的树色与花香，与温柔的水声，小妹子的私语似的，在湖边吞咽。山上有急湍，有冰河，有幔天的松林，有奇伟的石景。瀑布像是疯癫的恋人，在荆棘丛中跳跃，从嶙岩上滚坠，在磊石间震碎，激起无量数的珠子，圆的、长的、乳白色的、透明的，阳光斜落在急流的中腰，幻成五彩的虹纹。这急湍的顶上是一座突出的危崖，像一个猛兽的头颅，两旁幽邃的松林，像是一颈的长鬛，一阵阵的瀑雷，像是他的吼声。在这绝壁的边沿站着一个丈夫，一个不凡的男子，怪石一般的峥嵘，朝旭一般的美丽，劲瀑似的桀骜，松林似的忧郁。他站着，交抱着手臂，翻起一双大眼，凝视着无极的青天，三个阿尔卑斯的鸷鹰在他的头顶不息地盘旋；水声，松涛的呜咽，牧羊人的笛声，前峰的崩雪声——他凝神地听着。

只要一滑足，只要一纵身，他想，这躯壳便崩雪似的坠入深潭，粉碎在美丽的水花中，这些大自然的谐音便是赞美他寂灭的丧钟。他是一个骄子：人间踏烂的蹊径不是为他准备的，也不是人间的镣链可以锁住他的鸷鸟的翅羽。他曾经丈量过巴南苏斯的群峰，曾经搏斗过海理士彭德海峡的凶涛，曾经在马拉松放歌，曾经在爱琴海边狂啸，曾经践踏过滑铁卢的泥土，这里面埋着一个败灭的帝国。他曾经实现过西撒凯旋时的光荣，丹桂笼住他的发鬘，玫瑰承住他的脚踪，但他也免不了他的滑铁卢；命运是不可测的恐怖，征服的背后隐着谬辱的狞笑，御座的周遭显现了狴犴的幻景；现在他的遍体的斑痕，都是诽毁的箭镞，不更是繁花的装缀，虽则在他的无瑕的体肤上一样的不曾停留些微污损。……太阳也有他的淹没的时候，但是谁能忘记他临照时的光焰？

What is life，what is death，and what are we.

Then when the ship sinks. We no longer may be.

朱诺[1]（Juno）发怒了。天变了颜色，湖面也变了颜色。四周的山峰都披上了黑雾的袍服，吐出迅捷的火舌，摇动着，仿佛是相互的示威，雷声像猛兽似的在山坳里咆哮、跳荡，石卵似的雨块，随着风势打击着一湖的磷光，这时候（一八一六年，六月十五日）仿佛是爱俪儿[2]（Ariel）的精灵耸身在绞绕的云中，默嗦着咒语，眼看着——

Jove's lightings，the precursors

O'the dreadful thunder-claps……

The fire，and cracks

Of sulphurous roaring，the most mighty

Neptune

Seem'd to besiege，and make his bold waves tremble

Yea his areae tridents shade.

(Tempest)

在这大风涛中，在湖的东岸，龙河（Rhone）合流的附近，在小屿与白沫间，飘浮着一只疲乏的小舟，扯烂的布帆，破碎的尾舵，冲当着巨浪的打击，舟子只是着忙地祷告。乘客也失去了镇定，都已脱卸了外衣，准备与涛澜搏斗。这正是卢梭的故乡，那小

---

1 朱诺，罗马神话中大神朱庇特的妻子，天后，即希腊神话中的赫拉。
2 爱俪儿，莎士比亚戏剧《暴风雨》中的精灵。

《卡罗琳·兰姆》 ｜ 英国 ｜ 玛丽·安妮·耐特

卡罗琳·兰姆也是拜伦的情人之一。

舟的历险处又恰巧是玖荔亚与圣潘罗（Julia and St.Preux）遇难的名迹。舟中人有一个美貌的少年是不会泅水的，但他却从不介意他自己的骸骨的安全，他那时满心的忧虑，只怕是船翻时连累他的友人为他冒险，因为他的友人是最不怕险恶的，厄难只是他的雄心的激刺，他曾经狎侮爱琴海与地中海的怒涛，何况这有限的梨梦湖中的掀动，他交叉着手，静看着萨福埃（Savoy）的雪峰，在云罅里隐现。这是历史上一个希有的奇逢，在近代革命精神的始祖神感的胜处，在天地震怒的俄顷，载在同一的舟中。一对共患难的，伟大的诗魂，一对美丽的恶魔，一对光荣的叛儿！

他站在梅锁朗奇（Mesolongion）的滩边（一八二四年，一月，四至二十二日）。海水在夕阳里起伏，周遭静瑟瑟的莫有人迹，只有连绵的砂碛，几处卑陋的草屋，古庙宇残圯的遗迹，三两株灰苍色的柱廊，天空飞舞着几只阔翅的海鸥，一片荒凉的暮景。他站在滩边，默想古希腊的荣华、雅典的文章、斯巴达的雄武、晚霞的颜色二千年来不曾消灭，但自由的鬼魂究不曾在海砂上留存些微痕迹……他独自地站着，默想他自己的身世，三十六年的光阴已在时间的灰烬中埋着，爱与憎，得志与屈辱，盛名与怨诅，志愿与罪恶，故乡与知友，威尼斯的流水，罗马古剧场的夜色，阿尔卑斯的白雪，大自然的美景与愤怒，反叛的磨折与尊荣，自由的实现与梦境的消残……他看着海砂上映着的曼长的身形，凉风拂动着他的衣裾——寂寞的天地间的一个寂寞的伴侣——他的灵魂中不由的激起了一阵感慨的狂潮，他把手掌埋没了头面。此时日轮已经翳隐，天上星先后地显现，在这美丽的暝色中，流动着诗人的吟

《珍妮·伊丽莎白》 | 英国 | 约翰·霍普内尔

珍妮·伊丽莎白也是拜伦的情人之一，与她的分手曾令拜伦特别懊悔。

声，像是松风，像是海涛，像是拉奥孔[1]苦痛的呼声，像是海伦娜岛上绝望的吁欢：——

Tis time this heart should be unmoved,

Since Others it hath ceased to move;

Yet, though I cannot be beloved.

Still let me love!

My days are in the yellow leaf;

The flowers and fruits of love are gone;

The worm, the canker, and the grief;

Are mine alone!

The fire that on my bosom preys

Is lone as some volcanic isle;

No torch is kindled at its blaze——

A funeral pile!

The hope, the fear, the jealous care,

The exalted portion of the pain

And power of love, I cannot share,

But wear the chain.

But, tis not thus——and, tis not here——

Such thoughts should shake my sou, nor now,

Where glory decks the hero's bier

---

1 《拉奥孔》是希腊化时期的雕塑名作，现收藏于梵帝冈美术馆，被誉为古希腊最经典的雕塑杰作之一。

《高贵的诗人搜断枯肠打草稿》 | 漫画

Or binds his brow.

The sword, the banner, and the field,
Glory and Grace, around me see!
The Spartan, born upon his shield
Was not more free.

Awake! (not Greece—she is awake!)
Awake, my spirit! Think through whom
The life—blood tracks its parent 1ake,
And then strike home!

Tread those reviving passions down;
Unworthy manhood! —unto thee
Indifferent should the smile Or frown
Of beauty be.

If thou regret'st thy youth, why live;
The land of honorable death
ls here: —up to the held, and give
Away thy breath!

Seek out ——less sought than found——
A dier's grave for thee the best;
Then look around, and choose thy ground,

And take thy rest.

年岁已经僵化我的柔心，
我再不能感召他人的同情；
但我虽则不敢想望恋与悯，
我不愿无情！

往日已随黄叶枯萎，飘零；
恋情的花与果更不留纵影，
只剩有腐土与虫与怆心，
长伴前途的光阴！
烧不尽的烈焰在我的胸前，孤独的，像一个喷火的荒岛；
更有谁凭吊，更有谁怜——
一堆残骸的焚烧！

希冀、恐惧，灵魂的忧焦，
恋爱的灵感与苦痛与蜜甜，
我再不能尝味，再不能自傲——
我投入了监牢！

但此地是古英雄的乡国，
白云中有不朽的灵光，
我不当怨艾、惆怅，为什么
这无端的凄惶？

拜伦除了是一个多情的诗人，还是一个英勇的战士。为了支援希腊人民反抗土耳其统治的民族解放运动，拜伦卖掉祖传的庄园，买了军舰并招募了士兵，投入到了希腊人民争取自由的战争之中。最后他因热病倒在了征战的途中。

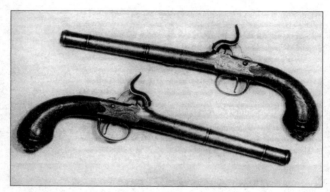

拜伦的手枪

希腊与荣光，军旗与剑器，

古战场的尘埃，在我的周遭，

古勇士也应慕美我的际遇，

此地，今朝！

苏醒！（不是希腊——她早已惊起！）

苏醒，我的灵魂！问谁是你的

血液的泉源，休辜负这时机，

鼓舞你的勇气！

丈夫！休教已住的沾恋

梦魔似的压迫你的心胸。

美妇人的笑与颦的婉恋，

更不当容宠！

再休眷念你的消失的青年，

此地是健儿殉身的乡土，

听否战场的军鼓，向前，

毁灭你的体肤！

只求一个战士的墓窟，

收束你的生命，你的光阴；

去选择你的归宿的地域，

自此安宁。

他念完了诗句，只觉得遍体的狂热，壅住了呼吸，他就把外衣脱下，走入水中，向着浪头的白沫里耸身一窜，像一只海豹似的，鼓动着鳍脚，在提香色的水波里泳了出去。……

"冲锋，冲锋，跟我来！"

冲锋，冲锋，跟我来！这不是早一百年拜伦在希腊梅锁龙奇临死前昏迷时说的话？那时他的热血已经让冷血的医生给放完了，但是他的争自由的旗帜却还是紧紧地擎在他的手里。……

再迟八年，一位八十二岁的老翁也在他的解脱前，喊一声"More light！"

"不够光亮！" "冲锋，冲锋，跟我来！"

火热的烟灰掉在我的手背上，惊醒了我的出神，我正想开口答复那位朋友的讥讽，谁知道睁眼看时，他早溜了！

读雪莱诗后

　　近来常喜欢读诗，觉得读到好的诗的时候真如听到绝妙的音乐；五官都受了感动，精神上好像复新了一般。只觉得一般人们的重浊；诗人的高超。在诗里似乎每一个字都是有灵魂的，在那里跳跃着；许多字合起来，就如同一个绝大的音乐会，很和谐地奏着音乐。这种美的感觉，音乐的领会，只有自己在一瞬间觉得，不能分给旁人的。

　　我喜欢读轻灵的诗；太浓郁的实在不能领会，并不是不喜欢。譬如英国那几位浪漫派诗人里像雪莱这一位诗人，他的 *Prometheus Uubound*[1] 我实在够不上读他，因为太浓厚伟大了。他的小诗，很清灵，很微妙，很真挚，很美丽，读的时候，心灵真是颤动起来，犹如看一块纯洁的水晶，真是内外通灵。

　　雪莱的为人真是白朗对摩尔（Jom Moore）说的话，他说雪莱是人世上最温柔文雅最不自私的人。马修·阿诺德也这样的说，他的诗里，随处都可以表现出他的温文俊逸的人格来，不由人不赞美他，颂扬他，羡慕他，对他有无限的同情。而对于他的身世，尤其有悲哀的美感，深切的同情。

　　他是爱自由的，他是不愿意受束缚的。他是"不愿意过平凡

1　《解放了的普罗米修斯》。

雪莱

雪莱（1792—1822），英国浪漫主义诗人，代表作有抒情诗《西风颂》，长诗《解放了的普罗米修斯》、《倩契》等。

的生活"的。他对高德温（Nieliam Godwin）说他对于诗的浓厚的兴趣，以及劝化世界并且使人类平等的志向是他的"灵魂的灵魂"。但是仅仅爱自由的精神，热烈的利他情绪并不能使他成为伟大的诗人。他之所以成为伟大的诗人是因为他对于理想的美有极纯挚的爱。不但是爱，更是以美为一种宗教的信仰，他之所以谓美不是具体的。他以为美是宇宙之大灵，美是宇宙的精神，美的精神便是上帝。宇宙万物以美而生。申言之，雪莱的美是有柏拉图的观念的意味的。谁能读了"Hyme Iutelldctual Beauty之后而说他不是有柏拉图主义的意味呢"。

但是雪莱的理想的美在人世里曾否圆满实现呢？这般的超越的"理想"一般人实在不能体验到。宇宙的精神，只有在诗人的心里感到，在诗人的心里圆满实现。只有有丰富的精神生活的哲学家与诗人可以窥见宇宙之秘密。雪莱便体验到这宇宙之神秘，向众生呼喊到"美"是上帝的精神，人生应常美化。又向美之神祷告说美之神呵，你快些降临罢！

只有受精神感动的诗人才能默悟到此，领会到此。诗是表现理想的美的。在雪莱的意思，以为这便是诗人所以为诗人之一点。诗决不仅是好看的字眼，铿锵的音节；乃是圣灵感动的结果、美的实现、宇宙之真理的流露。所以他说"诗人是极轻灵的，是圣洁的；若不是受圣灵的感动……决不能做出诗来"。他又说，诗人以无所不包无所不入的精神来猜度人情的深浅人类的境遇。诗人是接受灵感的祭司，是世界的立法者。诗人是超越界与现实界交通的天使。这便是诗人的使命，因为我们读了他的诗，不能不感觉到雪莱实在是完成了他的使命，因为我们读了他的诗之后觉得亦些微的领悟到宇宙之神秘。

玛丽·雪莱是诗人雪莱的夫人。在科幻小说和恐怖小说领域，她是鼻祖级人物。她的《弗兰肯斯坦》是世界第一部科幻小说，并被誉为「有史以来最伟大的恐怖作品之一」。

《小说家玛丽·雪莱》 | 英国 | 斯丹普作于一八三一年

达·芬奇的剪影[1]

基乌凡尼鲍尔脱拉飞屋的日记 一四九四—— 一四九五

这是一本小说里的一章。那小说是一个俄国人（Mcrejkowski）做的，叫做《达·芬奇的故事》（*The Romance of Leonardo da Vinci*）。鲍尔脱拉飞屋是达·芬奇的一个学徒，这一章是他学徒期内的日记。用不着说，达·芬奇是意大利复兴时期内顶大的一朵牡丹，它那香气到今天还不曾散尽。这日记当然不是真本，但达·芬奇伟大奥妙的天才至少在这几页内留下一个灵活的剪影。他的艺术谈是这几百年来艺术学生们枕中的秘宝，我们应得知道一些的。

一九一九年，三月二十五日，那天我进了翡冷翠大画家列奥那多·达·芬奇先生的画室当一个学徒。

这是他教给我们的课程：透视学（Perspective）；人体的分与量；临大画家的作品；写生画。

今天马各杜奇鸟拿，我的一个同事，给了我一本书，写下的完全是老师说的话。书开头是这一节：

人的身体从太阳的光亮得到最纯粹的快乐；人的心灵，从教学清澈的照亮。因此透视学（这透视学包涵两件事情，一是灵

1　本文写于一九一五年一月。

本画是达·芬奇老年时的自画像，作于一五一二年。达·芬奇除了是伟大的画家，还是卓有成就的雕塑家、寓言家、哲学家、音乐家、发明家、医学家、生物学家、地理学家、建筑工程师和军事工程师。这样一个全才，在文、理两个方面的众多学科都有卓越成就，充分显示了人类的巨大可塑性。

达·芬奇自画像

动的线条的考量，那是眼看的舒服；一是数理的清明，那是心智
的舒服。）在各种研究与学科中应分占着最高的地位。但愿说过
"我是真的光亮"的他给我的帮助，使我有法子理会这透视学，
他的光亮的科学。这书我分成三部：第一，因距离故，事物形体
的缩小；第二，色彩的明显度的减损；第三，轮廓清晰的减淡。

老师像父亲似的看管着我。自从知道我穷，他再不肯收我原
约定的月费。老师说：

等你们透视学有了把握，人体的分量心里有数以后，你们上
街去就得用心留意人们的姿态与行动，看他们怎样站定、走动、
谈天、吵闹；看他们怎样发笑，怎样打架；看他们有这些动作时
面上的精神，看来劝散他们的旁人面上的神情；看站在一边冷眼
看着的人们的神情。把你看到的全用铅笔记在你的颜色纸订成的
袖珍册子里，这书随你到哪儿都得带着。册子满了，再换一本；
第一本摆开了，留着。保存原稿，不要损坏或是擦糊了它们；因
为人体的动法是最变幻不尽的，单凭记忆是留不住的。你得把这
些粗糙的底稿看作你们最好的先生。

我也有了这样一册书。

今天在P街上，离大教堂不远，我见着我的伯父。他对我说他
不认我了；他骂我到一个异教徒邪人的家里去毁灭我的灵魂。

每回我心里不高兴，只要对着他的脸看看就会轻松快活的。
多奇怪他的一双眼：清、蓝、淡、冷——冰似的冷。声音，最可
亲，软和极了。最凶暴，最顽固的人也抵不过他的金色的髭须，
又长又软的像是女孩子身上的丝绸。他跟谁说话的时候，他就微
微眯着一只眼，有一种高兴和蔼的神情。他的目光，从浓厚荫盖

的眉毛下照出来，直透你的灵魂。

　　他不喜欢鲜艳的颜色，不喜欢时新累赘的式样；他也不爱薰香。他的衣料是雷尼希的棉布，异样的整洁好看。他的黑绒便帽是素净的，不装羽毛，不加装饰。他的衣色是黑的；但他穿一件长过膝盖的深红色的斗篷，直裥往下垂的，翡冷翠古式。他的行动是闲暇沉静的，但也引人注意。他跟谁都不一样。

　　弓弩都是他的擅长，会骑、会水、精通小剑斗术。今天我见他拿一个小钱丢中一个教堂最高的圆顶。列奥那多先生，凭他手臂的玲巧与力量，谁都比不过他。

　　他是用左手的；但别看这左手，又瘦弱又软和像是女人的，他扳得弯铁条，扭得瘪大铁钟的垂舌。

　　我正看着他，甲可布那孩子笑着跑来，拍着手。"蹩腿的来了，列奥那多先生，怪物来了！你快到厨房里来，我给你找了这类宝贝来，你该乐的直舐你的手哪！"

　　"他们哪儿来的？"

　　"一个庙门口找来的。贝加摩地方来的叫化！我答应了他们要是他们愿意给你画你有晚饭给他们吃。"

　　丢开了不曾画全的圣贞，列奥那多就跑厨房去，我跟着。果然有两兄弟，年纪顶老，生水肿病的，脖子上挂着怪粗的大瘤。同来还有一个女的，是那一个的妻子，一个干瘪的小老皮囊，她的名字叫拉格尼娜（意思是小蜘蛛），倒正合适。

　　"你看，"甲可布得意地叫着，"我说你看了准乐！可不是

《古怪的老人头像》 ｜ 意大利 ｜ 达·芬奇

就我知道你喜欢什么？"

列奥那多靠近着这精怪似的鳖子坐下，吩咐要酒，亲手倒给他们喝，和气地问话，讲笑话给他们听让他们乐。初起他们看着不自在，心里怀着鬼胎，摸不清叫他们进来是什么意思，但是等到他们听他讲故事，讲一个死犹太，他的同伴们为要躲避波龙尼亚境内不准犹太人埋葬的法令，私下把他的尸体割成小块，上了盐，加了香料，运到威尼斯去，叫一个翡冷翠去的耶教徒给吃了的一番话，那小蜘蛛笑得差一点涨破了肚子。一会儿三个人全喝得薰薰了，笑着说着，做出种种奇丑的鬼脸。我看得恶心扭过了头去；但列奥那多看着他们兴趣浓极了；等他们的丑态到了穷极的时候，他掏出他的本子来临着描，正如他方才画圣贞的笑容，同样那欣欣然认真的神气。

到晚上他给我看一大集的滑稽画；各类的丑态，不仅是人的，畜生的也有——怕人的怪样子，像是病人热昏中见着的，人兽不分的，看了叫人打寒噤。一个箭猪的莲蓬嘴，硬毛攒耸耸的，下嘴唇往下宕着，又松又薄像是一块破布，露着两根杏仁形的长白牙，像人的狞笑；一个老妇人，鼻子扁蹋地长着毛，肉痣般大小，口唇异样的厚，像是烂了的树干里长出来的那些肥胖发黏性的毒菌。

塞沙里（达·芬奇另一个学徒）对我说有时老师在路上见着什么丑怪，会整天地跟着看。伟大的奇丑，他说与伟大的美是一样的希有；只有平庸是可以忽略的。

马各做事像牛一样的蠢，先生怎么说他非得怎么做不行；他愈用功愈不成功。他有的是非常的恒心。他以为只要耐心与劳力没有事做不成的；他一点也不疑惑他有画成名的一天。

《年轻女子头像》 | 意大利 | 达·芬奇

在我们几个学徒里面，他最高兴老师的种种发明。有一天他带了他的小册子到一条十字街口去看热闹，按着老师的办法，把人堆里使他特别注意的脸子全给缩写记了下来。但到家的时候他也不能把他的缩写翻成活人的脸相。他又想学列奥那多用调羹量颜色，也是一样的失败。他画出来的影子又厚又不自然，人脸子都是呆木无意趣的。马各自以为他的失败是由于没有完全遵照老师的规划。塞沙里嘲笑他。

"这位独一的马各，"他说，"是殉科学的一个烈士。他给我们的教训是所有这些度量法与规则是完全没有用的。光知道孩子是怎么生法并不一定帮助你实际生孩子。列奥那多欺他自己，也欺别人；他教的是一件事，他做的另是一件事。他动手画的时候他什么规则也不管除了他自己的灵感；可是他还不愿意光做一个大艺术家，他同时要做一个科学家。我怕他同时赶两个兔子结果竟许一个都赶不到。"

塞沙里这番嘲笑话不一定完全没有道理；但对师父的爱是没有的。列奥那多也听他的话，夸奖他的聪明，从来不给他颜色看。

我看着他画他的Cenacolo（即"最后一次晚餐"，在米兰）有时一早太阳没有出，他就去修道院的饭堂工作，直画到黄昏的黑影子强迫他停止；他手里的画笔从不放下，吃喝他都记不得。有时他让几个星期过去，颜色都不碰。有时他踮在绳架上，画壁前，一连好几个时辰，但是看着批评着他已经画得的。还有时候我见他在大暑天冲着街道上的恶热直跑到那庙里去；像是一个无形的力量逼着他；他到了就爬上架子去，涂上两笔或是三笔，跳下来转身就跑。

《使徒安德烈》 | 意大利 | 达·芬奇

这是达·芬奇为《最后的晚餐》作的人物习作之一。

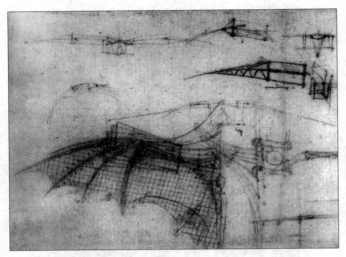

《飞行器设计草图》 | 意大利 | 达·芬奇

他正在工作使徒约翰的脸。今天他该得完功的。可是不，他躺在家里伴着甲可布那孩子，看苍蝇黄蜂虫子飞。他研究虫子的结构那认真的神气正比如人类的运命全在这上面放着。看出了虫子的后腿是一种橹的作用，他那快活就比如他发现了长生的秘密，这一点他看得极有用，他正造他那飞行机哪。可怜使徒的约翰！今天又来了一个新岔子，苍蝇又不要了。老师正做着一个图案，又美又精致的，这是预备一个学院的门徽，其实这机关还在皇冠形的一球绳子，相互地纠着，没有头没有尾的。我再也忍不住，我就提醒他没画完的使徒。他耸耸他的肩膀，眼对着他的绳冠图案头也不抬地在牙缝中间说话：

"耐着！有的时候！约翰的脑袋跑不了的！"

我这才开始懂得塞沙里的悻悻！

米兰公盼咐他在宫里造听筒，隐在壁里看不见的，仿制"达尼素斯的耳朵。"列奥那多起初很有劲，但现在冷了，推头这样那样地把事情搁了起来。米兰公催着他，等不耐烦了；今早上几次来召进宫去，但是老师正忙着他的植物实验。他把南瓜的根割了去，只存了一根小芽，勤勤地拿水浇着。这本子居然没有枯，他得意极了。"这母亲，"他说，"养孩子养得不错。"六十个长方形的南瓜结成功了。

塞沙里说列奥那多是一个最不了的落拓家。他写下了有二十本关于自然科学的书，但没有一本完全的，全是散叶子上的零碎札记；这五千多页的稿子他乱放着一点没有秩序，他要寻什么总是寻不着的。

走近我的小屋子来，他说"基乌凡尼，你注意过没有，这小屋子叫你的思想往深处走，大屋子叫它往宽处去？还有你注意过不曾在雨的阴影下看东西的形象比在阳光下看更清楚？"在使徒约翰的脸上做了两天工。但是，不成！这几天忙着玩苍蝇、南瓜、猫、达尼素斯的耳朵一类的结果，那一点灵感竟像跑了似的。他还是没有画成那脸子，这来他一腻烦，把颜色匣子一丢，又躲着玩他的几何去了。他说彩油的味儿叫他发呕，见着那画具就烦。这样一天天地过去；我们就像是一支船在海口里等着风信，靠傍的就只机会的无常，与上帝的意旨。还亏得他倒忘了他那飞机，否则我们准饿死。

什么东西在旁人看来已经是尽善尽美的，在他看来通体都是错。他要的是最高无上的，不可得的，人的力量永远够不到的。因此他的作品都没有做完全的。

安德利亚·沙拉拿病倒了。老师调养着他，整夜伴着他，靠在他的枕边看护他；但是谁都不敢对他提吃药。马各不识趣地给买了一盒子药，可是叫列奥那多找着了，拿起手就往窗子外掷了出去。安德利亚自己想放血，讲起他认识有一个很好的医家；但老师很正当地发了气，用顶损的话骂所有的医生。

"你该得当心的是保存，不是医治，你的健康；提防医生们。"他又加了一句话，"什么人都积钱来给医生们用——毁人命的医生们。"

罗曼·罗兰[1]

罗曼·罗兰（Romain Rolland），这个美丽的音乐的名字，究竟代表些什么？他为什么值得国际的敬仰，他的生日为什么值得国际的庆祝？他的名字，在我们多少知道他的几个人的心里，引起些个什么？他是否值得我们已经认识他思想与景仰他人格的更亲切地认识他，更亲切地景仰他；从不曾接近他的赶快从他的作品里去接近他？

一个伟大的作者如罗曼·罗兰或托尔斯泰，正是一条大河，它那波澜，它那曲折，它那气象，随处不同，我们不能划出它的一湾一角来代表它那全流。我们有幸福在书本上结识他们的正比是尼罗河或扬子江沿岸的泥坷，各按我们的受量分沾他们的润泽的恩惠罢了。说起这两位作者——托尔斯泰与罗曼·罗兰：他们灵感的泉源是同一的，他们的使命是同一的，他们在精神上有相互的默契（详后），仿佛上天从不教他的灵光在世上完全灭迹，所以在这普遍的混浊与黑暗的世界内往往有这类禀承灵智的大天才在我们中间指点迷途，启示光明。但他们也自有他们不同的地方；如其我们还是引申上面这个比喻，托尔斯泰、罗曼·罗兰的前人，就更像是尼罗河

1　罗曼·罗兰（1866–1944），法国作家，代表作有长篇小说《约翰·克里斯朵夫》和传记《贝多芬传》等。本文原刊于一九二五年十月三十一日《晨报副刊》，收入《巴黎的鳞爪》。

《托尔斯泰画像》 ｜J.克拉姆斯科尔

的流域，它那两岸是浩瀚的沙碛、古埃及的墓宫、三角金字塔的映影，高矗的棕榈类的林木，间或有帐幕的游行队，天顶永远有异样的明星；罗曼·罗兰、托尔斯泰的后人，像是扬子江的流域，更近人间，更近人情的大河，它那两岸是青绿的桑麻，是连枌的房屋，在波鳞里泅着的是鱼是虾，不是长牙齿的鳄鱼，岸边听得见的也不是神秘的驼铃，是随熟的鸡犬声。这也许是斯拉夫与拉丁民族各有的异禀，在这两位大师的身上得到更集中的表现，但他们润泽这苦旱的人间的使命是一致的。

十五年前一个下午，在巴黎的大街上，有一个穿马路的叫汽车给碰了，差一点没有死。他就是罗曼·罗兰。那天他要是死了，巴黎也不会怎样的注意，至多报纸上本地新闻栏里登一条小字："汽车肇祸，撞死一个走路的，叫罗曼·罗兰，年四十五岁，在大学里当过音乐史教授，曾经办过一种不出名的杂志叫Cahier de la Quinzaine的。"

但罗兰不死，他不能死；他还得完成他分定的使命。在欧战爆裂的那一年，罗兰的天才，五十年来在无名的黑暗里埋着的，忽然取得了普遍的认识。从此他不仅是全欧心智与精神的领袖，他也是全世界一个灵感的泉源。他的声音仿佛是最高峰上的崩雪，回响在远近的万壑间。五年的大战毁了无数的生命与文化的成绩，但毁不了的是人类几个基本的信念与理想，在这无形的精神价值的战场上，罗兰永远是一个不仆的英雄。对着在恶斗的旋涡里挣扎着的全欧，罗兰喊一声彼此是弟兄放手！对着蜘网似密布，疫疠似蔓延的怨恨、仇毒、虚妄、疯癫，罗兰集中他孤独的理智与情感的力量作战。对着普遍破坏的现象，罗兰伸出他单独的臂膀开始组织人道的势力。对着叫褊浅的国家主义与恶毒的报复本能迷惑住的智识阶级，他大声地唤醒他们应负的责任，要他们恢复思想的独立，救济盲目的群众。"在战场的空中"——"About the Battle Field"——不是在战场上，在各民族共同的天空，不是在一国的领土内，我们听得罗兰的大声，也就是人道的呼声，像一阵光明的骤雨，激斗着地面上互杀的烈焰。罗兰的作战是有结果的，他联合了国际间自由的心灵，替未来的和平筑一层有力的基础。这是他自己的话：

> 我们从战争得到一个付重价的利益，它替我们联合了各民族中不甘受流行的种族怨毒支配的心灵。这次的教训益发激励他们的精力，强固他们的意志。谁说人类友爱是一个绝望的理想？我再不怀疑未来的全欧一致的结合。我们不久可以实现那精神的统一。这战争只是它的热血的洗礼。

这是罗兰，勇敢的人道的战士！当他全国的刀锋一致向着德人的时候，他敢说不，真正的敌人是你们自己心怀里的仇毒。当全欧破碎成不可收拾的断片时，他想象到人类更完美的精神的统一。友爱与同情，他相信，永远是打倒仇恨与怨毒的利器；他永远不怀疑他的理想是最后的胜利者。在他的前面有托尔斯泰与陀思妥耶夫斯基（虽则思想的形式不同），他的同时有泰戈尔与甘地[1]（他们的思想的形式也不同），他们的立场是在高山的顶上，他们的视域在时间上是历史的全部，在空间里是人类的全体，他们的声音是天空里的雷震，他们的赠与是精神的慰安。我们都是牢狱里的囚犯，镣铐压住的，铁栏锢住的，难得有一丝雪亮暖和的阳光照上我们黝黑的脸面，难得有喜鹊过路的欢声清醒我们昏

1　甘地（1869—1948），尊称"圣雄甘地"，是印度民族主义运动和国大党领袖。他带领印度迈向独立，脱离英国的殖民统治。

罗曼·罗兰

沉的头脑。"重浊",罗兰开始他的《贝多芬传》:

> 重浊是我们周围的空气。这世界是叫一种凝厚的污浊的
> 秽息给闷住了……一种卑琐的物质压在我们的心里,压在我
> 们的头上,叫所有民族与个人失却了自由工作的机会。我们
> 会让掐住了转不过气来。来,让我们打开窗子好叫天空自由
> 的空气进来,好叫我们呼吸古英雄们的呼吸。

打破我执的偏见来认识精神的统一;打破国界的偏见来认识人道的统一。这是罗兰与他同理想者的教训。解脱怨毒的束缚来实现思想的自由;反抗时代的压迫来恢复性灵的尊严。这是罗兰与他同理想者的教训。人生原是与苦俱来的;我们来做人的名分不是咒诅人生因为它给我们苦痛,我们正应在苦痛中学习、修养、觉悟,在苦痛中发现我们内蕴的宝藏,在苦痛中领会人生的真际。英雄,罗兰最崇拜如米开朗基罗与贝多芬一类人道的英雄,不是别的,只是伟大的耐苦者。那些不朽的艺术家,谁不曾在苦痛中实现生命、实现艺术、实现宗教、实现一切的奥义?自己是个深感苦痛者,他推致他的同情给世上所有的受苦者;在他这受苦,这耐苦,是一种伟大,比事业的伟大更深沉的伟大。他要寻求的是地面上感悲哀感孤独的灵魂。"人生是艰难的。谁不甘愿承受庸俗,他这辈子就是不断的奋斗。并且这往往是苦痛的奋斗,没有光彩没有幸福,独自在孤单与沉默中挣扎。穷困压着你,家累累着你,无意味的沉闷的工作消耗你的精力,没有欢欣,没有希冀,没有同伴,你在这黑暗的道上甚至连一个在不幸中伸手给你的骨肉的机会都没有。"这受苦的概念便是罗兰人生哲学的起点,在这上面他求筑起一座强固的人道的寓所。因此在他有名的传记里他用力传述先贤的苦难生涯,使我们憬悟至少在

贝多芬经常旁若无人地阔步走在维也纳大街上，他往往是沉浸在自己的音乐感觉之中，不过给人的感觉可能是目空一切。

贝多芬走在维也纳大街上

我们的苦痛里，我们不是孤独的，在我们切己的苦痛里隐藏着人道的消息与线索。"不快活的朋友们，不要过分地自伤，因为最伟大的人们也曾分尝味你们的苦味。我们正应得跟着他们的努奋自勉。假如我们觉得软弱，让我们靠着他们喘息。他们有安慰给我们。从他们的精神里放射着精力与仁慈。即使我们不研究他们的作品，即使我们听不到他们的声音，单从他们面上的光彩，单从他们曾经生活过的事实里，我们应得感悟到生命最伟大、最生产——甚至最快乐——的时候是在受苦痛的时候。"

我们不知道罗曼·罗兰先生想象中的新中国是怎样的；我们不知道为什么他特别示意要听他的思想在新中国的回响。但如其他能知道新中国像我们自己知道他一样，他一定感觉与我们更密切的同情，更贴近的关系，也一定更急急地伸手给我们握着——因为你们知道，我也知道，什么是新中国只是新发见的深沉的悲哀与苦痛深深地盘伏在人生的底里！这也许是我个人新中国的解释；但如其有人拿一些时行的口号，什么打倒帝国主义等等，或是分裂与猜忌的现象，去报告罗兰先生说这是新中国，我再也不能预料他的感想了。

我已经没有时候与地位叙述罗兰的生平与著述；我只能匆匆地略说梗概。他是一个音乐的天才，在幼年音乐便是他的生命。他妈教他琴，在谐音的波动中他的童心便发见了不可言喻的快乐。莫扎特[1]与贝多芬是他最早发见的英雄。所以在法国经受普鲁士战争爱国主义最高激的时候，这位年轻的圣人正在"敌人"的作品中尝味最高的艺术。他的自传里写着："我们家里有好多

《约翰·克里斯朵夫》插图

罗曼·罗兰的《约翰·克里斯朵夫》是一部描写音乐家的历程的巨著，是以贝多芬为原型创造的。

旧的德国音乐书。德国？我懂得那个字的意义？在我们这一带我相信德国人从没有人见过的。我翻着那一堆旧书，爬在琴上拼出一个个的音符。这些流动的乐音，谐调的细流，灌溉着我的童心，像雨水漫入泥土似的淹了进去。莫扎特与贝多芬的快乐与苦痛，想望的幻梦，渐渐地变成了我的肉的肉，我的骨的骨。我是它们，它们是我。要没有它们我怎过得了我的日子？我小时生病危殆的时候，莫扎特的一个调子就像爱人似的贴近我的枕衾看着我。长大的时候，每回逢着怀疑与懊丧，贝多芬的音乐又在我的心里拨旺了永久生命的火星。每回我精神疲倦了，或是心上有不如意事，我就找我的琴去，在音乐中洗净我的烦愁。"

　　要认识罗兰的不仅应得读他神光焕发的传记，还得读他十卷的Jean Christophe[1]，在这书里他描写他的音乐的经验。

　　他在学堂里结识了莎士比亚，发见了诗与戏剧的神奇。他的哲学的灵感，与歌德一样，是泛神主义的斯宾诺莎[2]。他早年的朋友是近代法国三大诗人：克洛岱尔[3]（Paul Claudel法国驻日大使），Ande Suares[4]，与Charles Peguy[5]（后来与他同办Cahier de la Quinzaine）。瓦格纳是压倒一时的天才，也是罗兰与他少年朋友们的英雄。但在他个人更重要的一个影响是托尔斯泰。他早就读他的著作，十分地爱慕他，后来他念了他的《艺术论》，那只俄国的老象——用一个偷来的比喻——走进了艺术的花园里去，左一脚踩倒了一盆花，那是莎士比亚，右一脚又踩倒了一盆花，那

1　即罗曼·罗兰的名著《约翰·克里斯朵夫》

2　斯宾诺莎（1632—1677），荷兰哲学家。

3　克洛岱尔（1868—1955），法国诗人、剧作家、散文家。

4　即安德烈·絮阿雷斯（1868—1948），法国诗人、评论家、剧作家。

5　即夏尔·贝玑（1873—1914），法国诗人、哲学家。

是贝多芬，这时候少年的罗曼·罗兰走到了他的思想的歧路了。莎氏、贝氏、托氏，同是他的英雄，但托氏愤愤地申斥莎、贝一流的作者，说他们的艺术都是要不得，不相干的，不是真的人道的艺术——他早年的自己也是要不得不相干的。在罗兰一个热烈的寻求真理者，这来就好似青天里一个霹雳；他再也忍不住他的疑虑。他写了一封信给托尔斯泰，陈述他的冲突的心理。他那年二十二岁。过了几个星期罗兰差不多把那信忘都忘了，一天忽然接到一封邮件：三十八满页写的一封长信，伟大的托尔斯泰的亲笔给这不知名的法国少年的！"亲爱的兄弟，"那六十老人称呼他，"我接到你的第一封信，我深深地受感在心。我念你的信，泪水在我的眼里。"下面说他艺术的见解：我们投入人生的动机不应是为艺术的爱，而应是为人类的爱。只有经受这样灵感的人才可以希望在他的一生实现一些值得一做的事业。这还是他的老话，但少年的罗兰受深彻感动的地方是在这一时代的圣人竟然这样恳切地同情他、安慰他、指示他，一个无名的异邦人。他那时的感奋我们可以约略想象。因此罗兰这几十年来每逢少年人写信给他，他没有不亲笔作复，用一样慈爱诚挚的心对待他的后辈。这来受他的灵感的少年人更不知多少了。这是一件含奖励性的事实。我们从可以知道凡是一件不勉强的善事就比如春天的熏风，它一路来散布着生命的种子，唤醒活泼的世界。

但罗兰那时离着成名的日子还远，虽则他从幼年起只是不懈地努力。他还得经尝身世的失望（他的结婚是不幸的，近三十年来他几乎是完全隐士的生涯，他现在瑞士的鲁山，听说与他妹子同居），种种精神的苦痛，才能实受他的劳力的报酬——他的天才的认识与接受。他写了十二部长篇剧本，三部最著名的传记

（米开朗基罗、贝多芬、托尔斯泰），十大篇Jean Christophe，算是这时代里最重要的作品的一部，还有他与他的朋友办了十五年灰色的杂志，但他的名字还是在晦塞的灰堆里掩着——直到他将近五十岁那年，这世界方才开始惊讶他的异彩。贝多芬有几句话，我想可以一样适用到一生劳悴不息的罗兰身上：

> 我没有朋友，我必得单独过活；但是我知道在我心灵的底里上帝是近着我，比别人更近。我走近他我心里不害怕，我一向认识他的。我从不着急我自己的音乐，那不是坏运所能颠扑的，谁要能懂得它，它就有力量使他解除磨折旁人的苦恼。

托马斯·哈代¹

托马斯·哈代，英国的小说家、诗人，已于上月死了，享年八十七岁。他的遗嘱上写着他死后埋在多塞特²地方一个村庄里，他的老家。但他死后英国政府坚持要把他葬在威斯敏斯特教堂³里，商量的结果是一种空前的异样的葬法。他们，也不知谁出的主意，把他的心从他的胸膛里剜了出来，这样把他分成了两个遗体，他的心，从他的遗言，给埋在他的故乡，他的身，为国家表示对天才的敬意，还得和英国历代帝王、卿相、贵族以及不少桂冠诗人⁴们合伙做邻居去。两个葬礼是在一天上同时举行的。在伦敦城里，千百个景慕死者的人们占满了威斯敏斯特的大寺，送殡的名人中最显著的有萧伯纳⁵、约翰·高尔斯华绥⁶、贝洛克爵

---

1 托马斯·哈代（1840—1928），英国作家，其生平及著述可见文中介绍。本文原刊于一九二八年三月《新月》第一卷第一期。

2 多塞特，英国西南部的一个郡。

3 威斯敏斯特教堂，英国伦敦著名的基督教(新教)堂。一〇五〇年由英王爱德华(忏悔者)开始兴建，后屡经重建。这座教堂是英国国王加冕和历代帝王及著名人物卜葬的所在。狄更斯、牛顿、达尔文等都葬于此。

4 桂冠诗人，英国王室御用诗人的封号，英王詹姆斯一世时，开始设立这一封号，一直延续至今。桂冠诗人领取宫廷津贴，写作应景诗，点缀王室喜庆事件或官方盛典。

5 萧伯纳（1856—1950），爱尔兰作家(习惯上也视为英国作家)，戏剧代表作有《华伦夫人的职业》、《巴巴拉少校》、《苹果车》等。一九二五年获诺贝尔文学奖。

6 约翰·高尔斯华绥（1867—1933），英国作家，代表作为长篇小说《福尔赛世家》三部曲。曾任国际笔会会长，一九三二年获诺贝尔文学奖。

托马斯·哈代

士[1]、爱德蒙·戈斯[2]、吉卜林[3]、哈代太太、现国务总理包尔温、前国务总理麦克唐诺尔德一行人；这殡礼据说是诗人丁尼生[4]以来未有的盛典。同时在多塞特的一个小乡村里哈代的老乡亲们，穿戴着不时式的衣冠，捧着田园里掇拾来不加剪裁的花草，唱着古旧的土音的丧歌，也在举行他的殡礼，这里入土的是诗人的一颗心，哈代死后如其有知感，不知甘愿享受哪一边的尊敬？按他诗文里所表现的态度，我们一定猜想他倾向他的乡土的恩情，单这典礼的色香的古茂就应得勾留住一个诗人的心。但也有人说哈代曾经接待过威尔士王子，和他照过相，也并不曾谢绝牛津大学的博士衔与政府的"功勋状"（The Order of Merlt），因此推想这位老诗人有时也不是完全不肯与虚荣的尘世相周旋的。最使我们奇怪的是英国的政府，也不知是谁做的主，满不尊敬死者的遗言，定要把诗人的遗骨麇厕在无聊的金紫丛中！诗人终究是诗人，我们不能疑惑他的心愿是永久依附着威塞克斯[5]古旧的赭色的草原与威塞克斯多变幻的风云，他也不是完全能割舍人情的温暖，谁说他从此就不再留恋他的同类，

> There at least smiles abound,
>
> There discourse trills around,
>
> There, now and then, are found

---

1 贝洛克爵士(1870—1952)，英国作家、政论家和历史学家。

2 爱德蒙·戈斯(1849—1928)，英国作家、文学批评家和文学史家。

3 吉卜林(1859—1926)，英国作家，一九○七年获诺贝尔文学奖。

4 丁尼生 (1809—1892)，英国诗人，一八五○年被封为"桂冠诗人"。

5 威塞克斯，指英国本岛南部的农村地区，是哈代虚拟的地名。哈代有部分小说以该地区为背景，称为"威塞克斯小说"。

Life——loyalties.[1]

我在一九二六年的夏天见到哈代(参看附录的《谒哈代记》)我的感想是——

> 哈代是老了。哈代是倦了。在他近作的古怪的音调里 (这是说至少这三四十年来)我们常常听出一个厌倦的灵魂的低声的叫喊："得，够了，够了，我看够了，我劳够了，放我走罢! 让我去罢?"光阴，人生：他解、他剖、他问、他嘲、他笑、他骂、他悲、他诅，临了他来——求放他早一天走。但无情的铁胳膊的生的势力仿佛一把拧住这不满五尺四高的小老儿，半嘲讽半得意地冷笑着对他说："看罢，迟早有那么一天；可是你一天喘着气你还得做点儿给我看看! "可怜这条倦极了通体透明的春蚕，在暗屋子内茧山上麦柴的空缝里，昂着他的皱瘪的脑袋前仰后翻地想睡偏不得睡，同时一肚子的纯丝不自主地尽往外吐——得知它到那时候才吐得完……运命真恶作剧，哈代他且不死哪! 我看他至少还有二十年活。

我真以为他可以活满一百岁，谁知才过了两年他就去了! 在这四年内我们先后失去了这时代的两个大哲人，法国的法朗士与英国的哈代。这不仅是文学界的损失，因为他俩，各自管领各人的星系，各自放射各人的光辉，分明是十九世纪末叶以来人类思想界的孪立的重镇，他们的生死是值得人们永久纪念的。我说"人类"因为在思想与精神的境界里我们分不出民族与国度。正

1　这几行诗的大意是："那儿至少充满了微笑／那儿人们交读的余音不绝于耳／那儿不时能发现生命的忠实捍卫者。"

《暮年的法朗士》 │ 比耶尔·伦基斯特

本图是一九二一年诺贝尔文学奖得主法朗士的速写像，也许是有感于法朗士的一句话而作的。他说：『千万别借书给别人！我书架上的书多半是从朋友那里借来的！』

如本·琼生[1]说莎士比亚"He belongs to all ages"[2]这些伟大的灵魂不仅是永远临盖在人类全体的上面，它们是超出时间与空间的限制的。我们想念到他们，正如想念到创化一切的主宰，只觉得语言所能表现的赞美是多余的。我们只要在庄敬的沉默中体念他们无涯涘的恩情。他们是永恒的。天上的星。

他们的伟大不是偶然的。思想是最高的职业，因为它负责的对象不是人间或人为的什么，而是一切事理的永恒。在他们各自见到的异象的探检中，他们是不知道疲乏与懈怠的。"我在思想，所以我是活着的。"他们的是双层的生命。在物质生活的背后另有一种活动，随你叫它"精神生活"，或是"心灵生命"或是别的什么，它的存在是不容疑惑的。不是我们平常人就没有这无形的生命，但我们即使有，我们的是间断的、不完全的、飘忽的、刹那的。但在负有"使命"的少数人，这种生命是有根脚、有来源、有意识、有姿态与风趣，有完全的表现。正如一个山岭在它投影的湖心里描画着它的清奇或雄浑的形态，一个诗人或哲人也在他所默察的宇宙里投射着他更深一义的生命的体魄。有幸福是那个人，他能在简短的有尽期的生存里实现这永久的无穷尽的生命，但苦恼也是他的因为思想是一个奇重的十字架，要扛起它还得扛了它走完人生的险恶的道途不至在中途颠仆，决不是一件可以轻易尝试的事。

哈代是一个强者；不但扛起了他的重负；并且走到了他旅程的尽头。这整整七十年(哈代虽则先印行他的小说，但他在早年就热心写诗)的创作生活给我们一些最主要的什么印象？

1　本·琼生(1572—1637)，英国剧作家。曾与莎士比亚分庭抗礼，但莎士比亚死后，他为一六二三年首次出版的莎士比亚戏剧集写了一篇著名的题词，下文引述的对莎士比亚的赞语就出自那篇题词。

2　意即："他属于所有的时代。"

再没有人在思想上比他更阴沉更严肃，更认真。不论他写的是小说，是诗，是剧，他的目的永远是单纯而且一致的。他的理智是他独有的分光镜，他只是，用阿诺德[1]的名言，"运用思想到人生上去"，经过了它的棱晶，人生的总复的现象顿然剖析成色素的本真。本来诗人与艺术家按定义就是宇宙的创造者。雪莱有雪莱的宇宙，贝多芬[2]有贝多芬的宇宙，伦勃朗[3]有伦勃朗的宇宙。想象的活动是宇宙的创造的起点。但只有少数有"完全想象"或"绝对想象"的才能创造完全的宇宙；例如莎士比亚与歌德与但丁[4]。哈代的宇宙也是一个整的。如其有人说在他的宇宙里气候的变化太感单调，常是这阴凄的秋冬模样，从不见热烈的阳光欣快地从云雾中跳出，他的答话是他所代表的时代不幸不是伊丽莎白[5]一类，而是十九世纪末叶以来自我意识最充分发展的时代；这是人类史上一个肃杀的季候——

> It never looks like summer now whatever
>
> weather's there ...
>
> The land's sharp features seemed to be
>
> The century's corpse outleant
>
> The ancient germ and birth
>
> Was shrunken hard and dry,
>
> And every spirit upon earth

1　阿诺德(1828—1888)，英国诗人，批评家，曾任牛津大学诗歌教授。

2　贝多芬(1770—1827)，德国作曲家。

3　伦勃朗(1606—1669)，荷兰画家。

4　但丁(1265—1321)，意大利诗人，文艺复兴时期人文主义思想家。

5　伊丽莎白，这里指英国伊丽莎白一世女王在位的时代，即十六世纪后半期。

Seemed fervourless as I.[1]

真纯的人生哲学，不是空枵的概念所能构成，也不是冥想所能附会，它的秘密是在于"用谦卑的态度，因缘机会与变动，纪录观察与感觉所得的各殊的现象"。哈代的诗，按他自己说，只是些"不经整理的印象"，但这只是诗人谦抑的说法，实际上如果我们把这些"不经整理的印象"放在一起看时，他的成绩简直是，按他独有的节奏，特另创设了一个宇宙，一部人生。再没有人除了哈代能把他这时代的脉搏按得这样的切实，在他的手指下最微细的跳动都得吐露它内涵的消息。哈代的刻画是不可错误的。如其人类的历史，如黑格尔[2]说的，只是"在自由的意识中的一个进展"（"Human history is a progress in the Consciousness of Freedom"），哈代是有功的：因为他推着我们在这意识的进展中向前了不可少的路。

哈代的死应分结束历史上一个重要的时期，这时期的起点是卢梭的思想与他的人格，在他的言行里现代"自我解放"与"自我意识"实现了它们正式的诞生。从《忏悔录》[3]到夫斯基[4]，从尼采到哈代——在这一百七十年间我们看到人类冲动性的情感，脱离了理性的挟制，火焰似的进窜着，在这光炎里激射出种种的运动与主义，同时在灰烬的底里孕育着"现代意识"，病态的、自剖的、怀疑的、厌倦的、上浮的炽焰愈消沉，底里的死灰愈扩大，直到一种幻灭的感觉软化了一切生动的努力，压死了情感，

1　这几行诗的大意是："不管天气如何，那儿似乎不再有夏天……／大地分明的外表像这个世纪的干瘪尸体，／生命的胚芽已趋枯萎，／地球上海一个入都似乎像我一样萎靡不振。"

2　黑格尔（1770—1831），德国哲学家。

3　《忏悔录》，卢梭的一部自传性的著作。

4　夫斯基，指俄国作家陀思妥耶夫斯基(1821—1881)。

麻痹了理智，人类忽然发现他们的脚步已经误走到绝望的边沿，再不留步时前途只是死与沉默。哈代初起写小说时，正当维多利亚¹最昌盛的日子，进化论的暗示与放任主义的成效激起了乐观的高潮，在短时间内盖没了一切的不平与蹊跷。哈代停止写小说时，世纪末尾的悲哀代替了早年虚幻的希冀。哈代初起印行诗集时，一世纪来摧残的势力已经积聚成旦夕可以溃发的潜流。哈代印行他后期的诗集时，这潜流溃发成欧战与俄国革命。这不是说在哈代的思想里我们可以发见这桩或那桩世界事变的阴影。不，除了他应用拿破仑的事迹写他最伟大的诗剧(The Dynasts²)以及几首有名的战歌以外，什么世界重大的变迁哈代只当做没有看见，在他的作品里，不论诗与散文，寻不到丝毫的痕迹。哈代在这六七十年间最关心的还不只是一茎花草的开落、月的盈昃、星的明灭、村姑们的叹息、乡间的古迹与传说、街道上或远村里泛落的灯光、邻居们的生老病死、夜蛾的飞舞与枯树上的鸟声？再没有这老儿这样的鄙塞，再没有他这样的倔强。除了他自己的思想他再不要什么伴侣。除了他本乡的天地他再不问什么世界。

但如其我们能透深一层看，把历史的事实认作水面上的云彩，思想的活动才是水底的潜流，在无形中确定人生的方向，我们的诗人的重要正在这些观察所得的各殊的现象的纪录中。在一八七〇年的左右他写——

"Makind shall ceases. So let it be." I said to love.³

在一八九五年他写——

1　维多利亚，英国女王(1837—1901)。在位期间，英国大量扩展海外殖民地，取得世界贸易和工业的垄断地位，是英国历史上的"黄金时代"。

2　The Dynast，即《列王》。

3　意为："'人类终将消亡。随它去吧。'我对所爱的人说。"

这是一幅讽刺拿破仑的漫画，表现的是拿破仑被流放到圣赫勒拉岛后的情形。

《我抽烟，为我的罪孽哭泣》

> If way to the better there be, it exacts a full look at the worst
> ……[1]

在一九〇〇年他写——

> That I could think there trembled through his happy good-night
> air Some blessed Hope, where of he knew and 1 was unaware.[2]

在一九二二年他写——

> The greatest Of things is charity……[3]

哈代不是一个武装的悲观论者，虽然他有时在表现上不能制止他的愤慨与抑郁。上面的几节征引可以证见就在他最烦闷最黑暗的时刻他也不放弃他为他的思想寻求一条出路的决心——为人类前途寻求一条出路的决心。他的写实，他的所谓悲观，正是他在思想上的忠实与勇敢。他在一九二二年发表的一篇诗序说到他作诗的旨趣，有极重要的一段话：——

> … That comments on where the world stands is very much
> the reverse or needless in these disordered years of a prematurely
> afflicted century: that amendment and not madness lies that way…
> that whether the human and kindred animal races survive till the
> exhaustion or destruction of the globe, of whether races perish and
> are succeeded by others before that conclusion comes, pain to all
> upon it, tongued or dumb, shall be kept down to minimum by

---

1 意为："倘如还有通向更好的生活之路，那么就迫切需要充分认识最糟的生活状态……"

2 意为："我可以想见，在他如道晚安一般欢快的曲调中，颤抖着某种祈福的希望，对这希望他熟悉而我却一无所知。"这段话引自哈代的《黑暗中的画眉》，文中的"他"指画眉。

3 意为："最伟大的是博爱。"

Loving-kindness, operating through scientific knowledge, and actuated by the modicum of free will conjecturally possessed by organic life when the mighty necessitating forces unconscious or other, that have the "balancing of the cloud" happen to be in equilibrium, which may or may not be often.

简单地意译过来，诗人的意思是如此。第一他不承认在他著作的背后有一个悲观的厌世的动机。他只是做他诗人与思想家应做的事——"应用思想到人生上去"。第二他以为如其人生是有路可走的，这路的起点免不了首先认清这世界与人生倒是怎么一回事。但他个人的忠实的观察不幸引起一般人的误解与反感。同时也有少数明白人同情他的看法，以为非得把人类可能的丑态与软弱彻底给揭露出来，人们才有前进与改善的希望。人们第一得劈去浮嚣的情感，解除各式的偏见与谬解，认明了人生的本来面目再来说话。理性的地位是一定得回复的。但单凭理智，我们的路还是走不远。我们要知道人类以及其他的生物在地面上的生存是有期限的。宇宙间有的是随时可以消灭这小小喘气世界的势力，我们得知哪一天走？其次即使这台戏还有得一时演，我们在台上一切的动作是受一个无形的导演在指挥的。他说的那些强大的逼迫的势力就是这无形的导演。我们能不感到同类的同情吗？我们一定得纵容我们的恶性使得我们的邻居们活不安稳，同时我们自己也在烦恼中过度这简短的时日吗？即使人生是不能完全脱离苦恼，但如果我们能彼此发动一点仁爱心、一点同情心，我们未始不可以减少一些哭泣，增加一些喜笑，免除一些痛苦，散布一些安慰？但我们有意志的自由吗？多半是没有。即使有，这些机会是不多的，难得的。我们非得有积极的准备，那才有希望利用偶有的机缘来为我们自己谋一些施展的余地。科学不是人类的一种胜利吗？但也得我们做人的动机是仁爱不是残暴，是互助不是互杀，那我们才可以安心享受这伟大的理智的成功，引导我们的生活往更光明更美更真的道上走。这是我们的诗人的"危言"与"庸言"。他的话是重实的、是深长的，虽则不新颖、不奇特，他的只是几句老话，几乎是老婆子话。这一点是耐寻味的，我们想想托尔斯泰的话，罗曼·罗兰的话，泰戈尔的话，罗素的话，不论他们各家的出发点怎样的悬殊，他们的结论是相调和相呼应的，即使不是完全一致的。他们的柔和的声音永远叫唤着人们天性里柔和的成分，要它们醒起来，凭着爱的无边的力量，来扫除种种障碍，我们相爱的势力，来医治种种激荡我们恶性的狂疯，来消灭种种束缚我们的自由与污辱人道尊严的主义与宣传。这些宏大的音声正比是阳光一样散布在地面上，它们给我们光，给我们热，给我们新鲜的生机，给我们健康的颜色，但正因为它们的大与普遍性，它们的来是不喧哗不嚣张的。它们是在你的屋檐上，在那边山坡上，在流水的涟漪里，在情人们的眉目间。它们就在你的肘边伺候着你，先生，只要你摆脱你的迷惑，移转你的视线，改变你的趣向，你知道这分别有多大。有福与美艳是永远向阳的葵花，人们为什么不？

勃朗宁夫人的情诗[1]

一

"伟大的灵魂们是永远孤单的"。不是他们甘愿孤单,他们是不能不孤单。他们的要求与需要不是寻常人的要求与需要;他们评价的标准也不是寻常的标准。他们到人间来一样的要爱、要安慰、要认识、要了解。但不幸他们的组织有时是太复杂太深奥太曲折了,这浅薄的人生不能担保他们的满足。只有生物性生活的人们,比方说,只要有饭吃,有衣穿,有相当的异性配对,他们就可以平安地过去,再不来抱怨什么、惆怅什么。一个诗人,一个艺术家,却往往不能这样容易对付。天才是不容易伺候的。在别的事情方面还可以迁就,配偶这件事最是问题。想象你做一个大诗人或大画家的太太(或是丈夫,在男女享受平等权利的时候!)你做到一个贤字,他不定见你情,你做到一个良字,他不定说你对,他们不定要生活上的满足,那他们有时尽可随便,他们却想象一种超生活的满足,因为他们的生活不是生根在这现象的世界上。你忙着替他补袜子,端整点心,他说你这是白忙,他破的不是袜子,他饿的不是肚子!这样的男人(或是女人)真是够别扭的,叫你摸不着他(或她)的脾胃。他快活的时候简直是发疯,也许

1　勃朗宁夫人 (1806—1861),英国女诗人,她是诗人罗伯特·勃朗宁的妻子。本文原刊于一九二八年三月《新月》第一卷第一期。

当着人前就搂住了你亲吻，也不知是为些什么。他发愁的时候一只脸绷得老长，成天可以不开口，整晚可以不睡，像是跟谁不共天日地的过不去，也不知是又为些什么。一百个女人里有九十九喜欢她们的丈夫是明白晓畅一流，说什么是什么，顾室家，体惜太太，到晚上睡着了就开着嘴甜甜地打呼。谁受得了一个诗人，他——

> ... Wants to know,
>
> What one has felt from earliest days,
>
> Why one thought not in other ways,
>
> And one's loves of long ago.

因此室家这件事在有天才的人们十九是没有幸福的。"我不能想象一个有太太的思想家。"尼采说。怎怪得很多的大艺术家，比如达·芬奇[1]与米开朗基罗[2]，终身不曾想到过成家？他们是为艺术活着的，再没有余力来敷衍一个家。就是在成家的中间，在全部思想文艺史上，你举得出几个人在结婚这件事上说得到圆满的。拜伦的离婚，他一生颠沛的张本，就为得他那太太只顾得替他补袜子端整点心。歌德一生只是浮沉在无定的恋爱的浪花间，但他的结婚是没有多大光彩的。卢梭先生捡到了一个客寓里扫地的下女就算完事一宗。海涅[3]的玛蒂尔代又是一个不认字的姑娘，

1　达·芬奇 (1452—1519)，意大利文艺复兴时期画家、雕塑家、工程师、科学家、发明家。

2　米开朗基罗 (1475—1564)，意大利文艺复兴时期雕塑家、画家。

3　海涅 (1797—1856)，德国诗人、政论家。

本图刻画的是年轻的歌德与弗里德里克·布里昂告别的情景。她使他获得写早期抒情诗的灵感，可是他后来却离弃了她。

《多情的歌德》 | 尤金·克林姆希

虽则她的颜色足够我们诗人的倾倒。史文朋[1]孤独了一生，济慈为了一个娶不着的女人呕血。卡莱尔[2]蒙着了一个又俊又慧的洁癖韦尔许，但他的怪癖只酿成了一个历史上有名不快活的家庭。这一路的人真难得知道幸福的。

二

本来恋爱是一件事，夫妻又是一件事。拿破仑说结婚是恋爱的埋葬。这话的意思是说这两件事儿是不相容的。这不是说夫妻间就没有爱。世上尽有十分相爱的夫妻。但"浪漫的爱"，它那热度不是不寻常温度表所能测量的，却是另一回事。比如罗密欧与朱丽叶那故事。它那动人，它那美，它那力量，就在一个惨死。死是有恩惠的，它成全了真有情人热情的永恒，朱丽叶要是做了罗密欧太太，过天发了福，走道都显累赘，再带着一大群的儿女，那还有什么意味？剧烈的东西是不能久长的：这是物理。由恋爱而结婚的人当然多的是，但谁能维持那初恋时一股子又泼辣又猖獗像是狂风像是暴雨的热情？结婚是成家。家本身就包涵有长久，即使不是永久的意义。有家就免不了家务、家累，尤其免不了小安琪儿们的降生。所以全看你怎样看法。如其现代多的是新发明的种种人生观，恋爱观的种类也不得单简。最发挥狭义的恋爱观的要算是戈蒂埃[3]的马斑小姐，她只准她的情人一整宵透明的浓艳的快乐，算是彼此尽情的还愿，不到天晓她就偷偷地告别，一辈子再不许他会面，她的唯一的理由就是要保全那"浪

1　史文朋（1837—1909），英国诗人。
2　卡莱尔(1795—1881)，英国作家、哲学家。
3　戈蒂埃(1811—1872)，法国诗人、小说家、批评家。

《罗密欧与朱丽叶》 | 弗兰克·狄克西爵士

漫的热恋"的晶莹的印象。一往下拖就毁！但是话说回来，这类的见解，虽则美，当然是窄，有时竟有害，为人类繁衍的大目标计，是不应得听凭蔓延的。爱是不能没有的，但不能太热了。情感不能不受理性的相当节制与调剂。浪漫的爱虽则是纯粹的吕律格，但结婚的爱也不一定是宽弛的散文。靠着在月光中泛滥的白石栏杆，散披着一头金黄的发丝，在夜莺的歌声中吸呼情致的缠绵，固然是好玩，但带上老棉帽披着睡衣看尊夫人忙着招呼小儿女的鞋袜同时得照料你的早餐的冷热，也未始没有一种可寻味的幽默。露水甜，雨水也不定是酸。

假如更进一步说，一对夫妻的结合不但是渊源于纯粹的相爱，不是肤浅的颠倒，而是意识的心性的相知，而且能使这部纯粹的感情建筑成一个永久的共同生活的基础，在一个结婚的事实里阐发了不止一宗美的与高尚的德性，哪一对夫妻怕还不是人类社会一个永久的榜样与灵感？

三

但不幸这类完全的夫妻在人类社会上实在是难得，虽则恋爱与结婚同是普遍而且普通的一回事。好夫妻，贤孟梁，才子佳人，福寿双全子孙满堂的老伉俪，当然是有，多的是，但要一对完全创造性的配偶，在人类进化史上划高一道水平线，同时给厌世主义者一个积极的答复，哪里有？男子间常有伟大的友谊，例如歌德与席勒的，他们那彼此相互的启发与共同擎举的事业是一个永远不可磨灭的灵感。夫妻呢？

在女子在教育上不曾得到完全的解放，在社会不得到与男子平等的地位，我们不能得到一个正确的夫妇的观念。在一个时候抢亲曾是一种很普遍的现象，是野蛮时代的遗风。

《劫掠萨宾女子》 ｜ 意大利 ｜ 科尔托纳

女性是战利品，在又一个时候女性是玩物。在一个时候女性是装饰、是奢侈品，在又一个时候女性是家奴。在所有的时候女性是"母畜"，她的唯一的使命与用处是为人类传种。因此人类的历史是男性的光荣，它的机会是男性的专利。直到最近的百年前，跟着一般思想的解放，女性身上的压迫方始有松放的希冀，又跟着女权的运动，婚姻的观念方始得到了根本的修正，原先的谬误渐次在事实的显著中消失。

这是一件大事，因为女性的解放不仅给我们文化努力一宗新添的力量，它是我们理想中合理生活的实现的一个必要条件。夫妻是两个个性自由的化合；这是最密切的伙伴，最富创造性的一宗冒险。

四

诗人勃朗宁与伊丽莎白·巴雷特[1]的结合是人类一个永久的纪念。如其他们结婚以前的经过是一叶薰香的恋迹；他们结婚以后的生活一样是值得我们的赞美。如其他们彼此感情的交流是不涉丝毫强勉，他们各自的忍耐与节制同样是一宗理性的胜利。如其这婚姻使他们二个完全实现这地面上可能的幸福，他们同时为蹒跚的人类立下了一个健全的榜样。他们使我们艳羡，也使我们崇仰，他们的不是那猥琐的局促的一流。如其勃朗宁在这段情史中所表见的品格是男性的高尚与华贵，勃夫人的是女性的坚贞与优美与灵感。他们完全实现了配偶的理想，他们是一对理想的夫妻。

勃朗宁是一个比较晚成的诗人，在他同时期的丁尼生[2]诗名

---

1 伊丽莎白·巴雷特，即勃朗宁夫人的名字。
2 丁尼生 (1809—1892)，英国诗人，一八五〇年被封为"桂冠诗人"。

勃朗宁夫妇俩都是诗人，是英国文学史上的一对著名伉俪，另一对是雪莱夫妇。

勃朗宁夫妇

炫耀全国的时候认识他的天才只有少数的几个人，例如约翰·穆勒[1]与诗人画家罗赛蒂[2]，他在大英博物院中亲手抄缮勃朗宁的第一首长诗。但他的诗，虽则不曾入时，已经有幸运得着了伊丽莎白·巴雷特的深闺中的认识与同情。同时勃朗宁也看到了巴雷特的诗，发见她引用他自己的诗句，这给了他莫大的愉快。这是第一步。经由一个父执的介绍，巴雷特是他的表妹，勃朗宁开始与她未来的夫人通信。巴雷特早年是极活泼的一个女孩，但不幸为骑马闪损了脊骨，终年困守在她楼上的静室里，在一只沙发上过生活，莎士比亚与古希腊的诗人是她唯一的慰藉。她有一个严厉的经商的父亲，但她的姊妹是与她同情并且随后给她帮助的。她有一个忠心的女仆叫威尔逊，一只更忠心的狗叫佛露喜。她比勃朗宁大至六岁，与他开始通信的那年已是三十九岁。

你们见过她的画像的不能忘记她那凝注的悲怆的一双眼，与那蓬松的厚重的两鬓垂鬈。她的本来是无欢的生活。一个废人，一个病人，空怀着一腔火热的情感与希有的天才，她的日子是在生死的边界上黯然地消散着。在这些黯惨的中间造化又给她一下无情的打击，她的一个爱弟，无端做了水鬼，这惨酷的意外几于把她震成一种失心的狂痫，正如近时曼斯菲尔德也有同样的悲伤。她是一个可怜人，哀愁与绝望是人生给她的礼物。

但这哀愁与绝望是运定不久长的。当代她最崇拜的一个诗人开始对她谦卑地表示敬意，她不能不为他的至诚所感动。在病榻上每日展读矫健敦笃的来书，从病榻上每日邮送郑重绰约的去缄。彼此贡献早晚的灵感，彼此许诺忠实的批评。由文学到人生，由兴会到

1　约翰·穆勒 (1806—1873)，英国哲学家、逻辑学家。

2　罗赛蒂 (1828—1882)，英国画家、诗人。

性情，彼此发现彼此开始在是一致的同心。在不曾会面以先，他俩已经听熟了彼此的声音——不可错误的性灵的声音。

这初期五个月密接的通信，在她感到一种新来的光明驱散了她生活上的暗塞，在他却是更深一层的认识。这还不是她理想中的伴侣？没有她人生是一个伟大的虚无，有了她人生是一个实现的奇迹，他再不能怀疑，这是造化恩赐给他的唯一的机缘。她准许他去见她，在她的病房中，他见着了她，可怜的瘦小的病模样，蜷伏在她的沙发上，贵客来都不能欠身让坐！他知道这是不治的病，但他只感到无限的悲怜。他爱她，他不能不爱她。在第一次会见以后，伟大的勃朗宁再不能克制他的爱情。他要她。他的尽情倾吐的一封信给了温坡尔街五十号的病人一次不预期的心震，一宵不眠的踌躇。到早上她写回信，警告他再要如此她就不再见他。伟大的勃朗宁这次当真红了脸，顾不得说谎，立即写信谢罪，解释前信只是感激话说过了分，请求退还原函(他生平就这一次不说真话)。信果然退了回来，他又带着脸红立即给毁了去(他们的通信单缺了这一封，这使勃夫人事后颇感到懊怅的)。这风险过去，他们重复回到原先平稳的文字的因缘。巴雷特准许他的朋友过时去看她，同时邮梭的投织更显得殷勤，他讲他的意大利忻快的游踪，但她酬答他的只有她的悲惨的余生——这不使他感到单调吗？他们每周会面的一天是他俩最光亮的日子。他那时住在伦敦的近郊。这正是花香的季候，乡间的清芬，黄的玫瑰，紫的铃兰，相继在函缄内侵入温斐尔街五十号的楼房。巴雷特的感情也随着初秋的阳光渐渐地成熟。她不能不把她心里的郁积——她的悲哀，她的烦闷——缓缓地流向她唯一朋友的心里。他的感激又是一度的过分，但他还记得他三月前的冒昧，既然已经忍何妨忍

勃朗宁给巴雷特的信

耐到底。他现在早已认定，无上的幸福是他的了。她不能一天不接他的信，她不能定心，她求他"一行的慈善"，她的心已经为他跳着了。但她还不能完全放开她的踌躇。她能承受他的爱吗?这是公平吗?他，一个完全的丈夫。她，一个颓废的病人。他能不白费他的黄金吗?这砂留得住这清泉吗?她是一个对生命完全放弃的人，幸福，又是这样的幸福，这念头使她忖着时都觉得眩晕。但这些不是阻难，在他只求每天在她的身旁坐一小时，承受她的灵感，写他的诗，由此救全他的灵魂，他还有什么可求的?不，她即使是永远残废都不成问题，他要的只是性灵的化合。她再不能固执，再不能坚持，她只求他不要为她过分迁就，她如其有命，这命完全是他一手救活的，对他她只有无穷的感恩。她准许他用她的乳名称呼!

五

现在唯一的困难就只巴雷特的家庭，她的父亲。他不能想象他女儿除了对上帝和他自己的忠贞还能有别的什么感情的活动。他是一个无可通融的人。他唯一的德性是他每天非得到下午六点不得回家，这一点他的女儿们都是知感的。巴雷特想到南方去，地中海的边沿，阳光暖和处去养息身体，因为她现在的生命是贵重的了。从死的黑影里劫出来，幸福已经不是不可能的梦想了。但她的父亲如何能容她有这种思想。她只要一开口这狮子就会叫吼得一屋子发震。她空怀着希望，却完全没有主意。她的朋友是永远主张抵御恶的势力的，他贡献他的勇敢，他建议积极的动作。巴雷特不能不信任他那雄健的膀臂与更雄健的意志。同时他俩的感情也已经到了无可再容忍的程度。至少在文字上他们再不

比萨斜塔

能防御真情的泛滥。纯粹的爱在了解的深处流溢着。他们这时期的通信不再是书柬，不再是文字，是——"一对搏动的心"。从黑暗转到光明，从死转到爱，从残废的绝望转到健康的欢欣，爱的力量是一个奇迹，等到第二个春天回来的时候巴雷特已经恢复她步履的愉快，走出病室的囚困，重享呼吸的清新。在阳光下，在草青与花香间，在禽鸟的歌声中，她不能不讶异生活的神秘，不能不膜拜造化的慈恩。他给她的庄严的爱在她的心中像是一盘发异香的仙花，她是在这香息中迷醉了。正如他的玫瑰，他的铃兰曾经从乡间输入她的深闺，她这时也在和风中为他亲手采撷浓蕊的蝴蝶花。在这些甜蜜的时光的流转中，她的家庭的困难一天严重似一天，她的父亲的颠顸是无法可想的，这使情人们不得不立即商量一条干脆的出路，他们决意走。到意大利去，他俩的精神的故乡。他们先结了婚，在一个隐僻的教堂里，在上帝的跟前永远合成了一体；再过了几天他俩悄悄地离别了岛国，携着忠心的威尔逊与更忠心的佛露喜，投向自由的大陆，攀度了阿尔卑斯，在阿诺河入海处玲珑的比萨[1]城中小住，随后又迁去翡冷翠，在那有名的Casa Guidi中过他们无上的幸福的生活。

六

这无上的幸福有十五年的生命，在这十五年中他俩不知道一天的分离。他们是爱游历的，在罗马与巴黎与伦敦间他们流转着他们按季候的踪迹。勃夫人，本来一个沙发上的废人，如今是一个健游者，巴黎是她的"软弱"，意大利是她的"热情"，她也

1　比萨，意大利西海岸的一座古城，城中有建于十二世纪的著名的比萨斜塔。

能登山，也能涉水。她的创作的成绩也不弱于她的"罗伯特"[1]，虽则她是常病，有时还得收拾她的"盆"[2]儿的嘴脸与袜鞋。他俩的幸福正是英国文学的幸福。罗伯特在他的"巴"[3]的天才的跟前，只是低头，他自己即使有什么成就，那都是她的灵感。"盆"儿是他们最大的欢欣，忠心的佛露喜也给他们不少的快乐。在交友上他们也是十分幸运的。勃朗宁的刚健与博大，他夫人的率真与温驯，使得凡是接近他们的没有不感到深彻的愉快。出名坏脾气的卡莱尔，"狂窜的火焰"似的老诗人兰多[4]（Savage Landor），伟大的罗斯金[5]，美秀的罗赛蒂弟兄，都一致地倾倒这一双无双的佳偶。罗赛蒂最说得妙，他说他就奇怪"那两个小小的人儿(指勃氏夫妇)何以会得包容真实世界的那么多的一部分，他们在舟车上占不到多大的位置，在客寓里用不到一只双人床?"他们所知道的唯一的悲伤与遗憾就只勃朗宁的母亲的死和勃夫人父亲的倔强，他们的幸福始终得不到他的宽恕。勃夫人对意大利的自由奋斗有最热烈的同情，也正当意大利得到完全解放的那一年———一八六———勃夫人和她的罗伯特永诀。如其她在生时实现了人生的美满，她的死更是一个美满的纪录。她并没有什么病痛，只是觉得倦，临终的那一晚她正和勃朗宁商量消夏的计划。"她和他说着话，说着笑话，用最温存的话表示她的爱情；在半夜的时候，她觉得倦，她就偎倚在勃朗宁的手臂上假寐着。在几分钟内，她的头垂了下来。他以为她是暂时的昏晕，但她是

---

1 罗伯特，勃朗宁的名字。
2 "盆"，指诗歌，英语poem一词谐趣的音译。
3 "巴"，指勃朗宁夫人巴雷特。
4 兰多（1775—1864），英国诗人，著有《想象的对话》等。
5 罗斯金（1819—1900），英国政论家、文艺批评家。

这是勃朗宁夫妇在世时的手模。一八五三年由他们的朋友哈里埃特·侯斯默制作。勃朗宁夫人在夫君的怀里安祥地永远睡去，他们的爱情像个美丽的童话甚至神话。

勃朗宁夫妇的手模

去了，再不回来。"那临终时一些温存的话是勃朗宁终身的神圣的纪念。她最后的一句话，回答勃朗宁问她觉到怎么样，是一单个无价字——"Beautiful"！"微笑的，快活的，容貌似少女一般"，她在她情人的怀抱中瞑目。

七

美！苦闷的人生难得有这样完全的美满！这不仅是文艺史的一段佳话，这是人类史上一次光明的纪录。这是不可磨灭的。这是值得永久流传的。但这段恋史本身固然是可贵，更可贵的是勃夫人留给我们那四十四首十四行诗（The Sonnets from the Portuguese）。在这四十四首情诗里勃夫人的天才凝成了最透明的纯晶。这在文学史上是第一次一个女子澈透地供承她对一个男子的爱情，她的情绪是热烈而抟聚的，她的声音是在感激与快乐中颤震着，她的精神是一团无私的光明。我们读她的情诗，正如我们读她的情书，我们不觉得是窥探一种不应得探窥的秘密，在这里正如在别的地方，真诚是解释一切，辩护一切，洁化一切的。她的是一种纯粹的热情，她的来源是一切人道与美德的来源，她的是不灭的神圣的火焰，只有勃夫人才能感受这些伟大的情绪，也只有她才能不辜负这些伟大的情绪。这样伟大的内心的表现是希有的。

关于那四十四首诗也还有一小段的佳话。勃夫人发心写这一束情诗大约是在她秘密结婚以前，也许大半还是在她那楼房里写的。她不让勃朗宁知道她的工作，她只在一次通信上隐隐地提过，"将来到了比萨"，她说，"我再让你看我现在不给你看的东西"。他们夫妇俩写诗的工作是划清疆界的。在一首诗完成以

《十二岁的巴雷特》 | 英国 | 威廉·阿斯透德

前，谁都不能要求看谁的。在比萨那时候，勃夫人的书房是在楼上，照例每天在楼下吃过早饭，她就上楼去做工，让他在楼下做他的。有一天早上勃夫人已经上楼去，勃朗宁正站在窗前看街，他忽然觉得屋子里有人偷偷地走着，他正要回头，他的身子已经叫他夫人给推住了，叫他不许动，一面拿一卷纸塞在他的口袋里。她要他看一遍，要是不喜欢就把它撕了，话说完就逃上了楼去。这卷纸就是她那一束的情诗。勃朗宁看过了就直跳了起来，说：她不但是给了他一份无价的礼物，她是给人类创造了一种独一的至宝。因此他坚持她有公开这些诗的必要。最早的单印本是一八四七年在李亭地方印的送本，书面上写着——Sonnets by E.B.B.[1] 一八五〇年的印本才改称"Sonnets from the Portuguese"，那是勃朗宁的主意。他特别挑葡萄牙因为她有过一首诗"Catarfina to Camoens"是讲葡萄牙的一段故事，他又常把夫人叫做"我的小葡萄牙人"。这四十四首情诗现在已经闻一多先生用语体文译出。这是一件可纪念的工作。因为"商籁体"[2]（一多译）那诗格是抒情诗体例中最美最庄严、最严密亦最有弹性的一格，在英国文学史上从托马斯·怀亚特爵士[3]（Sir Thomas Wyatt）到阿瑟·西蒙斯[4]（Arthur Symons）这四百年间经过不少名手的应用，还不曾穷尽它变化的可能。这本是意大利的诗体彼得拉克[5]（Petrarch）的情诗多是商籁体，在英国怀亚特与石垒伯爵[6]（Earl of Sarrey）最初

1　E.B.B.即伊丽莎白·巴雷特·勃朗宁的姓名缩写。

2　商籁体，即十四行诗，商籁是英语sonnet的音译。

3　托马斯·怀亚特爵士(1503—1542)，英国诗人。

4　阿瑟·西蒙斯 (1865—1945)，英国文学批评家、诗人。

5　彼得拉克 (1304—1374)，意大利诗人，文艺复兴时期人文主义思想家。

6　石垒伯爵，未详。

彼得拉克的诗歌以两类闻名于世：一类是歌唱故乡山水的十四行诗和谣曲；一类是献给其理想中的情人『劳拉』的情诗。本图便是劳拉的画像。

《彼得拉克的"劳拉"》

试用时是完全仿效彼得拉克的体裁与音韵的组织，这就叫做彼得
拉克商籁体。后来莎士比亚也用商籁体写他的情诗，但他又另创
一格，韵的排列与意大利式不同，虽则规模还是相仿的，这叫做
莎士比亚商籁体。写商籁体最有名的，除了莎士比亚自己与斯宾
塞[1]，近代有华滋华斯[2]与罗赛蒂，与艾丽丝·梅内尔夫人[3]，最近
有沙孟士。勃夫人当然是最显著的一个。她的地位是在莎士比亚
与罗赛蒂的中间。初学诗的很多起首就试写商籁体，正如我们学
做诗先学律诗，但很少人写得出色，即在最大的诗人中，有的，
例如雪莱与勃朗宁自己，简直是不会使用的(如同我们的李白不会
写律诗)。商籁体是西洋诗式中格律最谨严的，最适宜于表现深沉
的盘旋的情绪。像是山风，像是海潮，它的是圆浑的有回响的声
音。在能手中它是一只完全的弦琴，它有最激昂的高音，也有最
呜咽的幽声。一多这次试验也不是轻率的，他那耐心先就不易，
至少有好几首是朗然可诵的。当初怀亚特与石垒伯爵既然能把这
原种从意大利移植到英国，后来果然开结成异样的花果，我们现
在，在解放与建设我们文学的大运动中，为什么就没有希望再把
它从英国移植到我们这边来？ 开端都是至微细的，什么事都得人
们一半凭纯粹的耐心去做。为要一来宣传勃夫人的情诗，二来引
起我们文学界对于新诗体的注意，我自告奋勇在一多已经锻炼的
译作的后面加上这一篇多少不免蛇足的散文。

---

1 斯宾塞 (1552—1599)，英国文艺复兴时期诗人。

2 华滋华斯 (1770—1850)，英国诗人，湖畔诗派代表人物之一。

3 艾丽丝·梅内尔夫人(1847—1922)，英国女诗人、散文作家。

第一首

我们已经知道在勃朗宁还不曾发见她的时候，勃夫人是怎样一个在绝望中沉沦着的病人。她简直是一个残废。年纪将近四十，在病房中不见天日，勃夫人自忖与幸福的人生是永远断绝缘分了的。但她不是寻常女子，她的天赋是丰厚的，她的感情是热烈的。像她这样人偏叫命运给"活埋"在病房中，够多么惨！勃朗宁对她的知遇之感从初起就不是平常的，但在勃夫人，这不仅使她惊奇，并且使她苦痛。这个心理是自然的，就比是一个瞎眼的忽然开眼，阳光的刺激是十分难受的。

在这第一首诗里她说她自己万不料想的叫"爱"给找到时的情形，她说的那位希腊诗人是忒奥克里托斯[1]（Theocritus）。他是古希腊文化最迟开的一朵鲜花。他是雪腊古市人，但他的生活多半是西西利岛上过的。他是一个真纯乐观的诗人。在他的诗里永远映照着和暖的阳光，回响着健康的笑声。所以勃夫人在这诗里说她最初想起那位乐观诗人，在他光阴不是一个警告因为他随时随地都可以发见轻松的快活的人生。春风是永远骀荡的，果子永远在秋阳中结实，少也好，老也好，人生何处不是快乐。但她一转念想着了她自己。既然按那位诗人说光阴是有恩有惠的，她自己的年头又是怎样过的呢。她先想起她的幼年，那时她是多活泼的一个孩子，那些年头在回忆中还是甜的，但自从她因骑马闪成病废以来她的时光不再是可爱，她的一个爱弟又叫无情的水波给吞了去，在这刃击下她的日子益发显得黯惨，到现在在想象中她只见她自己的生命道上重重地盖着那些怆心的年份的黑影，她不由

1　忒奥克里托斯(约公元前310—公元前250)，古希腊诗人，牧歌的创始人，他的诗被称作"田园诗"。

巴雷特的出生地

科克斯霍尔大厦是伊丽莎白·巴雷特的出生地·一九五二年大厦被毁·本照片摄于一九〇〇年。

的悲不自制了。但正在这悲伤的时候她忽然觉到在她的身后晃动着一个神秘的形象，它过来一把拧住了她的头发直往后拉。在挣扎中她听着一个有权威的声音——"你猜猜，这是谁揪住你？"是"死吧"她说，因为她只能想到死。但是那"银钟似"的声音的答话更使她奇特了，那声音说——"不是死，是爱。"

第二首

这一声银钟似的震荡顿时使她从悲惋的迷醉中惊醒。她不信吗？不，她不能不信，这声音的充实与响亮不能使她怀疑。那么她信吗？这又使她踌躇。正如一个瞎眼的重见天日，她轻易还不能信任她的感觉。她的理性立时告诉她："这即使是真，也还是枉然的。你想你能有这样的造化吗？运命，一向待你苛刻的运命，能骤然地改变吗？""枉然的"，她想不错，虽则爱乔装了死侵入了她的深闺，他还是不能留的。爱不能留，因为运命不许——造物不许，所以在这首诗里她说在爱开口的时候只有三个人听见，说话的你，听话的我，再就是无所不在的上帝。在她还不曾从初起的惊疑中苏醒，她似乎听到在她与他中间的上帝已经为他们下了案语。他说："你配吗？"她顿时觉得这句刺心的话黑暗似的障住了她的眼，这使她连睁眼对爱一看的机会都给夺去了。她巴望她自己还是死了的好，死倒也罢了：这活着受罪，已然见到光明还得回向黑暗的可怖，是太难受了。但上帝的是无上的权威，他喝一声"不行"，比别的什么阻难更没有办法。人间的阻隔是分不了我们的，海洋的阔大不能使我们变异，风雨的暴戾也不能使我们软弱。任凭地面上的山岭有多么高，我们还得到天空里去携手。即使无际的天空也来妨碍我们的结合，我们也还

《无花果树》 | 勃朗宁夫人

这幅《无花果树》画的是勃朗宁夫人最喜爱的一棵无花果树，一八六〇年作于锡耶纳。勃朗宁在画的右边标注说：『这是她最后一次在树下坐时画的。第二天我们就离开了。

得超出天空到更辽远的星海中去实现我们的情爱。

第三首

所以不是阻碍，那不是情人们所怕的，但我还得凭理性来忖忖这句话"你配吗"？我配吗？我现在已然见到了你，我不能不把事实的真相认一个清切。你爱我，不错，但是，我的贵人，我俩实在不是一路上的人！我们的生活，我们的归宿，都不是一致的，即使我们曾经彼此相会，呵护你的与我的两个安琪儿们彼此是不相认的，在他们的翅膀相与交错时，他俩都显着诧异，因为我们本来是走不到一起的。你想，你自己是何等样人，我如何能攀附得着你的高贵？你是王后们的上宾，在她们的盛大的筵会上，你是一个崇仰与爱慕的目标，几百双的妙眼都望着你(它们要比我的泪眼更显得光亮)，要求你施展你的吟咏的天才。这样的你与我又有什么相关，我是一个穷苦的、疲倦的、流浪的唱唱儿，偎倚着一棵苍劲的翠柏，在黑暗中歌唱着凄凉的音调，你站在那灯光明艳的窗子里边望着我，你是什么意思，能有什么意思？在你前额上涂着的是祝福的圣油，——在我就有冰凉的露水。那样的你，这样的我，还有什么说的？在生前是无望的了，除非到了死，那平等一切的死，我们才有会合的希望。

第四首

你是一个大诗人，一个高雅的歌者，只有华丽的宫院才配款留你的踪迹。你是人中的凤，为要看着你从腴满的口唇吐露异样的清商，舞女们不由得翘企着她们的脚踵。这些才是你的去处，你为什么偏要到我的门外来徘徊?我的是卑陋的门庭，怎当得起大驾的枉顾？ 你难道当真舍得漫不经心地让你的妙乐掉落在我的门前，浪费你黄金比价的诗才？ 你不信时抬头来看这是一个什么的所在。屋子是破烂的，窗户是都叫风雨侵蚀坏了的，小心这屋橼间飞袭出怪状的蝙蝠与鸱鸦，因为它们是在这里做家的。你有你的琵琶，我这里，可怜，只有慰情长夜的秋虫。请你再不要弹唱了，因为响应你的就只一些荒凉的回音，你唱你的去吧，我的心灵深处有一个声音在悲泣着，孤独的，寂寞的。

第五首

到上首为止诗的音调是沉郁与凄伧。一份炫耀的至礼已经献致在她的跟前，但她能接受吗？她的半墓穴似的病室能霎时间容受这多的光辉与温暖吗？她已经忍着心痛低喊了一声"挡驾"，但那位拜门的贵人还是耐心地等候着。他这份礼是送定了的。他的坚决，他的忍耐，尤其是他的诚意，不能不使她踌躇。从这首诗起我们可以看出她的情绪，像一弯玲珑的新月，渐渐地在灰色的背幕里透露出来。但她还得逼紧一步。这回她声音放大了，她仿佛说，"你再不躲开，将来要有什么懊悔，你可赖不了我！我的话是说完了的。"最初她是万想不到爱会得找着她，她想到的只有死，她第一个念头以为这只是运命的一种嘲讽，她如何再能接近爱，但爱的迫切再不能使她疑惑，那么是真的，她非但不曾走入死道，在她跟前站着的的确是爱。她非但听清了它的声音，她也认清了它的面目。她又一转念这还是白费，她如何能收受它，她与他什么都是悬殊的。但爱只当没有听见她的话，一双手还是对她伸着。她有点儿动了。但她还得把话说明白了。爱如果一定要她，她也未始不知道感激，她可不能让他误会，她不是不

这两张照片都是一八六〇年在罗马拍摄的，左边的一张是勃朗宁夫人与儿子佩恩，右边那张是勃朗宁。看上去佩恩的服饰更符合他母亲的口味。

勃朗宁一家

回他的爱，她是怕害他，所以在这首诗里她说：——我严肃地捧起我的心来，如同古代的绮雷克拉捧着她那尸灰坛，我一见你眼内的神情，不由得失手倒翻了我的心坛，把所有的灰一起泼在你的跟前。这回我再不能隐瞒了，我的心已经一起倒了出来。你看看这是些什么？这是些死灰，中间隐隐还夹着些血红的火星在灰堆里透着光亮。你这一看出我的寒伧，要是你鄙蔑地一脚踹灭了这些余烬，给它们一个永远的黑暗，那倒也完事一宗，再没有麻烦了。但如其你站着不动，回头风一吹动重新把这堆死灰吹活了过来，那可危险了，亲爱的，这火要是在风前一旺，就难保不会烧着你的发肤，纵然你头上戴着桂冠，怕也不能保护你吧。因此我警告你还是站远些的好，你去你的吧。

第六首

在这五、六两首的中间，评论家戈斯[1]（Edmund Gosse）很有见地地指出勃夫人另有一首绝美的短诗叫做《问与答》的应得放在一起读。那首诗与商籁体第五首(即上一首)表现同一种情调，但这是宛转的清丽的，不同上一诗的激昂嘹亮。意思是说你心目中所要的爱当然是热烈蓬勃一流，你怎么来找着我?你错了罢?你有见过在雪地里发芽开花的玫瑰没有？它不但不能长，就有也叫雪给冻死了。我的身世只是一片的冬景，满地的雪，哪有什么鲜艳的生命?你一定是走错了，到这雪地里来寻花！你看你脚上不是已经踏着了雪，快洒脱吧，回头让你也给冻了。(第一段)我又好比是一处残破的古迹，几垒乱石子，长着些个冷落的青藤，你到这

---

1 戈斯（1849—1928），英国作家、文学批评家、文学史家。

边来又是为什么了?你倒是要寻葡萄苹果呢，还是就为了这些可怜的绿叶？ 如果你是为了绿叶来的，那么好吧，既然承你情，你就不妨顺手摘三两张带回去做一个纪念也好！

但这时候勃夫人心里的雪早就化了。叫勃朗宁火热的爱给烫化了！所以在第六首里，她虽则开口还是"躲着我去吧"接着就是她的"软化"的招承。

趁早躲开我吧。但我从今后再不是原先的我，我此后永远在你的阴影下站着。我再不能在我单独的身世的门前呼吸我的思想，也不能在阳光里静定地举起我的手掌，而不感觉到你给我的深邃的影响。我的掌心永远存记着你的抚摩。你的心已经交互在我的心里，我的脉搏里跳荡着你的脉搏。我的思想里有你，行动里有你，梦里也有你。正如在葡萄酒里尝出葡萄的滋味，我的新来的生命里也处处按得出你造成它的原素。每回我为我自己对上帝祈求，他在我的声音里听出你的名字，在我的眼睛里他看出两个人的眼泪。

第七首

自从我听得你灵魂的脚步近我的身畔，仿佛这整个的世界都为我改变了面目。我本来只是在死的边沿上逗留着，自己早晚都在往下掉，谁想到爱来救了我，抱住了我，教给我生命的整体，在一种新的节奏里波动着。有了你近在我的身边，我的悲苦的已往都取得了意味，多甜的意味，那是上帝为我特定下的灵魂的浸礼。有了你这地面这天都变了样，我还能怨吗？就说我现在弹着的琴，唱着的歌，它们的可爱也就为有你的名字在歌声与琴韵里回响着。

第八首

这一弯眉月似的情绪已经渐渐地开展。在每一个字里跳跃着欢喜与感激，在每一个字里预映着圆满的光明。但她还得踌躇。一层浅色的游云暂时又掩住了亮月的清光。初起"我配吗"那一个动机又浮现了上来。她说：你待我当然是再好没有的了，我的慷慨大量的恩人。你送我这份礼是最重也没有了。你带了你的无价的纯洁的心来，放在我的破屋子的墙外，听凭我收受或是鄙弃，可是我要是收了你这份厚礼，我又有什么东西来回敬你呢？不受太负了你，受了我又实在说不过去，人家能不骂我冷心肠说我无情义吗？但不是的，我不是冷，也不是狠，说实话，我是穷。上帝知道，不信你问他。日常的涕泪冲淡了我生命的颜色，剩下的就只这奄奄的惨白的躯体。我怎么能不自惭形秽，这是不配用作你的枕头的，实在是不配。你还是去你的吧！我这样的身世只配供人践踏的。

第九首

但是话说回来，我也并不是完全没有东西给你，最使我迟疑的就在这"事情的对不对"。我能给你些什么？什么也没有，除了眼泪，除了悲伤，因为我一辈子是这样过来的。我虽则有时也会笑，但这些笑都是不能长驻的。你劝我，你开导我，也是枉然。我实在的担忧，这是不对的！我不能让你为我这么受罪。你我不是同等人，如何能说到相爱？你待我那么厚，我待你这么寒伧，这如何能说得过去？去吧，可叹，我不能让我的灰土沾污你的袍服，我不能让我的悲苦连累你的爽恺的心胸，我也不能给你什么爱——这事情是不公平的呀！我爱，我就只爱你！再没有什么说的了。

第十首

在这首诗那一道云又扯了过去，更显得亮月的光明。她说：
我不说我是穷得什么东西都不能给你除了我的涕泪与悲伤吗？但
是我爱你是真的。我初起只是放心不下这该不该：像我这样人该
不该爱你？你我总觉得有些不公平，拿我这寒伧的来交换你那高
贵的。但我转念一想这事情也不能执著一边看，也许在上帝的眼
里，凭我的血诚，我这份回敬的礼物不至于完全没有它的价值。
爱，只要是爱，不沾染什么的纯粹的爱，就不丑，就美，这份礼
是值得收受的。你没有看见火吗？不论烧着的是圣庙或是贱麻，
火总是明亮的。不论烧着的是松柏或是芜草，光焰是一般的。爱
就是火。即如我现在，感着内心的驱使再不能隐匿我灵魂的秘
密，朗声地对你供承"我爱你"——听呀，我爱你——我就觉得
我是在爱的光焰里站着，形貌都变化了，神明的异彩从我的颜面
对向着你的放射。说到爱高卑的分别是没有的；最渺小的生灵们
也献爱给上帝，上帝还不一样接受它们的爱并且还爱它们。相信
我，爱的灵感是神奇的，我又何尝不明白我自己的本真，但盘旋
在我心里的那一团圣火照亮了我的思想，也照亮了我的眉目。这
不是爱的伟大的力量可以"升华"造物的工程的一个凭证吗？

波德莱尔的散文诗[1]

"我们谁不曾,在志愿奢大的期间,梦想过一种诗的散文的奇迹,音乐的却没有节奏与韵,敏锐而脆响,正足以迹象性灵的抒情的动荡,沉思的迂回的轮廓,以及天良的俄然的激发?"波德莱尔(Charles Baudelaire)一辈子话说得不多,至少我们所能听见的不多,但他说出口的没有一句是废话。他不说废话因为他不说出口除了在他的意识里长到成熟琢磨得剔透的一些。他的话可以说没有一句不是从心灵里新鲜剖摘出来的。像是仙国里的花,他那新鲜,那光泽与香味,是长留不散的。在十九世纪的文学史上。一个福楼拜[2],一个沃尔特·佩特[3],一个波德莱尔,必得永远在后人的心里唤起一个沉郁,孤独,日夜在自剖的苦痛中求光亮者的意象——有如中古期的"圣士"们。但他们所追求的却不是虚玄的性理的真或超越的宗教的真。他们辛苦的对象是"性灵的抒情的动荡,沉思的迂回的轮廓,天良的俄然的激发"。本来人生深一层的意趣与价值还不是全得向我们深沉,幽玄的意识里去探检出来?全在我们精微的完全的知觉到每一分时带给我们

---

1 波德莱尔(1821—1867),法国诗人,代表作为《恶之花》。本文原刊于一九二九年三月《新月》第二卷第十期。

2 福楼拜(1821—1880),法国小说家,代表作为《包法利夫人》。

3 沃尔特·佩特(1839—1894),英国作家,批评家。

法国作家福楼拜的代表作是《包法利夫人》。本漫画表现的是福楼拜在解剖包法利夫人。

《作家福楼拜》 ┃ 漫画

的特异的震动，在我们生命的纤维上留下的不可错误的微妙的印痕，追慕那一些瞬息转变如同雾里的山水的消息，是艺人们，不论用的是哪一种工具，最愉快亦最艰苦的工作。想象一支伊和灵弦琴（The Aeolian Harp）在松风中感受万籁的呼吸，同时也从自身灵敏的紧张上散放着不容模拟的妙音！不易，真是不易，这想用一种在定义上不能完美的工具来传达那些微妙的，几于神秘的踪迹——这困难竟比是想捉捕水波上的零星或是收集兰蕙的香息。果然要能成功，那还不是波德莱尔说的奇迹？

　　但可奇的是奇迹亦竟有会发见的时候。你去波德莱尔的掌握间看，他还不是捕得了星磷的清辉，采得了兰蕙的异息？更可奇的是他给我们的是一种几于有实质的香与光。在他手掌间的事物，不论原来是如何的平凡，结果如同爱俪儿[1]的歌里说的：——

Sufen a sea—change

Into something beautiful and strange.

　　对穷苦表示同情不是平常的事，但有谁，除了波德莱尔，能造作这样神化的文句：——

Avez—vous quel quefois aper，cudes sun veuves ces bancs solitaires，des veuves pauvres？Qu'elles soienten deuil ounon，il est facile de les reconnaitre．D'ailleurs il y a toujours dans le deuil du pauvre quelque chose qui manque，une absence d'harmonie qui le rend plus navrent．Il est constraint de Iêsiner sur sa douleur．Le riche porte Ia sienne au grand complet．

你有时不看到在冷静的街边坐着的寡妇们吗？她们或是

1　爱俪儿，原名Ariel，莎士比亚喜剧《暴风雨》中的精灵。

《**波德莱尔**》｜ 法国 ｜ 艾蒂安·卡雅摄 ｜ 一八六二年左右

穿着孝或是不，反正你一看就认识。况且就使她们是穿着孝，她们那穿法本身就有些不对劲，像少些什么似的，这神情使人看了更难受。她们在哀伤上也得省俭。有钱的孝也穿得是样。

"她们在哀伤上也得省俭"——我们能想象更莹澈的同情，能想象更莹澈的文字吗？这是《恶之花》的作者；也是他，手拿着小物玩具在巴黎市街上分给穷苦的孩子们，望着他们"偷偷地跑开去，像是猫，它咬着了你给他的一点儿非得跑远远再吃去，生怕你给了又要反悔"（The Poor Boy's Toy）也是他——坐在舒适的咖啡店里见着的是站在街上望着店里的"穷人的眼"（Les Yeux des Pauvres）——一个四十来岁的男子，脸上显着疲乏长着灰色须的，一手拉着一个孩子，另一手抱着一个没有力气再走的小的——虽则在他身旁陪着说笑的是一个脸上有粉口里有香的美妇人，她的意思是要他叫店伙赶开这些苦人儿，瞪着大白眼看人多讨厌！

Tant il est difficile de s'entendre， mon cher ange, et tant la pensée es tin communicable même entre gens qui s'aiment

他创造了一种新的战栗（A new thrill）。雨果[1]说，在八十年前是新的，到今天还是新的。爱默生[2]说："一个时代的经验需要一种新的忏悔，这世界仿佛常在等候着它的诗人。"波德莱尔是十九世纪的忏悔者，正如卢梭是十八世纪的，但丁[3]是中古期的。他们是真的"灵魂的探险者"，起点是他们自身的意识，终点是一个时代全人类的性灵的总和。譬如飓风，发端许只是一片

---

1 雨果（1802—1885），法国作家、诗人，代表作有《巴黎圣母院》、《悲惨世界》。
2 爱默生（1803—1882），美国散文作家、诗人。
3 但丁（1265—1321），意大利诗人，代表作为《神曲》。

《波德莱尔速写像》 | 法国 | 爱德华·马奈

木叶的颤动，他们的也不过是一次偶然的心震，一些"bagatelles laborieuses"，但结果——谁能指点到最后一个迸裂的浪花？自波德莱尔以来，更新的新鲜，不论在思想或文字上，当然是有过：麦雷先生（J.M.Murry）说普鲁斯特[1]（Marcel Proust）是二十世纪的一个新感性，比方说，但每一种新鲜的发现只使我们更讶异地辨认我们伟大的"前驱者"与"探险者"当时踪迹的辽远。他们的界碑竟许还远在我们到现在仍然望不见的天的那一方站着哪，谁知道！在每一颗新凝成的露珠里，星月存储着它们的光辉——我们怎么能不低头？

---

1 普鲁斯特（1871—1922），法国小说家，代表作为《追忆似水年华》。

《神曲》插图 ｜ 法国 ｜ 古斯塔夫·多雷

言难尽的话题

"就使打破了头，也还要保持我灵魂的自由"[1]

照群众行为看起来，中国人是最残忍的民族。

照个人行为看起来，中国人大多数是最无耻的小人。慈悲的真义是感觉人类应感觉的感觉，和有胆量来表现内动的同情。中国人只会在杀人场上听小热昏[2]，决不会在法庭上贺喜判决无罪的刑犯；只想把洁白的人齐拉入混浊的水里，不会原谅拿人格的头颅去撞开地狱门的牺牲精神。只是"幸灾乐祸"、"投井下石"，不会冒一点子险去分肩他人为正义而奋斗的负担。

从前在历史上，我们似乎听见过有什么义呀侠呀，什么当仁不让、见义勇为的榜样呀，气节呀，廉洁呀，等等。如今呢，只听见神圣的职业者接受蜜甜的"冰炭敬"，磕拜寿祝福的响头，到处只见拍卖人格"贱卖灵魂"的招贴。这是革命最彰明的成绩，这是华族民国最动人的广告！

"无理想的民族必亡"，是一句不刊的真言。我们目前的社会政治走的只是卑污苟且的路，最不能容许的是理想，因为理想好比一面大镜子，若然摆在面前，一定照出魑魅魍魉的丑迹。莎

一九二三年一月，北洋政府教育总长彭允彝干涉司法，北京大学校长蔡元培愤然辞职，并发表宣言申明对政府采取不合作态度。本文原刊于一九二三年一月二十八日《努力周报》第三十九期。

2. 小热昏，江浙一带民间的曲艺样式。

蔡元培

蔡元培（1868—1940），中国近现代民主革命家、教育家、政治家。中华民国首任教育总长，曾任北京大学校长，主张"思想自由，兼容并包"，开一代教育与学术新风，对近现代中国的变革产生过深远的影响。

凯列班：『我要吻你的脚；我要发誓做你的仆人。』斯丹法诺：『那么好，跪下来起誓吧。来，吻吧。』

《凯列班与斯丹法诺》 | 英国 | 吉尔伯特

士比亚的丑鬼凯列班[1]（Caliban）有时在海水里照出自己的尊容，总是恼羞成怒的。

所以每次有理想主义的行为或人格出现，这卑污苟且的社会一定不能容忍；不是拳打脚踢，也总是冷嘲热讽，总要把那三间大夫硬推入汨罗江底，他们方才放心。

我们从前是儒教国，所以从前理想人格的标准是智仁勇。现在不知道变成了什么国了，但目前最普通人格的通性，明明是愚暗残忍懦怯，正得一个反面。但是真理正义是永生不灭的圣火；也许有时遭被蒙盖掩翳罢了。大多数的人一天二十四点钟的时间内，何尝没有一刹那清明之气的回复？但是谁有胆量来想他自己的想，感觉他内动的感觉，表现他正义的冲动呢？

蔡元培所以是个南边人说的"戆大"，愚不可及的一个书呆子，卑污苟且社会里的一个最不合时宜的理想者。所以他的话是没有人能懂的；他的行为是极少数人——如真有——敢表同情的；他的主张，他的理想，尤其是一盆飞旺的炭火，大家怕炙手，如何敢去抓呢？

"小人知进而不知退，"

"不忍为同流合污之苟安，"

"不合作主义，"

"为保持人格起见……"

"生平仅知是非公道，从不以人为单位。"

这些话有多少人能懂，有多少人敢懂？

这样的一个理想者，非失败不可；因为理想者总是失败的。

1　凯列班，莎士比亚戏剧《暴风雨》中的人物。

若然理想胜利，那就是卑污苟且的社会政治失败——那是一个过于奢侈的希望了。

　　有知识有胆量能感觉的男女同志，应该认明此番风潮是个道德问题；随便彭允彝京津各报如何淆惑，如何谣传，如何去牵涉政党，总不能掩没这风潮里面一点子理想的火星。要保全这点子小小的火星不灭，是我们的责任，是我们良心上的负担；我们应该积极同情这番拿人格头颅去撞开地狱门的精神。

一封信 [1] （给抱怨生活干燥的朋友）

得到你的信，像是掘到了地下的珍藏，一样的希罕，一样的宝贵。

看你的信，像是看古代的残碑，表面是模糊的，意致却是深微的。

又像是在尼罗河旁边幕夜，在月亮正照着金字塔的时候，梦见一个穿黄金袍服的帝王，对着我作谜语，我知道他的意思，他说："我无非是一个体面的木乃伊；"

又像是我在这重山脚下半夜梦醒时，听见松林里夜鹰的Soprano[2]，可怜的遭人厌毁的鸟，他虽则没有子规那样天赋的妙舌，但我却懂得他的怨愤，他的理想，他的急调是他的嘲讽与咒诅；我知道他怎样地鄙蔑一切，鄙蔑光明，鄙蔑烦嚣的燕雀，也鄙弃自喜的画眉；

又像是我在普陀山发现的一个奇景；外面看是一大块岩石，但里面却早被海水蚀空，只剩罗汉头似的一个脑壳，每次海涛向这岛身搂抱时，发出极奥妙的音响，像是情话，像是咒诅，像是祈祷，在雕空的石笋、钟乳间呜咽，像大和琴的谐音在哥特式[3]的

1　本文原刊于一九二四年三月十日《小说月报》第十五卷第三号。

2　Soprano意为"女高音"。

3　原文用的是"皋雪格"，是英文Gothic的音译。

《尼罗河与金字塔》 ｜ 法国 ｜ 菲利克斯·邦菲尔斯

本照片摄于十九世纪下半叶，当时还有金字塔在河中的倒影，今日恐怕再也看不到了。

古寺的花椽、石楹间回荡——但除非你有耐心与勇气，攀下几重的石岩，俯身下去凝神地察看与倾听，你也许永远不会想象，不必说发现这样的秘密；

又像是……但是我知道，朋友，你已经听够了我的比喻。也许你愿意听我自然的嗓音与不做作的语调，不愿意收受用幻想的亮箔包裹着的话，虽则，我不能不补一句，你自己就是最喜欢从一个弯曲的白银喇叭里，吹弄你的古怪的调子。

你说："风大土大，生活干燥。"这话仿佛是一阵奇怪的凉风，使我感觉一个恐怖的战栗；像一团飘零的秋叶，使我的灵魂里掉下一滴悲悯的清泪。

我的记忆里，我似乎自信，并不是没有葡萄酒的颜色与香味，并不是没有妩媚的微笑的痕迹，我想我总可以抵抗你那句灰色的语调的影响——

是的，昨天下午我在田里散步的时候，我不是分明看见两块凶恶的黑云消灭在太阳猛烈的光焰里，五只小山羊，兔子一样的白净，听着她们妈的吩咐在路旁寻草吃，三个捉草的小孩在一个稻屯前抛掷镰刀；自然的活泼给我不少的鼓舞，我对着白云里蠢着的宝塔喊说我知道生命是有意趣的。

今天太阳不曾出来，一捆捆的云在空中紧紧地挨着，你的那句话碰巧又添上了几重云蒙，我又疑惑我昨天的宣言了。

我也觉得奇怪，朋友，何以你那句话在我的心里，竟像白垩涂在玻璃上，这半透明的沉闷是一种很巧妙的刑罚；我差不多要喊痛了。

我向我的窗外望，暗沉沉的一片，也没有月亮，也没有星光，日光更不必想，他早已离别了，那边黑蔚蔚的是林子，树上，我知道，是夜鸦的寓处，树下累累的在初夜的微芒中排列着，我也知道，是坟墓，僵的白骨埋在硬的泥里，磷火也不见一星，这样的静，这样的惨，黑夜的胜利是完全的了。

我闭着眼向我的灵府里问讯，呀，我竟寻不到一个与干燥脱离的生活的意象，干燥像一个影子，永远跟着生活的脚后，又像是葱头的葱管，永远附着在生活的头顶，这是一件奇事。

朋友，我抱歉，我不能答复你的话，虽则我很想，我不是爽恺的西风，吹不散天上的云罗，我手里只有一把粗拙的泥锹，如其有美丽的理想或是希望要埋葬，我的工作倒是现成的——我也有过我的经验。

朋友，我并且恐怕，说到最后，我只得收受你的影响，因为你那句话已经凶狠地咬入我的心里，像一个有毒的蝎子，已经沉沉地压在我的心上，像一块盘陀石，我只能忍耐，我只能忍耐……

"迎上前去" [1]

这回我不撒谎，不打隐谜，不唱反调，不来烘托；我要说几句至少我自己信得过的话，我要痛快地招认我自己的虚实，我愿意把我的花押画在这张供状的末尾。

我要求你们大量的容许，准我在我第一天接手《晨报副刊》的时候，介绍我自己，解释我自己，鼓励我自己。

我相信真的理想主义者是受得住眼看他往常保持着的理想煨成灰，碎成断片，烂成泥，在这灰、这断片、这泥的底里，他再来发现他更伟大、更光明的理想。我就是这样的一个。

只有信生病是荣耀的人们才来不知耻地高声嚷痛；这时候他听着有脚步声，他以为有帮助他的人向着他来，谁知是他自己的灵性离了他去！真有志气的病人，在不能自己豁脱苦痛的时候，宁可死休，不来忍受医药与慈善的侮辱。我又是这样的一个。

我们在这生命里到处碰头失望，连续遭逢"幻灭"，头顶只见乌云，地下满是黑影；同时我们的年岁、病痛、工作、习惯，恶狠狠地压上我们的肩背，一天重似一天，在无形中嘲讽地呼喝着，"倒，倒，你这不量力的蠢材！"因此你看这满路的倒尸，有全死的，有半死的，有爬着挣扎的，有默无声息的……嘿！生

1　本文原刊于一九二五年十月五日《晨报副刊》，收入《自剖文集》。

《格列佛游记》插图 | 英国 | 查尔斯·布罗克

命这十字架，有几个人抗得起来？

但生命还不是顶重的担负，比生命更重实更压得死人的是思想那十字架。人类心灵的历史里能有几个天成的墨尔波墨涅[1]？在思想可怕的战场上我们就只有数得清有限的几具光荣的尸体。

我不敢非分地自夸；我不够狂，不够妄。我认识我自己力量的止境，但我却不能制止我看了这时候国内思想界萎瘪现象的愤懑与羞恶。我要一把抓住这时代的脑袋，问它要一点真思想的精神给我看看——不是借来的税来的冒来的描来的东西，不是纸糊的老虎，摇头的傀儡，蜘蛛网幕面的偶像；我要的是筋骨里迸出来，血液里激出来，性灵里跳出来，生命里震荡出来的真纯的思想。我不来问他要，是我的懦怯；他拿不出来给我看，是他的耻辱。朋友，我要你选定一边，假如你不能站在我的对面，拿出我要的东西来给我看，你就得站在我这一边，帮着我对这时代挑战。

我预料有人笑骂我的大话。是的，大话。我正嫌这年头的话太小了，我们得造一个比小更小的字来形容这年头听着的说话，写下印成的文字；我们得请一个想象力细致如斯威夫特[2]（Dean Swift）的来描写那些说小话的小口，说尖话的尖嘴。一大群的食蚁兽！他们最大的快乐是忙着他们的尖喙在泥土里垦寻细微的蚂蚁。蚂蚁是吃不完的，同时这可笑的尖嘴却益发不住地向尖的方向进化，小心再隔几代连蚂蚁这食料都显太大了！

我不来谈学问，我不配，我书本的知识是真的十二分的有限。年轻的时候我念过几本极普通的中国书，这几年不但没有知新，温故都说不上，我实在是孤陋，但我却抱定孔子的一句话

1　墨尔波墨涅，希腊神话中专司悲剧的文艺女神。
2　斯威夫特（1667—1745），英国作家，代表作为寓言小说《格列佛游记》。

"知之为知之，不知为不知，是知也"，决不来强不知为知；我并不看不起国学与研究国学的学者，我十二分尊敬他们，只是这部分的工作我只能艳羡地看他们去做，我自己恐怕不但今天，竟许这辈子都没希望参加的了。外国书呢？看过的书虽则有几本，但是真说得上"我看过的"能有多少，说多一点，三两篇戏，十来首诗五六篇文章，不过这样罢了。

科学我是不懂的，我不曾受过正式的训练，最简单的物理化学，都说不明白，我要是不预备就去考中学校，十分里有九分是落第，你信不信！天上我只认识几颗大星，地上几棵大树！这也不是先生教我的；从先生那里学来的，十几年学校教育给我的，究竟有些什么，我实在想不起，说不上，我记得的只是几个教授可笑的嘴脸与课堂里强烈的催眠的空气。

我人事的经验与知识也是同样的有限，我不曾做过工；我不曾尝味过生活的艰难，我不曾打过仗，不曾坐过监，不曾进过什么秘密党，不曾杀过人，不曾做过买卖，发过一个大的财。

所以你看，我只是个极平常的人，没有出人头地的学问，更没有非常的经验。但同时我自信我也有我与人不同的地方。

我不曾投降这世界。我不受它的拘束。

我是一只没笼头的野马，我从来不曾站定过。我人是在这社会里活着，我却不是这社会里的一个，像是有离魂病似的，我这躯壳的动静是一件事，我那梦魂的去处又是一件事。我是一个傻子，我曾经妄想在这流动的生里发现一些不变的价值，在这打谎的世上寻出一些不磨灭的真，在我这灵魂的冒险是生命核心里的意义；我永远在无形的经验的巉岩上爬着。

冒险——痛苦——失败——失望，是跟着来的，存心冒险的人就得打算他最后的失望；但失望却不是绝望，这分别很大。我是曾经遭受失望的打击，我的头是流着血，但我的脖子还是硬的；我不能让绝望的重量压住我的呼吸，不能让悲观的慢性病侵蚀我的精神，更不能让厌世的恶质染黑我的血液。厌世观与生命是不可并存的；我是一个生命的信徒，起初是的，今天还是的，将来我敢说也是的。我决不容忍性灵的颓唐，那是最不可救药的堕落，同时却继续躯壳的存在；在我，单这开口说话，提笔写字的事实，就表示后背有一个基本的信仰，完全的没破绽的信仰；否则我何必再做什么文章，办什么报刊？

但这并不是说我不感受人生遭遇的痛创；我决不是那童呆性的乐观主义者；我决不来指着黑影说这是阳光，指着云雾说这是青天，指着分明的恶说这是善；我并不否认黑影、云雾和恶，我只是不怀疑阳光与青天与善的实在；暂时的掩蔽与侵蚀，不能使我们绝望，这正应得加倍的激动我们寻求光明的决心。前几天我觉着异常懊丧的时候无意中翻着尼采的一句话，极简单的几个字却涵有无穷的意义与强悍的力量，正如天上星斗的纵横与山川的经纬，在无声中暗示你人生的奥义，怯除你的迷惘，照亮你的思路，他说"受苦的人没有悲观的权利"（The sufferer has no right to pessimism），我那时感受一种异样的惊心，一种异样的澈悟：——

> 我不辞痛苦，因为我要认识你，上帝；
>
> 我甘心，甘心在火焰里存身，
>
> 到最后那时辰见我的真，
>
> 见我的真，我定了主意，上帝，再不迟疑！

所以我这次从南边回来，决意改变我对人生的态度，我写信

尼采

给朋友说这来要来认真做一点"人的事业"了。——

> 我再不想成仙，蓬莱不是我的份；

> 我只要这地面，情愿安分地做人。

在我这"决心做人，决心做一点认真的事业"，是一个思想的大转变；因为先前我对这人生只是不调和不承认的态度，因此我与这现世界并没有什么相互的关系，我是我，它是它，它不能责备我，我也不来批评它。但这来我决心做人的宣言却就把我放进了一个有关系，负责任的地位，我再不能张着眼睛做梦，从今起得把现实当现实看：我要来察看，我要来检查，我要来清除，我要来颠扑，我要来挑战，我要来破坏。

人生到底是什么？我得先对我自己给一个相当的答案。人生究竟是什么？为什么这形形色色的，纷扰不清的现象——宗教、政治、社会、道德、艺术、男女、经济？我来是来了，可还是一肚子的不明白，我得慢慢地看古玩似的，一件件拿在手里看一个清切再来说话，我不敢保证我的话一定在行，我敢担保的只是我自己思想的忠实，我前面说过我的学识是极浅陋的，但我却并不因此自馁，有时学问是一种束缚，知识是一层障碍，我只要能信得过我能看的眼，能感受的心，我就有我的话说；至于我说的话有没有人听，有没有人懂，那是另外一件事我管不着了——"有的人身死了才出世的"，谁知道一个人有没有真的出世那一天？

是的，我从今起要迎上前去！生命第一个消息是活动，第二个消息是搏斗，第三个消息是决定；思想也是的，活动的下文就是搏斗。搏斗就包含一个搏斗的对象，许是人，许是问题，许是现象，许是思想本体。一个武士最大的期望是寻着一个相当的敌手，思想家也是的，他也要一个可以较量他充分的力量的对象，"攻击是我的本性，"一个哲学家说，"要与你的对手相当——这是一个正直的决斗的第一个条件。你心存鄙夷的时候你不能搏斗。你占上风，你认定对手无能的时候你不应当搏斗。我的战略可以约成四个原则：——第一，我专打正占胜利的对象——在必要时我暂缓我的攻击，等他胜利了再开手；第二，我专打没有人打的对象，我这边不会有助手，我单独地站定一边——在这搏斗中我难为的只是我自己；第三，我永远不来对人的攻击——在必要时我只拿一个人格当显微镜用，借它来显出某种普遍的，但却隐遁不易踪迹的恶性；第四，我攻击某事物的动机，不包含私人嫌隙的关系，在我攻击是一个善意的，而且在某种情况下，感恩的凭证。"

这位哲学家的战略，我现在僭引作我自己的战略，我盼望我将来不至于在搏斗的沉酣中忽略了预定的规律，万一疏忽时我恳求你们随时提醒。我现在戴我的手套去！

想飞[1]

假如这时候窗子外有雪——街上，城墙上，屋脊上，都是雪，胡同口一家屋檐下偎着一个戴黑兜帽的巡警，半拢着睡眼，看棉团似的雪花在半空中跳着玩……假如这夜是一个深极了的啊，不是壁上挂钟的时针指示给我们看的深夜，这深就比是一个山洞的深，一个往下钻螺旋形的山洞的深……

假如我能有这样一个深夜，它那无底的阴森捻起我遍体的毫管；再能有窗子外不住往下筛的雪，筛淡了远近间飑动的市谣；筛泯了在泥道上挣扎的车轮；筛灭了脑壳中不妥协的潜流……

我要那深，我要那静。那在树荫浓密处躲着的夜鹰，轻易不敢在天光还在照亮时出来睁眼。思想：它也得等。

青天里有一点子黑的。正冲着太阳耀眼，望不真，你把手遮着眼，对着那两株树缝里瞧，黑的，有榧子来大，不，有桃子来大——嘿，又移着往西了！

我们吃了中饭出来到海边去。（这是英国康槐尔极南的一角，三面是大西洋）勘丽丽的叫响从我们的脚底下匀匀地往上颤，齐着腰，到了肩高，过了头顶，高入了云，高出了云。啊！

1　本文原刊于一九二六年四月十九日《晨报副刊》，收入《自剖文集》。

你能不能把一种急震的乐音想象成一阵光明的细雨，从蓝天里冲着这平铺着青绿的地面不住地下？不，那雨点都是跳舞的小脚，安琪儿的。云雀们也吃过了饭，离开了它们卑微的地巢飞往高处做工去。上帝给它们的工作，替上帝做的工作。瞧着，这儿一只，那边又起了两！一起就冲着天顶飞，小翅膀活动得多快活，圆圆的，不踌躇地飞，——它们就认识青天。一起就开口唱，小嗓子活动得多快活，一颗颗小精圆珠子直往外唾，亮亮地唾，脆脆地唾，——它们赞美的是青天。瞧着，这飞得多高，有豆子大，有芝麻大，黑刺刺的一屑，直顶着无底的天顶细细地摇，——这全看不见了，影子都没了！但这光明的细雨还是不住地下着……

飞。"其翼若垂天之云……背负苍天，而莫之夭阏者；"那不容易见着。我们镇上东关厢外有一座黄泥山，山顶上有一座七层的塔，塔尖顶着天。塔院里常常打钟，钟声响动时，那在太阳西晒的时候多，一枝艳艳的大红花贴在西山的鬓边回照着塔山上的云彩，——钟声响动时，绕着塔顶尖，摩着塔顶天，穿着塔顶云，有时一只两只，有时三只四只有时五只六只蜷着爪往地面瞧的"饿老鹰"，撑开了它们灰苍苍的大翅膀没挂恋似的在盘旋，在半空中浮着，在晚风中泅着，仿佛是按着塔院钟的波荡来练习圆舞似的。那是我做孩子时的"大鹏"。有时好天抬头不见一瓣云的时候听着猱忧忧的叫响，我们就知道那是宝塔上的饿老鹰寻食吃来了，这一想象半天里秃顶圆睛的英雄，我们背上的小翅膀骨上就仿佛豁出了一锉锉铁刷似的羽毛，摇起来呼呼响的，只一摆就冲出了书房门，钻入了玳瑁镶边的白云里玩儿去，谁耐烦站在先生书桌前晃着身子

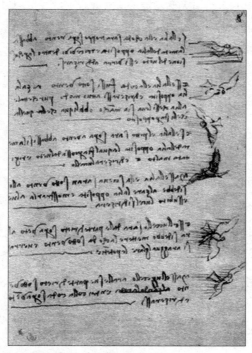

《鸟的飞翔原理图》 | 意大利 | 达·芬奇

这是《论鸟的飞行》手稿中的图与说明文字，约完成于一五一五年，现藏于意大利都灵皇家图书馆。

背早上上的多难背的书！啊飞！不是那在树枝上矮矮的跳着的麻雀儿的飞；不是那凑天黑从堂匾后背冲出来赶蚊子吃的蝙蝠的飞；也不是那软尾巴软嗓子做窠在堂檐上的燕子的飞。要飞就得满天飞，风拦不住云挡不住的飞，一翅膀就跳过一座山头，影子下来遮得阴二十亩稻田的飞，到天晚飞倦了就来绕着那塔顶尖顺着风向打圆圈做梦……听说饿老鹰会抓小鸡！

　　飞。人们原来都是会飞的。天使们有翅膀，会飞，我们初来时也有翅膀，会飞。我们最初来就是飞了来的，有的做完了事还是飞了去，他们是可羡慕的。但大多数人是忘了飞的，有的翅膀上掉了毛不长再也飞不起来，有的翅膀叫胶水给胶住了，再也拉不开，有的羽毛叫人给修短了像鸽子似的只会在地上跳，有的拿背上一对翅膀上当铺去典钱使过了期再也赎不回……真的，我们一过了做孩子的日子就掉了飞的本领。但没了翅膀或是翅膀坏了不能用是一件可怕的事。因为你再也飞不回去，你蹲在地上呆望着飞不上去的天，看旁人有福气的一程一程地在青云里逍遥，那多可怜。而且翅膀又不比是你脚上的鞋，穿烂了可以再问妈要一双去，翅膀可不成，折了一根毛就是一根，没法给补的。还有，单顾着你翅膀也还不定规到时候能飞，你这身子要是不谨慎养太肥了，翅膀力量小再也拖不起，也是一样难不是？一对小翅膀驮不起一个胖肚子，那情形多可笑！到时候你听人家高声地招呼说，朋友，回去吧，趁这天还有紫色的光，你听他们的翅膀在半空中沙沙地摇响，朵朵的春云跳过来拥着他们的肩背，望着最光明的来处翩翩地，冉冉地，轻烟似的化出了你的视域，像云雀似的只留下一泻光明的骤雨——"Thou art unseen but yet I hear thy

《伊卡洛斯坠入爱琴海》

shrill delight"——那你，独自在泥涂里淹着，够多难受，够多懊恼，够多寒伧！趁早留神你的翅膀，朋友？

是人没有不想飞的。老是在这地面上爬着够多厌烦，不说别的。飞出这圈子，飞出这圈子！到云端里去，到云端里去！哪个心里不成天千百遍地这么想？飞上天空云浮着，看地球这弹丸在太空里滚着，从陆地看到海，从海再看回陆地。凌空去看一个明白——这才是做人的趣味，做人的权威，做人的交代。这皮囊要是太重挪不动，就掷了它，可能的话，飞出这圈子，飞出这圈子！

人类初发明用石器的时候，已经想长翅膀。想飞。原人洞壁上画的四不像，它的背上掮着翅膀；拿着弓箭赶野兽的，他那肩背上也给安了翅膀。小爱神是有一对粉嫩的肉翅的。伊卡洛斯[1]（Icarus）是人类飞行史里第一个英雄，第一次牺牲。安琪儿（那是理想化的人）第一个标记是帮助他们飞行的翅膀。那也有沿革——你看西洋画上的表现。最初像是一对小精致的令旗，蝴蝶似的粘在安琪儿们的背上，像真的，不灵动。渐渐地翅膀长大了，地位安准了，毛羽丰满了。画图上的天使们长上了真的可能的翅膀。人类初次实现了翅膀的观念，彻悟了飞行的意义。伊卡洛斯闪不死的灵魂，回来投生又投生。人类最大的使命，是制造翅膀；最大的成功是飞！理想的极度，想象的止境，从人到神！诗是翅膀上出世的；哲理是在空中盘旋的。飞：超脱一切，笼盖一切，扫荡一切，吞吐一切。

---

1 据古希腊神话，伊卡洛斯是能工巧匠代达洛斯的儿子。他们父子用蜂蜡粘贴羽毛做成双翼，腾空飞行。由于伊卡洛斯飞得太高，太阳把蜂蜡晒化，致使他坠海而亡。

早期飞机

自美国的莱特兄弟一九〇三年发明飞机以来，人类进入了现实的航空时代。本图所示是一九〇八年亨利·法尔曼驾驶的飞机，它在空中停留了八十八秒，飞行高度二十五米。

　　你上那边山峰顶上试去，要是度不到这边山峰上，你就得到这万丈的深渊里去找你的葬身地！"这人形的鸟会有一天试他第一次的飞行，给这世界惊骇，使所有的著作赞美，给他所从来的栖息处永久的光荣。"啊达·芬奇！

　　但是飞？自从伊卡洛斯以来，人类的工作是制造翅膀，还是束缚翅膀？这翅膀，承上了文明的重量，还能飞吗？都是飞了来的，还都能飞了回去吗？钳住了，烙住了，压住了，——这人形的鸟会有试他第一次飞行的一天吗？……

　　同时天上那一点子黑的已经迫近在我的头顶，形成了一架鸟形的机器，忽的机沿一侧，一球光直往下注，嘭的一声炸响，——炸碎了我在飞行中的幻想，青天里平添了几堆破碎的浮云。

海滩上种花[1]

朋友是一种奢华：且不说酒肉势利，那是说不上朋友，真朋友是相知，但相知谈何容易，你要打开人家的心，你先得打开你自己的，你要在你的心里容纳人家的心，你先得把你的心推放到人家的心里去；这真心或真性情的相互的流转，是朋友的秘密，是朋友的快乐。但这是说你内心的力量够得到，性灵的活动有富余，可以随时开放，随时往外流，像山里的泉水，流向容得住你的同情的沟槽；有时你得冒险，你得花本钱，你得抵拚在巉岈的乱石间，触刺的草缝里耐心地寻路，那时候艰难、苦痛、消耗，在在是可能的，在你这水一般灵动，水一般柔顺的寻求同情的心能找到平安欣快以前。

我所以说朋友是奢华，"相知"是宝贝，但得拿真性情的血本去换，去拚。因此我不敢轻易说话，因为我自己知道我的来源有限，十分的谨慎尚且不时有破产的恐惧；我不能随便"花"。前天有几位小朋友来邀我跟你们讲话，他们的恳切折服了我，使我不得不从命，但是小朋友们，说也惭愧，我拿什么来给你们呢？

我最先想来对你们说些孩子话，因为你们都还是孩子。但是那孩子的我到哪里去了？仿佛昨天我还是个孩子，今天不知怎的

1　本文是在北师大附属中学的一次讲演。原刊于《落叶》，北新书局一九二六年六月初版。

徐志摩

就变了样。什么是孩子要不为一点活泼的天真，但天真就比是泥土里的嫩芽，天冷泥土硬就压住了它的生机——这年头问谁去要和暖的春风？

孩子是没了。你记得的只是一个不清切的影子，模糊得很，我这时候想起就像是一个瞎子追念他自己的容貌，一样的记不周全；他即使想急了拿一双手到脸上去印下一个模子来，那模子也是个死的。真的没了。一个在公园里见一个小朋友不提多么活动，一忽儿上山，一忽儿爬树，一忽儿溜冰，一忽儿干草里打滚，要不然就跳着憨笑；我看着羡慕，也想学样，跟他一起玩，但是不能，我是一个大人，身上穿着长袍，心里存着体面，怕招人笑，天生的灵活换来矜持的存心——孩子，孩子是没有的了，有的只是一个年岁与教育蛀空了的躯壳，死僵僵的，不自然的。

我又想找回我们天性里的野人来对你们说话。因为野人也是接近自然的；我前几年过印度时得到极刻心的感想，那里的街道房屋以及土人的体肤容貌，生活的习惯，虽则简，虽则陋，虽则不夸张，却处处与大自然——上面碧蓝的天，火热的阳光，地下焦黄的泥土，高矗的椰树——相调谐，情调、色彩、结构，看来有一种意义的一致，就比是一件完美的艺术的作品。也不知怎的，那天看了他们的街，街上的牛车，赶车的老头露着他的赤光的头颅与此紫姜色的圆肚，他们的庙，庙里的圣像与神座前的花，我心里只是不自在，就仿佛这情景是一个熟悉的声音的叫唤，叫你去跟着他，你的灵魂也何尝不活跳跳地想答应一声"好，我来了"。但是不能，又有碍路的挡着你，不许你回复这叫唤声启示给你的自由。困着你的是你的教育；我那时的难受就比是一条蛇摆脱不了困住他的一个硬性的外壳——野人也给压住了，永远出不来。

所以今天站在你们上面的我不再是融会自然的野人，也不是天机活灵的孩子：我只是一个"文明人"，我能说的只是"文明话"。但什么是文明只是堕落？文明人的心里只是种种虚荣的念头，他到处忙不算，到处都得计较成败。我怎么能对着你们不感觉惭愧？不了解自然不仅是我的心，我的话也是的。并且我即使有话说也没法表现，即使有思想也不能使你们了解；内里那点子性灵就比是在一座石壁里牢牢地砌住，一丝光亮都不透，就凭这双眼望见你们，但有什么法子可以传达我的意思给你们，我已经忘却了原来的语言，还有什么话可说的？

但我的小朋友们还是逼着我来说谎（没有话说而勉强说话便是谎）。知识，我不能给；要知识你们得请教教育家去，我这里是没有的。智慧，更没有了：智慧是地狱里的花果，能进地狱更能出地狱的才采得着智慧，不去地狱的便没有智慧——我是没有的。

我正发窘的时候，来了一个救星——就是我手里这一小幅画，等我来讲道理给你们听。这张画是我的拜年片，一个朋友替我制的。你们看这个小孩子在海边沙滩上独自地玩，赤脚穿着草鞋，右手提着一枝花，使劲把它往沙里栽，左手提着一把浇花的水壶，壶里水点一滴滴地往下掉着。离着小孩不远看得见海里翻动着的波澜。

你们看出了这画的意思没有？

在海砂里种花。在海砂里种花！那小孩这一番种花的热心怕是白费的了。砂碛是养不活鲜花的，这几点淡水是不能帮忙的；也许等不到小孩转身，这一朵小花已经支不住阳光的逼迫，就得交卸他有限的生命，枯萎了去。况且那海水的浪头也快打过来了，海浪冲来时不说这朵小小的花，就是大根的树也怕站不住——所以这花落在海边上是绝望的了，小孩这番力量准是白化的了。

你们一定很能明白这个意思。我的朋友是很聪明的，他拿这画意来比我们一群呆子，乐意在白天里做梦的呆子，满心想在海砂里种花的傻子。画里的小孩拿着有限的几滴淡水想维持花的生命，我们一群梦人也想在现在比沙漠还要干枯比沙滩更没有生命的社会里，凭着最有限的力量，想下几颗文艺与思想的种子，这不是一样的绝望，一样的傻？想在海砂里种花，想在海砂里种花，多可笑呀！但我的聪明的朋友说，这幅小小画里的意思还不止此；讽刺不是她的目的。她要我们更深一层看。在我们看来海砂里种花是傻气，但在那小孩自己却不觉得。他的思想是单纯的，他的信仰也是单纯的。他知道的是什么？他知道花是可爱的，可爱的东西应得帮助他发长；他平常看见花草都是从地土里长出来的，他看来海砂也只是地，为什么海砂里不能长花他没有想到，也不必想到，他就知道拿花来栽，拿水去浇，只要那花在地上站直了他就欢喜，他就乐，他就会跳他的跳，唱他的唱，来赞美这美丽的生命，以后怎么样，海砂的性质，花的运命，他全管不着！我们知道小孩们怎样的崇拜自然，他的身体虽则小，他的灵魂却是大着，他的衣服也许脏，他的心可是洁净的。这里还有一幅画，这是自然的崇拜，你们看这孩子在月光下跪着拜一朵低头的百合花，这时候他的心与月光一般的清洁，与花一般的美丽，与夜一般的安静。我们可以知道到海边上来种花那孩子的思想与这月下拜花的孩子的思想会得跪下的——单纯、清洁，我们可以想象那一个孩子把花栽好了也是一样来对着花膜拜祈祷——他能把花暂时栽了起来便是他的成功，此外

《阳光、花儿和水》 ┃ 美国 ┃ 肯特

以后怎么样不是他的事情了。

你们看这个象征不仅美，并且有力量；因为它告诉我们单纯的信心是创作的泉源——这单纯的烂漫的天真是最永久最有力量的东西，阳光烧不焦他，狂风吹不倒他，海水冲不了他，黑暗掩不了他——地面上的花朵有被摧残有消灭的时候，但小孩爱花种花这一点："真"却有的是永久的生命。

我们来放远一点看。我们现有的文化只是人类在历史上努力与牺牲的成绩。为什么人们肯努力肯牺牲？因为他们有天生的信心；他们的灵魂认识什么是真什么是善什么是美，虽则他们的肉体与智识有时候会诱惑他们反着方向走路；但只要他们认明一件事情是有永久价值的时候，他们就自然的会得兴奋，不期然地自己牺牲，要在这忽忽变动的声色的世界里，赎出几个永久不变的原则的凭证来。耶稣为什么不怕上十字架？弥尔顿[1]何以瞎了眼还要做诗，贝多芬何以聋了还要制音乐，米开朗基罗为什么肯积受几个月的潮湿不顾自己的皮肉与靴子连成一片地用心思，为的只是要解决一个小小的美术问题？为什么永远有人到冰洋尽头雪山顶上去探险？为什么科学家肯在显微镜底下或是数目字中间研究一般人眼看不到心想不通的道理消磨他一生的光阴？

为的是这些人道的英雄都有他们不可摇动的信心；像我们在海砂里种花的孩子一样，他们的思想是单纯的——宗教家为善的原则牺牲，科学家为真的原则牺牲，艺术家为美的原则牺牲——这一切牺牲的结果便是我们现有的有限的文化。

---

1 弥尔顿（1608—1674），英国大诗人、政论家。作为诗人，他有三部巨作传世：《失乐园》、《复乐园》和《力士参孙》。评论家认为《失乐园》是一部伟大的基督教史诗，其震撼人心并引发争议之处，在于重述了《圣经》的创世神话，同时对魔鬼撒旦进行了新的解读，展现了撒旦在反抗上帝过程中表现的某种尊严。作为政论家，弥尔顿的《论出版自由》已成为西方自由理论的必读经典。

《基督受难图》 | 德国 | 格吕内瓦尔德

你们想想在这地面上做事难道还不是一样的傻气——这地面还不与海砂一样不容你生根，在这里的事业还不是与鲜花一样的娇嫩？——潮水过来可以冲掉，狂风吹来可以折坏，阳光晒来可以熏焦我们小孩子手里拿着往砂里栽的鲜花，同样的，我们文化的全体还不一样有随时可以冲掉、折坏、熏焦的可能吗？巴比伦的文明现在哪里？庞贝城[1]曾经在地下埋过千百年，克里特[2]的文明直到最近五六十年间才完全发见。并且有时一件事实体的存在并不能证明它生命的继续。这区区地球的本体就有一千万个毁灭的可能。人们怕死不错，我们怕死人，但最可怕的不是死的死人，是活的死人，单有躯壳生命没有灵性生活是莫大的悲惨；文化也有这种情形，死的文化倒也罢了，最可怜的是勉强喘着气的半死的文化。你们如其问我要例子，我就不迟疑地回答你说，朋友们，贵国的文化便是一个喘着气的活死人！时候已经很久的了，自从我们最后的几个祖宗为了不变的原则牺牲他们的呼吸与血液，为了不死的生命牺牲他们有限的存在，为了单纯的信心遭受当时人的讪笑与侮辱。时候已经很久的了，自从我们最后听见普遍的声音像潮水似的充满着地面。时候已经很久的了，自从我们最后看见强烈的光明像彗星似的扫掠过地面，时候已经很久的了，自从我们最后为某种主义流过火热的鲜血，时候已经很久的了，自从我们的骨髓里有胆量，我们的说话里有分量。这是一个极伤心的反省！我真不知道这时代犯了什么不可赦的大罪，上帝竟狠心地赏给我们这样恶毒的刑罚？你看看去这年头到哪里去找

1　庞贝，意大利的一座古城，公元一世纪时被火山灰湮没，直至十八世纪中叶才被重新发现。

2　克里特岛位于地中海北部，是希腊的第一大岛，是古希腊文化的发源地。

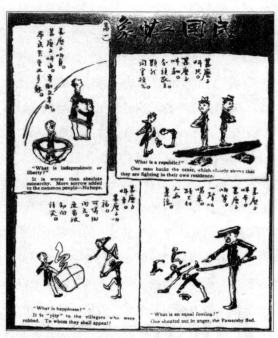

《民国之怪像》 ｜ 磊公 ｜ 一九一二年《真相画报》

一个完全的男子或是一个完全的女子——你们去看去，这年头哪一个男子不是阳痿，哪一个女子不是鼓胀！要形容我们现在受罪的时期，我们得发明一个比丑更丑比脏更脏比下流更下流比苟且更苟且比懦怯更懦怯的一类生字去！朋友们，真的我心里常常害怕，害怕下回东风带来的不是我们盼望中的春天，不是鲜花青草蝴蝶飞鸟，我怕他带来一个比冬天更枯槁更凄惨更寂寞的死天——因为丑陋的脸子不配穿漂亮的衣服，我们这样丑陋的变态的人心与社会凭什么权利可以问青天要阳光，问地面要青草，问飞鸟要音乐，问花朵要颜色？你问我明天天会不会放亮？我回答说我不知道，竟许不！

归根是我们失去了我们灵性努力的重心，那就是一个单纯的信仰，一点烂漫的童真！不要说到海滩去种花——我们都是聪明人谁愿意做傻瓜去——就是在你自己院子里种花你都懒怕动手哪！最可怕的怀疑的鬼与厌世的黑影已经占住了我们的灵魂！

所以朋友们，你们都是青年，都是春雷声响不曾停止时破绽出来的鲜花，你们再不可堕落了——虽则陷阱的大口满张在你的跟前，你不要怕，你把你的烂漫的天真倒下去，填平了它，再往前走——你们要保持那一点的信心，这里面连着来的就是精力与勇敢与灵感——你们再不怕做小傻瓜，尽量在这人道的海滩边种你的鲜花去——花也许会消灭，但这种花的精神是不烂的！

自剖

我是个好动的人；每回我身体行动的时候，我的思想也仿佛就跟着跳荡。我做的诗，不论它们是怎样的"无聊"，有不少是在行旅期中想起的。我爱动，爱看动的事物，爱活泼的人，爱水，爱空中的飞鸟，爱车窗外掣过的田野山水。星光的闪动，草叶上露珠的颤动，花须在微风中的摇动，雷雨时云空的变动，大海中波涛的汹涌，都是在触动我感兴的情景。是动，不论是什么性质，就是我的兴趣，我的灵感。是动就会催快我的呼吸，加添我的生命。

近来却大大地变样了。第一我自身的肢体，已不如原先灵活；我的心也同样地感受了不知是年岁还是什么的拘挛。动的现象再不能给我欢喜，给我启示。先前我看着在阳光中闪烁的金波，就仿佛看见了神仙宫阙——什么荒诞美丽的幻觉，不在我的脑中一闪闪地掠过；现在不同了，阳光只是阳光，流波只是流波，任凭景色怎样的灿烂，再也照不化我的呆木的心灵。我的思想，如其偶尔有，也只似岩石上的藤萝，贴着枯干的粗糙的石面，极困难地蜒着；颜色是苍黑的，姿态是倔强的。

我自己也不懂得何以这变迁来得这样的兀突，这样的深彻。

原先我在人前自觉竟是一注的流泉，在在有飞沫，在在有闪光；现在这泉眼，如其还在，仿佛是叫一块石板不留余隙的给镇住了。我再没有先前那样蓬勃的情趣，每回我想说话的时候，就觉着那石块的重压，怎么也掀不动，怎么也推不开，结果只能自安沉默！"你再不用想什么了，你再没有什么可想的了"；"你再不用开口了，你再没有什么话可说的了，"我常觉得我沉闷的心府里有这样半嘲讽半吊唁的谆嘱。

说来我思想上或经验上也并不曾经受什么过分剧烈的戟刺。我处境是向来顺的，现在如其有不同，只是更顺了的。那么为什么这变迁？远的不说，就比如我年前到欧洲去时的心境：啊！我那时还不是一只初长毛角的野鹿？什么颜色不激动我的视觉，什么香味不奋兴我的嗅觉？我记得我在意大利写游记的时候，情绪是何等的活泼，兴趣何等的醇厚，一路来眼见耳听心感的种种，哪一样不活栩栩地业集在我的笔端，争求充分的表现！如今呢？我这次到南方去，来回也有一个多月的光景，这期内眼见耳听心感的事物也该有不少。我未动身前，又何尝不自喜此去又可以有机会饱餐西湖的风色，邓尉的梅香——单提一两件最合我脾胃的事。有好多朋友也曾期望我在这闲暇的假期中采集一点江南风趣，归来时，至少也该带回一两篇爽口的诗文，给在北京泥土的空气中活命的朋友们一些清醒的消遣。但在事实上不但在南中时我白瞪着大眼，看天亮换天昏，又闭上了眼，拼天昏换天亮，一冬春之交，梅花凌寒而开，以炫丽报春，以馨香悦人，因而成为坚毅、高尚的象征，难怪中国的文人画士，历来爱以梅花抒情、咏志。

《墨梅》 | 清代 | 朱耷

枝秃笔跟着我涉海去，又跟着我涉海回来，正如岩洞里的一根石笋，压根儿就没一点摇动的消息；就在我回京后这十来天，任凭朋友们怎样的催促，自己良心怎样的责备，我的笔尖上还是滴不出一点墨沈来。我也曾勉强想想，勉强想写，但到底还是白费！可怕是这心灵骤然的呆顿。完全死了不成？我自己在疑惑。

说来是时局也许有关系。我到京几天就逢着空前的血案。五卅事件发生时我正在意大利山中，采茉莉花编花篮儿玩，翡冷翠[1]山中只见明星与流萤的交唤，花香与山色的温存，俗氛是吹不到的。直到七月间到了伦敦，我才理会国内风光的惨淡，等得我赶回来时，设想中的激昂，又早变成了明日黄花，看得见的痕迹只有满城黄墙上墨彩斑斓的"泣告"。

这回却不同。屠杀的事实不仅是在我住的城子里发见，我有时竟觉得是我自己的灵府里的一个惨象。杀死的不仅是青年们的生命，我自己的思想也仿佛遭着了致命的打击，比是国务院前的断胫残肢，再也不能回复生动与连贯。但这深刻的难受在我是无名的，是不能完全解释的。这回事变的奇惨性引起愤慨与悲切是一件事，但同时我们也知道在这根本起变态作用的社会里，什么怪诞的情形都是可能的。屠杀无辜，还不是年来最平常的现象。自从内战纠结以来，在受战祸的区域内，哪一处村落不曾分到过遭奸污的女性，屠残的骨肉，供牺牲的生命财产？这无非是给冤氛团结的地面上多添一团更集中更鲜艳的怨毒。再说哪一个民族的解放史能不浓浓地染着Martyrs[2]的腔血？俄国革命的开幕就是二十年前冬宫的血景。只要我们有识力认定，有胆量实行，我们

---

1 翡冷翠，通译佛罗伦萨。
2 Martyrs，英文"殉难者"、"烈士"。

五卅惨案后的上海街头

理想中的革命，这回羔羊的血就不会是白涂的。所以我个人的沉闷决不完全是这回惨案引起的感情作用。

爱和平是我的生性。在怨毒、猜忌、残杀的空气中，我的神经每每感受一种不可名状的压迫。记得前年奉直战争时我过的那日子简直是一团黑漆，每晚更深时，独自抱着脑壳伏在书桌上受罪，仿佛整个时代的沉闷盖在我的头顶——直到写下了《毒药》那几首不成形的咒诅诗以后，我心头的紧张才渐渐地缓和下去。这回又有同样的情形；只觉着烦，只觉着闷，感想来时只是破碎，笔头只是笨滞。结果身体也不舒畅，像是蜡油涂抹住了全身毛窍似的难过，一天过去了又是一天，我这里又在重演更深独坐箍紧脑壳的姿势，窗外皎洁的月光，分明是在嘲讽我内心的枯窘！

不，我还得往更深处挖。我不能叫这时局来替我思想骤然的呆顿负责，我得往我自己生活的底里找去。

平常有几种原因可以影响我们的心灵活动。实际生活的牵掣可以劫去我们心灵所需要的闲暇，积成一种压迫。在某种热烈的想望不曾得满足时，我们感觉精神上的烦闷与焦躁，失望更是颠覆内心平衡的一个大原因；较剧烈的种类可以麻痹我们的灵智，淹没我们的理性。但这些都合不上我的病源；因为我在实际生活里已经得到十分的幸运，我的潜在意识里，我敢说不该有什么压着的欲望在作怪。

但是在实际上反过来看另有一种情形可以阻塞或是减少你心灵的活动。我们知道舒服、健康、幸福，是人生的目标，我们因此推想我们痛苦的起点是在望见那些目标而得不到的时候。我们常听人说"假如我像某人那样生活无忧我一定可以好好地做事，不比现在整天的精神全花在琐碎的烦恼上。"我们又听说"我不能做事就为身体太坏，若是精神来得，那就……"我们又常常设想幸福的境界，我们想"只要有一个意中人在跟前那我一定奋发，什么事做不到？"但是不，在事实上，舒服、健康、幸福，不但不一定是帮助或奖励心灵生活的条件，它们有时正得相反的效果。我们看不起有钱人，在社会上得意人，肌肉过分发展的运动家，也正在此；至于年少人幻想中的美满幸福，我敢说等得当真有了红袖添香，你的书也就读不出所以然来，且不说什么在学问上或艺术上更认真的工作。

那么生活的满足是我的病源吗？

"在先前的日子"，一个真知我的朋友，就说："正为是你生活不得平衡，正为你有欲望不得满足，你的压在内里的Libido[1]就形成一种升华的现象，结果你就借文学来发泄你生理上的郁结（你不常说你从事文学是一件不预期的事吗？）这情形又容易在你的意识里形成一种虚幻的希望，因为你的写作得到一部分赞许，你就自以为确有相当创作的天赋以及独立思想的能力。但你只是自冤自，实在你并没有什么超人一等的天赋，你的设想多半是虚荣，你的以前的成绩只是升华的结果。所以现在等得你生活换了样，感情上有了安顿，你就发见你向来写作的来源顿呈萎缩甚至枯竭的现象；而你又不愿意承认这情形的实在，妄想到你身子以外去找你思想枯窘的原因，所以你就不由地感到深刻的烦闷。你只是对你自己生气，不甘心承认你自己的本相。不，你原来并没有三头六臂的！

"你对文艺并没有真兴趣，对学问并没有真热心。你本来

---

1 Libido，通译利比多，意为：性欲望或性能量。弗洛伊德认为，性是人的一切思想和行为的原动力，性欲，成为证明一个人魅力的最主要表达与展现方式。

弗洛伊德与儿童

弗洛伊德是奥地利精神病大夫、精神分析学派的创始人。他关于潜意识的理论加深了人类对自己心灵的认识。其理论对后世的西方文艺有深远影响。

没有什么更高的志愿，除了相当合理的生活，你只配安分做一个平常人，享你命里铸定的'幸福'；在事业界，在文艺创作界，在学问界内，全没有你的位置，你真的没有那能耐。不信你只要自问在你心里的心里有没有那无形的'推力'，整天整夜地恼着你，逼着你，督着你，放开实际生活的全部，单望着不可捉摸的创作境界里去冒险？是的，顶明显的关键就是那无形的推力或是冲动（The Impulse），没有它人类就没有科学，没有文学，没有艺术，没有一切超越功利实用性质的创作。你知道在国外（国内当然也有，许没那样多）有多少人被这无形的推力驱使着，在实际生活上变成一种离魂病性质的变态动物，不但人间所有的虚荣永远沾不上他们的思想，就连维持生命的睡眠饮食，在他们都失了重要，他们全部的心力只是在他们那无形的推力所指示的特殊方向上集中应用。怪不得有人说天才是疯癫；我们在巴黎、伦敦不就到处碰得着这类怪人？如其他是一个美术家，恼着他的就只怎样可以完全表现他那理想中的形体；一个线条的准确，某种色彩的调谐，在他会得比他生身父母的生死与国家的存亡更重要，更迫切，更要求注意。我们知道专门学者有终身掘坟墓的，研究蚊虫生理的，观察亿万万里外一个星的动定的。并且他们决不问社会对于他们的劳力有否任何的认识，那就是虚荣的进路；他们是被一点无形的推力的魔鬼蛊定了的。

　　"这是关于文艺创作的话。你自问有没有这种情形。你也许经验过什么'灵感'，那也许有，但你却不要把刹那误认作永久的，虚幻认作真实。至于说思想与真实学问的话，那也得背后有一种推力，方向许不同，性质还是不变。做学问你得有原动的好奇心，得有天然热情的态度去做求知识的工夫。真思想家的准备，除了特强的理智，还得有一种原动的信仰；信仰或寻求信仰，是一切思想的出发点：极端的怀疑派思想也只是期望重新位置信仰的一种努力。从古来没有一个思想家不是宗教性的。在他们，各按各的倾向，一切人生的和理智的问题是实在有的；神的有无，善与恶，本体问题，认识问题，意志自由问题，在他们看来都是含逼迫性的现象，要求合理的解答——比山岭的崇高，水的流动，爱的甜蜜更真，更实在，更耸动。他们的一点心灵，就永远在他们设想的一种或多种问题的周围飞舞、旋绕，正如灯蛾之于火焰：牺牲自身来贯彻火焰中心的秘密，是他们共有的决心。

"这种惨烈的情形，你怕也没有吧？我不说你的心幕上就没有思想的影子；但它们怕只是虚影，像水面上的云影，云过影子就跟着消散，不是石上的溜痕越日久越深刻。

"这样说下来，你倒可以安心了！因为个人最大的悲剧是设想一个虚无的境界来谎骗你自己；骗不到底的时候你就得忍受'幻灭'的莫大的苦痛。与其那样，还不如及早认清自己的深浅，不要把不必要的负担，放上支撑不住的肩背，压坏你自己，还难免旁人的笑话！朋友，不要迷了，定下心来享你现成的福分吧；思想不是你的分，文艺创作不是你的分，独立的事业更不是你的分！天生扛了重担来的那也没法想（哪一个天才不是活受罪！）你是原来轻松的，这是多可羡慕，多可贺喜的一个发见！算了吧，朋友！"

再　剖[1]

你们知道喝醉了想吐吐不出或是吐不爽快的难受不是？这就是我现在的苦恼；肠胃里一阵阵的作恶，腥腻从食道里往上泛，但这喉关偏跟你别扭，它捏住你，逼住你，逗着你——不，它且不给你痛快哪！前天那篇"自剖"，就比是哇出来的几口苦水，过后只是更难受，更觉着往上冒。我告你我想要怎么样。我要孤寂：要一个静极了的地方——森林的中心，山洞里，牢狱的暗室里——再没有外界的影响来逼迫或引诱你的分心，再不须计较旁人的意见，喝彩或是嘲笑；当前唯一的对象是你自己：你的思想，你的感情，你的本性。那时它们再不会躲避，不曾隐遁，不曾装作；赤裸裸地听凭你察看、检验审问。你可以放胆解去你最后的一缕遮盖，袒露你最自怜的创伤，最掩讳的私亵。那才是你痛快一吐的机会。

但我现在的生活情形不容我有那样一个时机。白天太忙（在人前一个人的灵性永远是蜷缩在壳内的蜗牛），到夜间，比如此刻，静是静了，人可又倦了，惦着明天的事情又不得不早些休息。啊，我真羡慕我台上放着那块唐砖上的佛像，他在他的莲台上瞑目坐着，什么都摇不动他那入定的圆澄。我们只是在烦恼网

1　本文原刊于一九二六年四月七日《晨报副刊》，收入《自剖文集》。

里过日子的众生，怎敢企望那光明无碍的境界！有鞭子下来，我们躲；见好吃的，我们唾涎；听声响，我们着忙；逢着痛痒，我们着恼。我们是鼠、是狗、是刺猬、是天上星星与地上泥土间爬着的虫。哪里有工夫，即使你有心想亲近你自己？哪里有机会，即使你想痛快地一吐？

前几天也不知无形中经过几度挣扎，才呕出那几口苦水，这在我虽则难受还是照旧，但多少总算是发泄。事后我私下觉得愧悔，因为我不该拿我一己苦闷的骨鲠，强读者们陪着我吞咽。是苦水就不免熏蒸的恶味。我承认这完全是我自私的行为，不敢望恕的。我唯一的解嘲是这几口苦水的确是从我自己的肠胃里呕出——不是去脏水桶里舀来的。我不曾期望同情，我只要朋友们认识我的深浅——（我的浅？）我最怕朋友们的容宠容易形成一种虚拟的期望；我这操刀自剖的一个目的，就在及早解卸我本不该扛上的担负。

是的，我还得往底里挖，往更深处剖。

最初我来编辑副刊，我有一个愿心。我想把我自己整个儿交给能容纳我的读者们，我心目中的读者们，说实话，就只这时代的青年。我觉着只有青年们的心窝里有容我的空隙，我要偎着他们的热血，听他们的脉搏。我要在我自己的情感里发见他们的情感，在我自己的思想里反映他们的思想。假如编辑的意义只是选稿、配版、付印、拉稿，那还不如去做银行的伙计——有出息得多。我接受编辑晨副的机会，就为这不单是机械性的一种任务。（感谢晨报主人的信任与容忍），晨报变了我的喇叭，从这管口里我有自由吹弄我古怪的不调谐的音调，它是我的镜子，在这平面上描画出我古怪的不调谐的形状。我也决不掩讳我的原形；我就是我。记得我第一次与读者们相见，就是一篇供状。我的经过，我的深浅，我的偏见，我的希望，我都曾经再三地声明，怕是你们早听厌了。但初起我有一种期望是真的——期望我自己。也不知那时间为什么原因我竟有那活棱棱的一副勇气。我宣言我自己跳进了这现实的世界，存心想来对准人生的面目认他一个仔细。我信我自己的热心（不是知识）多少可以给我一些对敌力量的。我想拚这一天，把我的血肉与灵魂，放进这现实世界的磨盘里去捱，锯齿下去拉，——我就要尝那味儿！只有这样，我想才可以期望我主办的刊物多少是一个有生命气息的东西；才可以期望在作者与读者间发生一种活的关系；才可以期望读者们觉着这一长条报纸与黑的字印的背后，的确至少有一个活着的人与一个动着的心，他的把握是在你的腕上，他的呼吸吹在你的脸上，他的欢喜，他的惆怅，他的迷惑，他的伤悲，就比是你自己的，的确是从一个可认识的主体上发出来的变化——是站在台上人的姿态，——不是投射在白幕上的虚影。

并且我当初也并不是没有我的信念与理想。有我崇拜的德性，有我信仰的原则。有我爱护的事物，也有我痛疾的事物。往理性的方向走，往爱心与同情的方向走，往光明的方向走，往真的方向走，往健康快乐的方向走，往生命，更多更大更高的生命方向

《封建礼教背景中之恋爱》｜ 曹涵美 ｜ 一九二九年《北洋画报》

走——这是我那时的一点"赤子之心"。我恨的是这时代的病象，什么都是病象：猜忌、诡诈、小巧、倾轧、挑拨、残杀、互杀、自杀、忧愁、作伪、肮脏。我不是医生，不会治病；我就有一双手，趁它们活灵的时候，我想，或许可以替这时代打开几扇窗，多少让空气流通些，浊的毒性的出去，清醒的洁净的进来。

但紧接着我的狂妄的招摇，我最敬畏的一个前辈（看了我的吊刘叔和文）就给我当头一棒：

> ……既立意来办报而且郑重宣言"决意改变我对人的态度"，那么自己的思想就得先磨冶一番，不能单凭主觉，随便说了就算完事。迎上前去，不要又退了回来！一时的兴奋，是无用的，说话越觉得响亮起劲，跳踯有力，其实即是内心的虚弱，何况说出衰颓懊丧的语气，教一般青年看了，更给他们以可怕的影响，似乎不是志摩这番挺身出马的本意！……

迎上前去，不要又退了回来！这一喝这几个月来就没有一天不在我"虚弱的内心"里回响。实际上自从我喊出"迎上前去"以后，即使不曾撑开了往后退，至少我自己觉不得我的脚步曾经向前挪动。今天我再不能容我自己这梦梦的下去。算清亏欠，在还算得清的时候，总比窝着混着强。我不能不自剖。冒着"说出衰颓懊丧的语气"的危险，我不能不利用这反省的锋刃，劈去纠着我心身的累赘、淤积，或许这来倒有自我真得解放的希望？

想来这做人真是奥妙。我信我们的生活至少是复性的。看得见，觉得着的生活是我们的显明的生活，但同时另有一种生活，跟着知识的开豁逐渐胚胎、成形、活动，最后支配前一种的生活比是我们投在地上的身影，跟着光亮的增加渐渐由模糊化成清晰，形体是不可捉的，但它自有它的奥妙的存在，你动它跟着动，你不动它跟着不动。在实际生活的匆遽中，我们不易辨认另一种无形的生活的并存，正如我们在阴地里不见我们的影子；但到了某时候某境地忽的发见了它，不容否认地踵接着你的脚跟，比如你晚间步月时发见你自己的身影。它是你的性灵的或精神的生活。你觉到你有超实际生活的性灵生活的俄顷，是你一生的一个大关键！你许到极迟才觉悟（有人一辈子不得机会），但你实际生活中的经历、动作、思想，没有一丝一屑不同时在你那跟着长成的性灵生活中留着"对号的存根"，正如你的影子不放过你的一举一动，虽则你不注意到或看不见。

我这时候就比是一个人初次发见他有影子的情形。惊骇、讶异、迷惑、耸悚、猜疑、恍惚同时并起，在这辨认你自身另有一个存在的时候。我这辈子只是在生活的道上盲目地前冲，一时踹入一个泥潭，一时踏折一支草花，只是这无目的的奔驰；从哪里来，向哪里去，现在在那里，该怎么走，这些根本的问题却从不曾到我的心上。但这时候突然的，恍然的我惊觉了。仿佛是一向跟着我形体奔波的影子忽然阻住了我的前路，责问我这匆匆的究竟是为什么！

一种新意识的诞生。这来我再不能盲冲，我至少得认明来踪与去迹，该怎样走法如其有目的地，该怎样准备如其前程还在遥远？

啊，我何尝愿意吞这果子，早知有这多的麻烦！现在我第一要考查明白的是这"我"究竟是怎么一回事；然后再决定掉落在这生活道上的"我"的赶路方法。以前种种动作是没有这新意识作主宰的；此后，什么都是由它。

吸烟与文化[1]（牛津）

一

牛津是世界上名声压得倒人的一个学府。牛津的秘密是它的导师制。导师的秘密，按利卡克[2]教授说，是"对准了他的徒弟们抽烟"。真的，在牛津或剑桥[3]地方要找一个不吸烟的学生是很费事的——先生更不用提。学会抽烟，学会沙发上古怪的坐法，学会半吞半吐的谈话——大学教育就够格儿了。"牛津人"、"剑桥人"；还不骜中吗？我如其有钱办学堂的话，利卡克说，第一件事情我要做的是造一间吸烟室，其次造宿舍，再次造图书室；真要到了有钱没地方花的时候再来造课堂。

二

怪不得有人就会说，原来英国学生就会吃烟，就会懒惰。臭绅士的架子！臭架子的绅士！难怪我们这年头背心上刺刺的老不舒服，原来我们中间也来了几个叫土巴菰[4]烟臭熏出来的破绅士！

这年头说话得谨慎些。提起英国就犯嫌疑。贵族主义！帝国

1　本文原刊于一九二六年十月一日《晨报副刊》，收入《巴黎的鳞爪》。

2　据名字读音和后文关于剑桥的幽默说法，可推断此利卡克即加拿大幽默作家斯蒂芬·李柯克，他著有关于英国的作品《我的英国发现》。

3　剑桥，原文用的是旧译"康桥"，为方便读者而采用今译。

4　土巴菰，是英文tobacco（烟草）的音译。

主义！走狗！挖个坑埋了他！

实际上事情可不这么简单。侵略、压迫、该咒是一件事，别的事情可不跟着走。至少我们得承认英国，就它本身说，是一个站得住的国家，英国人是有出息的民族。它的是有组织的生活，它的是有活气的文化。我们也得承认牛津或是剑桥至少是一个十分可羡慕的学府，它们是英国文化生活的娘胎。多少伟大的政治家、学者、诗人、艺术家、科学家，是这两个学府的产儿——烟味儿给熏出来的。

三

利卡克的话不完全是俏皮话。"抽烟主义"是值得研究的。但吸烟室究竟是怎么一回事？烟斗里如何抽得出文化真髓来？对准了学生抽烟怎样是英国教育的秘密？利卡克先生没有描写牛津、剑桥生活的真相；他只这么说，他不曾说出一个所以然来。许有人愿意听听的，我想。我也叫名在英国念过两年书，大部分的时间在剑桥。但严格地说，我还是不够资格的。我当初并不是像我的朋友温源宁先生似的出了大金镑正式去请教熏烟的：我只是个，比方说，烤小半熟的白薯，离着焦味儿透香还正远哪。但我在剑桥的日子可真是享福，深怕这辈子再也得不到那样蜜甜的牛顿无疑是最著名的『剑桥人』。牛顿晚年说，当年是一个砸在他头上的苹果使他悟出了万有引力定律。如今那棵树还在剑桥的校园里呢！

《苹果砸在牛顿头上》

机会了。我不敢说剑桥给了我多少学问或是教会了我什么。我不敢说受了剑桥的洗礼，一个人就会变气息，脱凡胎。我敢说的只是——就我个人说，我的眼是剑桥教我睁的，我的求知欲是剑桥给我拨动的，我的自我的意识是剑桥给我胚胎的。我在美国有整两年，在英国也算是整两年。在美国我忙的是上课，听讲，写考卷，龁橡皮糖，看电影，赌咒，在剑桥我忙的是散步，划船，骑自转车，抽烟，闲谈，吃五点钟茶、牛油烤饼，看闲书。如其我到美国的时候是一个不含糊的草包，我离开自由神的时候也还是那原封没有动；但如其我在美国时候不曾通窍，我在剑桥的日子至少自己明白了原先只是一肚子颟顸。这分别不能算小。

我早想谈谈剑桥，对它我有的是无限的柔情。但我又怕亵渎了它似的始终不曾出口。这年头！只要"贵族教育"一个无意识的口号就可以把牛顿、达尔文、弥尔顿、拜伦、华茨华斯、阿诺德、纽曼、罗赛蒂、格兰士顿等等所从来的母校一下抹煞。再说年来交通便利了，各式各种日新月异的教育原理教育新制翩翩地从各方向的外洋飞到中华，哪还容得厨房老过四百年墙壁上爬满骚胡髭一类藤萝的老书院一起来上讲坛？

四

但另换一个方向看去，我们也见到少数有见地的人再也看不过国内高等教育的混沌现象，想跳开了蹂烂的道儿，回头另寻新路走去。向外望去，现成有牛津、剑桥青藤缭绕的学院招着你微笑；回头望去，五老峰下飞泉声中白鹿洞一类的书院瞅着你惆怅。这浪漫的思乡病跟着现代教育丑化的程度在少数人的心中一天深似一天。这机械性、买卖性的教育够腻烦了，我们说。我们也要几间满沿着爬山虎的哥特式屋子来安息我们的灵性，我们说。我们也要一个绝对闲暇的环境好容我们的心智自由地发展去，我们说。

林语堂先生在《现代评论》登过一篇文章谈他的教育的理想。新近任叔永先生与他的夫人陈衡哲女士也发表了他们的教育的理想。林先生的意思约莫记得是相仿效牛津一类学府；陈、任两位是要恢复书院制的精神。这两篇文章我认为是很重要的，尤其是陈、任两位的具体提议，但因为开倒车走回头路分明是不合时宜，他们几位的意思并不曾得到期望的回响。想来现在的学者们太忙了，寻饭吃的、做官的，当革命领袖的，谁都不得闲，谁都不愿闲，结果当然没有人来关心什么纯粹教育（不含任何动机的学问）或是人格教育。这是个可憾的现象。

我自己也是深感这浪漫的思乡病的一个；我只要

　　草青人远，

　　一流冷涧……

但我们这想望的境界有容我们达到的一天吗？

我们病了怎么办[1]

　　"在理想的社会中，我想，"西滢[2]在闲话里说，"医生的进款应当与人们的康健做正比例。他们应当像保险公司一样，保证他们的顾客的健全，一有了病就应当罚金或赔偿的。"在塞缪尔·巴特勒（Samuel Butler）[3]的乌托邦里，生病只当做犯罪看待，疗治的场所是监狱，不是医院，那是留着伺候犯罪人的。真的为什么人们要生病，自己不受用，旁人也麻烦？我有时看了不知病痛的猫狗们的快乐自在，便不禁回想到我们这造孽的文明的人类，且不说那尾巴不曾蜕化的远祖，就说湘西的苗子，太平洋群岛上的保立尼新人之类，他们所知道所受用的健康与安逸，已不是我们所谓文明人所能梦想。咳，堕落的人们，病痛变了你们的本分，至于健康，那是例外的例外了！

　　不妨事，你说，病了有医，有药，怕什么的？看近代的医学、药学够多么飞快地进步？就北京说吧，顶体面顶费钱的屋子是什么？医院！顶体面顶赚钱的职业是什么？医生！设备、手术、调理、取费，没一样不是上乘！病，病怕什么的——只要你

1　本文原刊于一九二六年五月二十九日《晨报副刊》。

2　西滢，即陈源（1896—1970），笔名陈西滢，曾与胡适等共办《现代评论》，其在该刊所发《闲话》颇为有名。

3　塞缪尔·巴特勒（1835—1902），英国作家。

《吗啡针太害人》 │ 李炳堂 │ 一九〇六年《北京画报》

有钱，更好你兼有势！

是的，我们对科学，尤其是对医学的信仰，是无涯涘的；我们对外国人，尤其是对西医的信仰，是无边际的。中国大夫其实是太难了，开口是玄学，闭口也还是玄学，什么脾气侵肺，肺气侵肝，肝气侵肾，肾气又回侵脾，有谁，凡是有哀皮西[1]脑筋的，听得惯这一套废话？冲他们那寸把长乌木镶边的指甲，鸦片烟带牙污的口气，就不能叫你放心，不说信任！同样穿洋服的大夫们够多漂亮，说话够多有把握，什么病就是什么病，该吃黄丸子的就不该吃黑丸子，这够多干脆，单冲他们那身上收拾的干净，脸上表情的镇定与威权，病人就觉得爽气得多！"医者意也"是一句古话；但得进了现代的大医院，我们才懂得那话的意思。多谢那些平均算一秒钟滚进一只金元宝之类的大大王们，他们有了钱设法用就想"留芳"，正如做皇帝的想成仙，拿了无数的钱分到苦恼的半开化的民族的国度里，造教堂推广福音来救度他们的病痛。而且这也不是白来；他们往回收的不是名，就是利，很多时候是名利双收。为什么不，我有了钱也这么来。

我个人向来也是无条件信仰西洋医学，崇拜外国医院的，但新近接连听着许多话不由我不开始疑问了。我只说疑问，不说停止崇拜，那还远着哪。在北京有的医院别号是"高等台基"，有的雅称是某大学分院，这已够新鲜，但还不妨事，医院是医院的机关，只要它这一点能名副其实地做到，你管得它其他附带的作用。但在事实上可巧它们往往是在最主要的功用上使我们失望，那是我们为全社会计，为它们自身名誉计，有时不得不出声

1　哀皮西，即ABC的音译。

来提醒它们一声。我们只说提醒，决不敢用忠告甚至警告责备一类的字样；因为我们怎能不感念他们在这里方便我们的好意？

我们提另来说协和。因为协和，就我所知道的，岂不是在本城的医院中算是资本最雄厚，设备最丰富，人才最济济的一个机关？并且它也是在办事上最认真的一个地方，我们可以相信。它一年所花的钱，一年所医治的人，虽则我不知实在，想来一定是可惊的数目。但我们要看看它的成绩。说来也怪，也许原因是人们的本性是忘恩，也许它的"人缘"特别不佳，凡是请教过协和的病人，就我所知，简直可说是一致，也许多少不一，有怨言。这怨言的性质却不一致，综了说有这几种：

（一）种族界限　这是说看病先看你脸皮是白是黄：凡是外国人，说句公平话，他们所得的待遇就应有尽有，一点也不含糊，但要是不幸你是黄脸的，那就得趁大夫们的高兴了，他们爱怎么样理你就怎么样理你。据说院内雇用的中国人，上自助手下至打扫的，都在说这话——中外国病人的分别大着哪！原来是，这是有根据的，诺狄克民[1]优胜的谬见一天不打破，我们就得一天忍受这类不平等的待遇。外国医院设在中国的，第一个目的当然是伺候外国人，轮得着你们，已算是好了，谁叫你们自不争气，有病人自己不会医！

（二）势力分别　同是中国人，还有分别；但这分别又是理由极充分的；有钱有势的病人照例得着上等的待遇，普通乃至贫苦的病人只当得病人看。这是人类的通性什么地方什么时候都有表见的，谁来低哆谁就没有幽默，虽则在理论上说，至少医院似

1　诺狄克民，指雅利安人种，此处泛指印欧语系各民族。

乎应分是"一视同仁"的。我们听见过进院的产妇放在屋子里没有人顾问，到时候小孩子自己下来了，医生还不到一类的故事！

（三）科学精神　这是说拿病人当试验品，或当标本看。你去看你的眼，一个大夫或是学生来检查了一下出去了；二一个大夫或是学生又来查看了一下出去了；三一个大夫或是学生再来一次，但究竟谁负责看这病，你得绕大弯儿才找得出来，即使你能的话。他们也许是为他们自己看病来了，但很不像是替病人看病。那也有理，但在这类情形之下，西滢在他的闲话说得趣，付钱的应分是医院，不该是病人！

（四）大意疏忽　一般人的逻辑是不准确的，他们往往因为一个医生偶尔的疏忽便断定他所代表的学理与方法是要不得的。很多人从极细小题外的原因推定科学的不成立。这是危险的。就医病说，从新医术跳回党参、黄岐，从党参黄岐跳回祝由科符水，从符水到请猪头烧纸，是常见的事；我们忧心文明，期望"进步"的不该奖励这类"开倒车"的趋向。但同时不幸对科学有责任的新派大夫们，偏容易大意，结果是多少误事。查验的疏忽，诊断的错误，手术的马虎，在在是使病人失望的原因。但医院是何等事，一举措间的分别可以交关人命，我们即使大量，也不能忍受无谓的灾殃。

最近一个农业大学学生的死，据报载是：（一）原因于不及时医治；（二）原因于手术时不慎致病菌入血。这类的情形我们如何能不抗议？

再如梁任公[1]先生这次的白丢腰子，几乎是太笑话了。梁先生

1　梁任公，即梁启超先生。梁先生本该割掉有病变的肾，却被切除了健康的肾，这是一起由护士的失误和主刀大夫的疏忽导致的医疗事故。

受手术之前，见着他的知道，精神够多健旺，面色够光采。协和最能干的大夫替他下了不容疑义的诊断，说割了一个腰子病就去根。腰子割了，病没有割。那么病原在牙；再割牙，从一根割起割到七根，病还是没有割。那么病在胃吧；饿瘪了试试——人瘪了，病还是没有瘪！那究竟为什么出血呢？最后的答话其实是太妙了，说是无原因的出血：Essential Hoematuria。所以闹了半天的发见是既不是肾脏肿疡（Kidney Tarmour），又不是齿牙一类的作祟；原因是无原因的！我们是完全外行，怎懂得这其中的玄妙，内行错了也只许内行批评，哪轮着外行多嘴！但这是协和的责任心。这是他们的见解，他们的本领手段！

后面附着梁仲策先生的笔记[1]，关于这次医治的始末，尤其是当事人的态度，记述甚详，不少耐人寻味的地方，你们自己看去，我不来多加案语。但一点是分明的，协和当事人免不了诊断

1　梁仲策是梁启超之弟。限于篇幅，本书未附其笔记。

疏忽的责备。我们并不完全因为梁先生是梁先生所以特别提出讨论，但这次因为是梁先生在协和已经是特别卖力气，结果尚不免几乎出大乱子，我们对于协和的信仰，至少我个人的，多少不免有修正的必要了。"尽信医则不如无医"，诚哉是言也！但我们却不愿一班人因此而发生出轨的感想：就是对医学乃至科学本身怀疑，那是错了，当事人也许有时没交代，但近代医学是有交代的，我们决不能混为一谈。并且外行终究是外行，难说梁先生这次的经过，在当事人自有一种折服人的说法，我们也不得而知。但假如有理可说的话，我们为协和计，为替梁先生割腰子的大夫计，为社会上一般人对协和乃至西医的态度计，正巧梁先生的医案已经几于尽人皆知，我们即不敢要求，也想望协和当事人能给我们一个相当的解说。让我们外行借此长长见识也是好的！

要不然我们此后岂不个个人都得踌躇着：

我们病了怎么办？

452

我的彼得[1]

新近有一天晚上，我在一个地方听音乐，一个不相识的小孩，约莫八九岁光景，过来坐在我的身边，他说的话我不懂，我也不易使他懂我的话，那可并不妨事，因为在几分钟内我们已经是很好的朋友，他拉着我的手，我拉着他的手，一同听台上的音乐。他年纪虽则小，他音乐的兴趣已经很深：他比着手势告我他也有一张提琴，他会拉，并且说哪几个是他已经学会的调子。他那资质的敏慧，性情的柔和，体态的秀美，不能使人不爱；而况我本来是喜欢小孩们的。

但那晚虽则结识了一个可爱的小友，我心里却并不快爽；因为不仅见着他使我想起你，我的小彼得[2]，并且在他活泼的神情里我想见了你，彼得，假如你长大的话，与他同年龄的影子。你在时，与他一样，也是爱音乐的；虽则你回去的时候刚满三岁，你爱好音乐的故事，从你襁褓时起，我屡次听你妈与你的"大大"讲，不但是十分的有趣可爱，竟可说是你有天赋的凭证，在你最初开口学话的日子，你妈已经写信给我，说你听着了音乐便异常的快活，说你在坐车里常常伸出你的小手在车栏上跟着音乐按

---

1 本文原刊于《自剖文集》，新月书店一九二八年一月初版。

2 彼得，徐志摩与前妻张幼仪生的第二个孩子，一九二五年三岁时夭折于柏林，因出生于德国，故又名"德生"。

徐志摩与张幼仪

拍；你稍大些会得淘气的时候，你妈说，只要把话匣开上，你便在旁边乖乖地坐着静听，再也不出声不闹：——并且你有的是可惊的口味，是贝多芬是瓦格纳你就爱，要是中国的戏片，你便盖没了你的小耳。决意不让无意味的锣鼓，打搅你的清听！你的大大（她多疼你！）讲给我听你得小提琴的故事：怎样那晚上买琴来的时候，你已经在你的小床上睡好，怎样她们为怕你起来闹赶快灭了灯亮把琴放在你的床边，怎样你这小机灵早已看见，却偏不作声，等你妈与大大都上了床，你才偷偷地爬起来，摸着了你的宝贝，再也忍不住你的技痒，站在漆黑的床边，就开始你"截桑柴"的本领，后来怎样她们干涉了你，你便乖乖地把琴抱进你的床去，一起安眠。她们又讲你怎样欢喜拿着一根短棍站在桌上摹仿音乐会的导师，你那认真的神情常常叫在座人大笑。此外还有不少趣话，大大记得最清楚，她都讲给我听过；但这几件故事已够见证你小小的灵性里早长着音乐的慧根。实际我与你妈早经同意想叫你长大时留在德国学习音乐；——谁知道在你的早殇里我们失去了一个可能的莫扎特（Mozart）：在中国音乐最饥荒的日子，难得见这一点希冀的青芽，又教命运无情的脚跟踏倒，想起怎不可伤？

　　彼得，可爱的小彼得，我"算是"你的父亲，但想起我做父亲的往迹，我心头便涌起了不少的感想；我的话你是永远听不着了，但我想借这悼念你的机会，稍稍疏泄我的积愫，在这不自然的世界上，与我境遇相似或更不如的当不在少数，因此我想说的话或许还有人听，竟许有人同情。就是你妈，彼得，她也何尝有一天接近过快乐与幸福，但她在她同样不幸的境遇中证明她的智断，她的忍耐，尤其是她的勇敢与胆量；所以至少她，我敢相

《莫扎特》 | 明信片

本图是纪念奥地利作曲家莫扎特的明信片图案，邮戳地点是莫扎特的故乡萨尔斯堡。

信，可以懂得我话里意味的深浅，也只有她，我敢说，最有资格指证或相诠释——在她有机会时——我的情感的真际。

但我的情愫！是怨，是恨，是忏悔，是怅惘？对着这不完全、不如意的人生，谁没有怨，谁没有恨，谁没有怅惘？除了天生颟顸的，谁不曾在他生命的经途中——歌德说的——和着悲哀吞他的饭，谁不曾拥着半夜的孤衾饮泣？我们应得感谢上苍的是他不可度量的心裁，不但在生物的境界中他创造了不可计数的种类，就这悲哀的人生也是因人差异，各各不同，——同是一个碎心，却没有同样的碎痕，同是一滴眼泪，却难寻同样的泪晶。

彼得我爱，我说过我是你的父亲。但我最后见你的时候你才不满四月，这次我再来欧洲你已经早一个星期回去，我见着的只你的遗像，那太可爱；与你一撮的遗灰，那太可惨。你生前日常把弄的玩具——小车、小马、小鹅、小琴、小书——，你妈曾经件件地指给我看，你在时穿着的衣、褂、鞋、帽，你妈与你大大也曾含着眼泪从箱里理出来给我抚摩，同时她们讲你生前的故事，直到你的影像活现在我的眼前，你的脚踪仿佛在楼板上踹响。你是不认识你父亲的，彼得，虽则我听说他的名字常在你的口边，他的肖像也常受你小口的亲吻，多谢你妈与你大大的慈爱与真挚，她们不仅永远把你放在她们心坎的底里，她们也使我——没福见着你的父亲，知道你，认识你，爱你，也把你的影像、活泼、美慧、可爱，永远镂上了我的心版。那天在柏林的会馆里，我手捧着那收存你遗灰的锡瓶，你妈与你七舅站在旁边止不住滴泪，你的大大哽咽着，把一个小花圈挂上你的门前——那时间我，你的父亲，觉着心里有一个尖锐的刺痛，这才初次明白曾经有一点血肉从我自己的生命里分出，这才觉着父性的爱像泉眼似的在性灵里汩汩地流出；只可惜是迟了，这慈爱的甘液不能救活已经萎折了的鲜花，只能在他纪念日的周遭永远无声地流转。

彼得，我说我要借这机会稍稍爬梳我年来的郁积；但那也不见得容易；要说的话仿佛就在口边，但你要它们的时候，它们又不在口边：像是长在大块岩石底下的嫩草，你得有力量翻起那岩石才能把它不伤损的连根起出——谁知道那根长的多深！是恨，是怨，是忏悔，是怅惘？许是恨，许是怨，许是忏悔，许是怅惘。荆棘刺入了行路人的胫踝，他才知道这路的难走；但为什么有荆棘？是它们自己长着，还是有人存心种着的？也许是你自己种下的？至少你不能完全抱怨荆棘：一则因为这道是你自愿才来走的；再则因为那刺伤是你自己的脚踏上子荆棘的结果，不是荆棘自动来刺你。——但又谁知道？因此我有时想，彼得像你倒真是聪明：你来时是一团活泼，光亮的天真，你去时也还是一个光亮，活泼的灵魂；你来人间真像是短期的作客，你知道的是慈母的爱，阳光的和暖与花草的美丽，你离开了妈的怀抱，你回到了天父的怀抱，我想他听你欣欣的回报这番作客——只尝甜浆，不吞苦水——的经验，他上年纪的脸上一定满布着笑容——你的小脚踝上不曾碰着过无情的荆棘，你穿来的白衣不曾沾着一斑的泥污。

但我们，比你住久的，彼得，却不是来作客；我们是遭放逐，无形的解差永远在后背催逼着我们赶道：为什么受罪，前途是哪里，我们始终不曾明白，我们明白的只是底下流血的胫踝，只是这无恩的长路，这时候想回头已经太迟，想中止也不可能，我们真的羡慕，彼得，像你那谪期的简净。

在这道上遭受的，彼得，还不止是难，不止是苦，最难堪的是逐步相追的嘲讽，身影似的不可解脱。我既是你的父亲，彼得，比方说，为什么我不能在你的生前，日子虽短，给你应得的慈爱，为什么要到这时候，你已经去了不再回来，我才觉着骨肉的关连？并且假如我这番不到欧洲，假如我在万里外接到你的死耗，我怕我只能看作水面上的云影，来时自来，去时自去：正如你生前我不知欣喜，你在时我不知爱惜，你去时也不能过分动我的情感。我自分不是无情，不是寡恩，为什么我对自身的血肉，反是这般不近情的冷漠？彼得，我问为什么，这问的后身便是无限的隐痛；我不能怨，我不能恨，更无从悔，我只是怅惘，我只能问！明知是自苦的揶揄，但我只能忍受。而况揶揄还不止此，我自身的父母，何尝不赤心地爱我；但他们的爱却正是造成我痛苦的原因：我自己也何尝不笃爱我的亲亲，但我不仅不能尽我的责任，不仅不曾给他们想望的快乐，我，他们的独子，也不免加添他们的烦愁，造作他们的痛苦，这又是为什么？在这里，我也是一般的不能恨，不能怨，更无从悔，我只是怅惘——我只能问。昨天我是个孩子，今天已是壮年：昨天腮边还带着圆润的笑涡，今天头上已见星星的白发；光阴带走的往迹，再也不容追赎，留下在我们心头的只是些揶揄的鬼影；我们在这道上偶尔停步回想的时候，只能投一个虚圈的"假使当初"，解嘲已往的一切。但已往的教训，即使有，也不能给我们利益，因为前途还是不减启程时的渺茫，我们还是不能选择自由的途径——到那天我们无形的解差喝住的时候，我们唯一的权利，我猜想，也只是再丢一个虚圈更大的"假使"，圆满这全程的寂寞，那就是止境了。

附
录

新旧译名对照表

为了方便读者阅读与查询，编者对书中人名、地名、建筑名等旧译做了一些修订，采用现在通行的译法，以"旧译在前，新译在后"的顺序罗列如下：

作家、诗人、哲学家人名对照：

阿寨沙孟士 → 阿瑟·西蒙斯（英国文学批评家、诗人）

爱德门高士 → 爱德蒙·戈斯（英国作家、文学批评家和文学史家）

阿丽思梅纳儿夫人 → 艾丽丝·梅内尔夫人（英国女诗人、散文作家）

爱默深 → 爱默生（美国散文作家、诗人）

贝莱爵士 → 贝洛克爵士（英国作家、政论家和历史学家）

朋琼生 → 本·琼生（英国剧作家）

彼屈阿克 → 彼特拉克（意大利诗人）

波特莱、菩特莱 → 波德莱尔（法国诗人）

白朗宁夫人 → 勃朗宁夫人（英国女诗人）

丹德 → 但丁（意大利诗人）

丹农雪乌 → 邓南遮（意大利作家）

谭宜孙 → 丁尼生（英国诗人）

福禄泰尔 → 伏尔泰（法国哲学家、作家）

佛洛贝 → 福楼拜（法国小说家）

葛德 → 歌德（德国诗人、作家）

哥谛霭 → 戈蒂埃（法国诗人、小说家、批评家）

高士 → 戈斯（英国作家、文学批评家、文学史家）

哈衰内 → 海涅（德国诗人、政论家）

黑智尔 → 黑格尔（德国哲学家）

华茨华士 → 华滋华斯（英国诗人）

惠德曼 → 惠特曼（1819—1892，美国诗人）

基茨 → 济慈（英国诗人）

吉肢林 → 吉卜林（英国作家）

喀莱尔 → 卡莱尔（英国作家、哲学家）

高柳列奇 → 柯勒律治（英国湖畔派代表诗人）

克鲁泡德金 → 克鲁泡特金（俄国作家、革命家、地理学家）

兰道 → 兰多（英国诗人）

劳勃脱 → 罗伯特（诗人勃朗宁的名字）

卢梭 → 罗素（英国哲学家、数学家）

马太·阿诺特 → 马修·阿诺德（英国诗人、批评家）

曼殊斐儿 → 曼斯菲尔德（英国作家）

密尔顿 → 弥尔顿（英国诗人、政论家）

毛赞德 → 莫扎特（奥地利作曲家）

裴德 → 佩特（英国诗人、批评家）

普鲁斯德 → 普鲁斯特（法国小说家）

撒牟勃德腊 → 塞缪尔·巴特勒（英国作家）

斯宾诺塞 → 斯宾诺莎（荷兰哲学家）

史本塞 → 斯宾塞（英国诗人）

司蒂文孙 → 斯蒂文森（英国作家）

史魏夫脱 → 斯威夫特（1667—1745，英国作家）

史文庞 → 史文朋（英国诗人）

汤麦士·哈代 → 托马斯·哈代（英国作家）

汤麦斯·槐哀德爵士 → 托马斯·怀亚特爵士（英国诗人）

杜思退益夫 → 陀思妥耶夫斯基（俄国作家）

槐尔德 → 王尔德（英国作家、剧作家）

浮吉尔 → 维吉尔（意大利诗人）

华尔德裴特 → 沃尔特·佩特（英国作家、批评家）

契古特白登 → 夏多勃里昂（法国作家）

伯纳萧 → 萧伯纳（爱尔兰作家）

衣里查白裴雷德 → 伊丽莎白·芭蕾特（即勃朗宁夫人的名字）

嚣俄 → 雨果（法国作家、诗人、画家）

约翰巴里士 → 约翰·贝勒斯（英国教育思想家）

约翰高斯倭绥 → 约翰·高尔斯华绥（英国作家）

穆勒约翰 → 约翰·穆勒（英国哲学家、逻辑学家）

神话、宗教人物名字对照：

阿博洛 → 阿波罗（希腊神话中的太阳神）

阿加孟龙 → 阿伽门农（《荷马史诗》中的英雄人物）

培克司 → 巴库斯（古希腊、罗马神话中的酒神）

瑷奕司 → 枯瑞忒斯（希腊神话中的神名）

罗思 → 路得（《圣经》人物）

孟贡乌育 → 墨尔波墨涅（希腊神话中专司悲剧的文艺女神）

泼牢米修仡司 → 普罗米修斯（希腊神话中从天上盗取火种造
福人类的神）

玖必得 → 朱庇特（罗马神话中的主神）

虹哪 → 朱诺（朱庇特的妻子，天后，相当于希腊神
话中的赫拉）

艺术家、音乐家人名对照：

贝德花芬 → 贝多芬（德国作曲家）

庞那 → 波纳儿（法国画家）

鲍第千里 → 波提切利（意大利画家）

达文謷 → 达·芬奇（意大利画家、雕塑家、工程师、科
学家、发明家）

丁稻来笃 → 丁托列托（意大利画家）

弗朗剌马克 → 弗朗茨·马尔克（德国画家）

高耿 → 高更（法国画家）

哥罗 → 柯罗（法国画家）

鲁班师 → 鲁本斯（佛兰德斯画家）

兰勃郎德 → 伦勃朗（荷兰画家）

罗刹蒂 → 罗赛蒂（英国画家、诗人）

玛提斯 → 马蒂斯（法国画家）

蒙内 → 马奈（法国画家）

米讫郎其罗 → 米开朗基罗（意大利雕塑家、画家）

箕奥其安内 → 乔尔乔尼（意大利画家）

铁青 → 提香（意大利画家）

槐格讷 → 瓦格纳（德国作曲家、文学家）

雪尼约克 → 西涅克（法国画家）

地名、建筑名对照：

阿尔帕斯山 → 阿尔卑斯山（欧洲南部的山脉）

奥林必克 → 奥林匹斯（希腊东北部的一座高山）

皮萨 → 比萨（意大利古城，城中有著名的比萨斜塔）

道骞司德 → 多塞特（英国西南部的一个郡）

佛兰克福德 → 法兰克福（德国城市）

菲利滨 → 菲律宾

芳丹薄罗 → 枫丹白露（巴黎远郊的游览地）

康桥 → 剑桥（在英国东南部）

海岱儿堡 → 海德堡（德国西南部城市）

克利脱 → 克里特（克里特岛是希腊的第一大岛）

来因河 → 莱茵河（西欧第一大河）

罗浮宫 → 卢浮宫（巴黎的博物馆）

纽斯推德 → 纽斯泰德（是英国一处修道院庄园）

嘭湃 → 庞贝（意大利那不勒斯附近的一座古城）

赛因河 → 塞纳河（法国北部的大河）

铁拉法尔加 → 特拉法加（以"特拉法加海战"闻名于世）

屈次奄、屈洛安 → 特洛伊（小亚细亚半岛古城名）

威尔斯 → 威尔士（位于英国本岛西南部）

威尼市 → 威尼斯（意大利东北部城市）

威士明斯德大教堂 → 威斯敏斯特教堂（英国著名的基督教堂）

雪西里 → 西西里（地中海最大的岛屿，属意大利）

伊塍园 → 伊甸园（《圣经》中的乐园）

其他译名对照:

波希民 → 波希米亚人

皋雪格 → 哥特式(英文Gothic的音译)

《哈姆雷德》→《哈姆雷特》

哈得 → 哈同(犹太人,1874年到上海,后成为大富豪)

桀卜闪 → 吉普赛人

卡立朋 → 凯列班(莎士比亚戏剧《暴风雨》中的人物)

《蓝奥孔》→《拉奥孔》(古希腊最经典的雕塑杰作之一)

《罗米欧与朱丽叶》→《罗密欧与朱丽叶》(莎士比亚的名剧)

梅迪启家族 → 美第奇家族(文艺复兴时期意大利望族)

莫索利尼 → 墨索里尼